Nowhere to hide

1. Auflage, erschienen 12-2022
Umschlaggestaltung: Romeon Verlag
Text: Michael Krausert
Layout: Romeon Verlag

ISBN: 978-3-96229-426-7

www.romeon-verlag.de
Copyright © Romeon Verlag, Jüchen

Das Werk ist einschließlich aller seiner Teile urheberrechtlich geschützt. Jede Verwertung und Vervielfältigung des Werkes ist ohne Zustimmung des Verlages unzulässig und strafbar. Alle Rechte, auch die des auszugsweisen Nachdrucks und der Übersetzung, sind vorbehalten. Ohne ausdrückliche schriftliche Genehmigung des Verlages darf das Werk, auch nicht Teile daraus, weder reproduziert, übertragen noch kopiert werden. Zuwiderhandlung verpflichtet zu Schadenersatz.
Alle im Buch enthaltenen Angaben, Ergebnisse usw. wurden vom Autor nach bestem Gewissen erstellt. Sie erfolgen ohne jegliche Verpflichtung oder Garantie des Verlages. Er übernimmt deshalb keinerlei Verantwortung und Haftung für etwa vorhandene Unrichtigkeiten.

Bibliografische Information der Deutschen Nationalbibliothek:
Die Deutsche Nationalbibliothek verzeichnet diese Publikation in der Deutschen Nationalbibliografie; detaillierte bibliografische Daten sind im Internet über *https://portal.dnb.de/opac.htm* abrufbar.

Michael Krausert

Nowhere to hide

INHALT

Kapitel 1 Jagen 7

Kapitel 2 Durst 22

Kapitel 3 Geschenke 33

Kapitel 4 Streit 48

Kapitel 5 Beziehungen 59

Kapitel 6 Fisch 69

Kapitel 7 Fremdes Haus 84

Kapitel 8 Boot 99

Kapitel 9 Krankheit 113

Kapitel 10 Korallenriff 127

Kapitel 11 Über die Planke 135

Kapitel 12 Land in Sicht 147

Kapitel 13 Hinterhalt 157

Kapitel 14 Feuerwache 168

Kapitel 15 Getrennt 179

Kapitel 16 Lügen 192

Kapitel 17 Erwischt 205

Kapitel 18 Verrückt 217

Kapitel 19
Alles offenbarender Anruf 228

Kapitel 20 Vorräte 241

Kapitel 21 Verschwunden 252

Kapitel 1 Jagen

»Ich bin am Verhungern.« Umekos Magen knurrte fast ununterbrochen.

»Das sind wir alle«, versuchte Nobu sie zu beschwichtigen. Schon seit zwei Tagen konnten sie nur noch morgens und abends etwas essen, doch selbst diese Rationen mussten kleiner ausfallen als sonst. Bis gestern hatten sie immerhin noch Proteinriegel, die sie zwischendurch essen konnten, doch Nobu hatte den letzten davon verspeist.

»Wir sind schon seit Tagen nicht mehr in einer größeren Stadt gewesen, wieso?« Nobu hatte vor einigen Tagen die Entscheidung getroffen größere Städte zu meiden, solange sie noch genug Essen hatten.

»Weil wir bei der letzten größeren Stadt noch genug zu essen übrighatten.« Er wollte Städten und damit eventuell verbundenen Konflikten aus dem Weg gehen. Nobu war nämlich der Meinung, dass je größer die Stadt, desto höher die Wahrscheinlichkeit, mit anderen Gruppen zusammenzustoßen. Was zu Auseinandersetzungen führen könnte.

»Und wann kommt die nächste größere Stadt?« Sie hatten zwar kleinere Dörfer und Ähnliches durchquert. Doch der Erfolg war fast null. Es waren meistens nur kleinere Läden, die Lebensmittel verkauften. Diese waren aber immer schon geplündert worden, als Nobu und seine Freunde sie gefunden hatten. Deshalb hatten sie sich entschieden nur noch für größere Städte, in denen es wahrscheinlicher war, Essen zu finden, einen Abstecher zu machen. Ansonsten würden sie zu viel Zeit und Energie verlieren.

»Der Karte nach …« Nobu studierte noch einmal gründlich das verwirrende Stück Papier, es war immer eine Heidenarbeit sie auseinander- und wieder zusammenzufalten. »… sollte die nächste größere Stadt noch 3-Tages-Märsche entfernt.«

»Bis dahin sind wir doch längst verhungert.« Umeko beschwerte sich immer weiter.

»Sie hat Recht, hier in der Nähe muss es doch zumindest ein Dorf oder so was geben.« Nun begann auch Jinpei sich zu beschweren. »Ich meine, wir sind hier ja nicht im Regenwald oder so.«

»Wenn wir nicht bald was zu essen finden, gehen wir uns noch an die Gurgel«, dachte sich Nobu. Im Augenwinkel erkannte er, dass am Wegesrand Gänseblümchen, Haruis Lieblingsblumen, wuchsen. Er bückte sich und pflückte sich ein Bündel davon. Sowohl Rei als auch Daisuke wussten, was er plante. Daisuke ging auf die andere Seite des Weges und pflückte ebenfalls welche.

»Was macht ihr da?«, fragte Harui neugierig.

»Einen kleinen Snack zusammensammeln«, erklärte Rei ihr und den anderen.

»Aber sie pflücken doch nur Blumen.« Jinpei beäugte sie misstrauisch.

»Mein Vater hat mir mal gesagt, dass man Gänseblümchen essen kann.« Umeko erinnerte sich an einen Artikel über Blumen, als kleines Kind wollte sie ihr eigenes Parfum machen. Bis sie merkte, dass es nicht so einfach war, hatte sie schon einen ganzen Korb der unterschiedlichsten Blumen aus ihrem Garten gepflückt. Darunter auch ihre Lieblingsblumen, rote Rosen. Sie mag, dass sie sowohl schön als auch gefährlich sind. Am Ende fragte sie ihre Eltern, was sie mit den ganzen Blumen machen sollte, sie einfach wegzuwerfen kam ihr falsch vor. Ihr Vater griff sich daraufhin drei Gänseblümchen und biss rein, was Umeko mit offenem Mund enden ließ.

»Das stimmt zwar, doch sollte man immer darauf achten, wo man sie pflückt. Man sollte auf keinen Fall welche direkt neben der Straße oder in der Nähe eines Industriegebietes nehmen. Mit großer Wahrscheinlichkeit haben sie Schadstoffe in sich aufgenommen.«

»Hier ist es also ungefährlich, weil wir so tief im Wald sind«, schlussfolgerte Jinpei.

»Genau, allerdings sollte man auch davon nicht zu viel essen.« Nobu hatte ein richtiges Bündel in seiner Hand, als er wieder zu den anderen stieß.

»Richtig, in geringen Mengen sind sie völlig harmlos. In größeren jedoch sind sie giftig«, beendete Rei Nobus Satz. Auch wenn es Haruis' Lieblingsblumen waren, war ihr dieser Fakt, wie auch der, dass sie essbar sind, völlig neu. Ihr gefiel nur, wie unauffällig sie aussahen.

Nobu und Daisuke händigten jedem ein halbes Dutzend Blumen aus, bevor sie völlig unvermittelt ihre eigenen verputzten. Während Harui und Jinpei nur unschlüssig zuschauten, hatte auch Rei ihre Blumen aufgegessen. Umeko schaffte es sie an ihren Mund zu führen, konnte sich aber nicht dazu überwinden sie zu essen. Trotz ihres großen Hungers schaffte sie es nicht die Blumen in ihrer Hand als etwas anderes als Blumen zu sehen.

»Wollt ihr eure Blumen nicht essen, sie machen zwar nicht satt, sind aber besser als nichts?« Daisuke schaute sie gespannt an.

»Ich kann mich nicht dazu durchringen«, gestand Harui ihm.

»Mehr als euch etwas anzubieten, kann ich nicht machen. Dann beschwert euch aber auch nicht über euren Hunger.« Nobu teilte ihnen die harte Wahrheit mit, woraufhin Jinpei nochmal auf die Blumen in seiner Hand schaute.

»Ich kann mich ja mal etwas genauer umschauen, kommt nicht selten vor, dass in Wäldern Beeren wachsen.« Daisuke verließ die Gruppe und machte sich auf die Suche nach Essbarem.

»Warte, ich komm mit.« Rei folgte ihm schnell auf dem unebenen Waldboden. Ihre ersten Schritte waren etwas beschleunigt, da sie versuchte ihm zu folgen. Wodurch sie sogar fast ihr Gleichgewicht verloren hätte.

Während die beiden sich durch das Dickicht bewegten, schlurfte der Rest der Gruppe weiter den Weg voran. Sie alle waren mittlerweile komplett verdreckt. Einzig Umeko achtete zumindest noch ein bisschen auf ihr Äußeres.

»Denkst du, dass die zwei was finden werden, nicht dass wir am Ende doch noch Gänseblümchen essen müssen, um nicht zu verhungern«, fragte Umeko ihre beste Freundin Harui. Sollte es wirklich um ihr Überleben gehen, könnte sie sich dazu schon irgendwie durchringen.

»Nobu vertraut ihnen und das sollten wir auch«, erwiderte Harui.

»Danke für das Vertrauen, aber ich kann leider für nichts garantieren.« Nobu klinkte sich in das Gespräch ein. »Wir können nichts anderes machen, als zu hoffen.«

Diese Hoffnung erreichte auch Daisuke und Rei und gab ihnen die nötige Kraft, um weiterzumachen.

»Bist du wirklich mitgekommen, um mir beim Suchen zu helfen?«, fragte Daisuke scherzhaft.

»Nicht wirklich«, antwortete sie schwach lächelnd. Sie wartete einen Augenblick, bevor sie seine leicht schwingende Hand ergriff. Er schaute zuerst auf die Hand, die seine umfasste, bevor er in ihr leicht dreckverschmiertes Gesicht schaute.

»Ist bei dir wirklich wieder alles in Ordnung?« Rei war auch weiterhin besorgt um ihn. Seit Ishikawas Tod lachte er bei weitem nicht so oft und herzhaft wie früher. Er ergriff nun auch ihre Hand und ihre Finger gingen ineinander über. Er war froh eine so fürsorgliche Freundin zu haben.

»Es geht einigermaßen.« Er näherte sich ihrem Gesicht, drückte seine rauen Lippen auf ihre vergleichsweise weichen und gab ihr einen Kuss. Als sie ihm ihrerseits einen Kuss geben wollte, drückte er sie weg.

»Warte mal kurz.« Er ließ ihre Hand los und ging an ihr vorbei.

»Was ist denn jetzt los?« Sie wollte eine gute Entschuldigung dafür, dass er diesen seltenen Moment der Zweisamkeit zerstört hatte. Obwohl sie jetzt schon über drei Wochen zusammen waren, hatten sie ihren Freunden noch nichts davon erzählt. Sie wussten selbst nicht wieso. Dadurch, dass sie es besonders in den ersten Tagen verheimlicht hatten, fanden sie bisher nicht den richtigen Zeitpunkt, um es ihnen mitzuteilen. Weshalb sie auch weiterhin nur im Verborgenen Zärtlichkeiten austauschen konnten. Daisuke ging auf ein paar kahle Büsche zu. »Bist du schon so dehydriert, dass du anfängst zu halluzinieren«, ergänzte sie etwas besorgt.

»Nein, komm mal her und schau es dir aus der Nähe an.« Seine Aufmerksamkeit galt nicht den Büschen im Vordergrund, sondern dem, was dahinter wuchs. Rei näherte sich ihm und schaute ebenfalls über die kahlen Büsche hinweg und sah dabei zwei vollgepackte Büsche mit reifen, wildwachsenden japanischen Weinbeeren.

»Oh mein Gott!« Aus Freude über den Fund schlang sie ihre Arme um seinen Hals und umarmte ihn. Dieser erwiderte die Umarmung mit vollen Kräften und konnte ihre Brüste auf seiner Brust spüren, was ihn leicht erröten ließ. Am liebsten hätte er sie noch länger umarmt, doch mussten sie mit ihrer Beute zu ihren Freunden zurück. Sie pflückten jede einzelne Beere und taten sie in einen Jutebeutel. Zusammen mit drei anderen hatten sie ihn in einem bereits geplünderten Laden gefunden und direkt mitgenommen. Leider war der Beutel, selbst als die Büsche kahlgepflückt waren, nur bis zu Hälfte gefüllt. Dafür hatten sie jetzt einige Kratzer an den Armen.

»Schaut mal, was wir gefunden haben.« Die beiden Turteltäubchen waren mit ihrer Beute zum Pfad zurückgekehrt. Bei dem Blick auf den Beutel riss die Gruppe ihre Augen weit auf. »Ist zwar nicht viel, aber für den Anfang nicht schlecht«, sagte Daisuke stolz.

»Jeder nimmt sich erstmal eine Handvoll von den Beeren.« Nobu hatte Pläne für die Beeren, doch wollte nicht, dass die anderen noch weiter hungern mussten. Nobu und Daisuke schlugen ein, während die Mädchen alle Rei und Daisuke umarmten. Alle schlangen sie die Beeren herunter, als wäre es ein Gericht eines 3-Sterne-Kochs. Die Beute reichte aus, damit jeder zwei Hände voll davon verspeisen konnte und trotzdem noch etwas übrigblieb.

»Du siehst aus, als hättest du versucht Lippenstift aufzutragen, und wärst dabei ordentlich gescheitert.« Reis Lippen wie auch der Bereich drum herum waren mit dem dunkelroten Saft der Beeren bedeckt.

»Du siehst auch nicht viel besser aus.« Umekos fuhr sich mit den Fingern über die Lippen und hatte jetzt noch mehr Saft an der Hand. Alle lachten, bevor sie ihre Lippen und Finger ableckte. Denn alle sahen genauso aus wie Rei und Umeko.

»Was machen wir mit den restlichen Beeren?«, fragte Daisuke seinen besten Freund. »Sollen wir die auch untereinander aufteilen?«

»Nein, damit habe ich andere Pläne«, erwiderte er mit einem breiten Grinsen, als er den ausgetretenen Saft von seinen Fingern leckte.

»Und welche?« Rei, die ebenfalls bei der Ernte geholfen hatte, besaß trotz des kleinen Snacks noch nicht wieder genug Energie, um richtig nachdenken zu können.

»Ich will damit heute Abend versuchen ein Reh oder so anzulocken und zu erlegen.« Er war davon überzeugt, dass sein Plan funktionieren würde. »Immerhin trauen sich die Tiere inzwischen näher an Städte und auch an Menschen. Durch unsere fehlende Präsenz lässt ihre Angst vor uns langsam, aber sicher nach.«

»Und was ist, wenn die auch schon längst das Weite gesucht haben?« Jinpei, der den Plan mit angehört hatte, gab seine Bedenken preis.

»Wäre das hier ein Erdbeben, würde ich dir Recht geben, aber auch die Tiere können nicht spüren, dass sich das ›Nichts‹ nähert. Bester Beweis sind die Vögel.« Er schaute hinauf in die Baumkronen, in denen die Vögel noch immer fröhlich vor sich her zwitscherten.

»Ich hoffe mal, du hast recht.« Jinpei blieb skeptisch, er hätte lieber noch eine Handvoll Beeren gegessen, anstatt sich darauf zu verlassen, dass sie es vielleicht schaffen ein Reh anzulocken und zu erlegen.

Die Sonne verschwand langsam hinterm Horizont, was symbolisierte, dass es Zeit wurde ein Lager aufzuschlagen. Ein gutes Stück davon entfernt, legte Nobu die verbliebenen Weinbeeren aus. An diesem Abend war ihr Lager ein bisschen höher gelegen, was es ihnen ermöglichte trotz der großen Entfernung die Falle, welche weiter unten ausgelegt war, noch gut im Blick zu behalten. Das erste Mal seit Ishikawas Tod sollten die Jagdgewehre wieder zum Einsatz kommen, diesmal sogar für ihren vorherbestimmten Zweck, die Jagd. Das Abendessen musste so wie die letzten Tage auch sehr klein ausfallen, es reichte noch nicht mal, um den Hunger zu lindern. Außerdem wurde das Feuer an diesem Abend kleingehalten, um keine Tiere in unmittelbarer Umgebung abzuschrecken.

»Müssen wir wirklich ein Reh töten?« Obwohl Jinpei Fleischesser war, hatte er während der Nachtwache Bedenken. In dieser Nacht musste einer der beiden nicht das Camp, sondern die Falle im Auge behalten. In der ersten Schicht übernahm Daisuke diesen Job. Durch das Zielfernrohr des Jagdgewehrs hatte er die Stelle, an der Nobu die Beeren ausgelegt und mit einem Stein zerdrückt hatte, gut im Blick. Durch das Zerdrücken wurden die Duftstoffe freigesetzt, wodurch die Tiere es auch aus einer größeren Entfernung noch riechen konnten.

»Wenn du lieber verhungern willst, musst du ja nicht mitessen. Aber ich habe kein Problem damit.« Wenn sich ein Tier den Beeren nähern würde, hätte Daisuke sofort schießen können. »Aber ich kann dich schon verstehen, es ist etwas anderes einfach zum Metzger zu gehen und sich da Fleisch zu holen.« Zu Daisukes Glück hatte es die letzten zwei Tage nicht geregnet, wodurch das Laub unter ihm nicht nass war. Trotzdem wurde sein Bauch immer kühler, weshalb er Jinpei bat ihm seinen Schlafsack zu holen.

»Da hast du vermutlich Recht. Trotzdem bewundere ich, wie ruhig du dabei bleiben kannst.« Jinpei hatte an diesem Abend schon Probleme damit ruhig sitzen zu bleiben, wenn er daran dachte ein unschuldiges Tier umzubringen.

»So kalt das jetzt vielleicht klingen mag, aber sobald du einmal bei einem Menschen abgedrückt hast, ist es gar kein Problem mehr bei einem Tier zu schießen. Besonders dann, wenn man kurz vorm Verhungern ist,«, erklärte Daisuke ihm sachlich

»Trotzdem ist es ein Unterschied, ob man jemanden erschießt, der versucht einen umzubringen, oder ein unschuldiges Tier.«

»Solange es kein unschuldiger Mensch ist, außerdem hat Nobu es doch bereits gesagt, jeder muss bereit sein abzudrücken, wenn es notwendig wird. Das hier ist genau so eine Situation.« Daisuke versuchte ihm zu erklären, dass es manchmal nicht anders geht als zu töten, weil man sonst selbst getötet werden würde, sah jedoch keine große Hoffnung. »Eigentlich ist deine Einstellung gar nicht so falsch. Nur die wenigsten werden dasselbe durchmachen wie wir«, dachte er sich. »Du isst doch auch Fleisch oder nicht?«, er versuchte es weiter.

»Ja schon, aber das ist doch was anderes. Wir mussten unser Essen noch nie selbst jagen.«

»Jemand, der nicht bereit ist sein Essen notfalls selbst zu töten, sollte lieber Vegetarier werden.« Diese Sichtweise hatte er von Ishikawa. Besonders in Zeiten wie diesen fand er sie passend.

»Die Tiere, die wir normal essen, werden dafür gezüchtet, um gegessen zu werden, doch das hier ist was völlig anderes. Diese Tiere würden sonst noch leben.« Jinpei versuchte weiterhin seine Ansichten zu vertreten, da er gleichzeitig aber auch derselben Meinung wie Daisuke sein wollte, gab er ein bisschen nach.

»Ich sehe schon, es ist nicht einfach dich davon zu überzeugen. Na gut, solange du nicht weiter meckerst, werde ich es töten, ohne dass du es sehen musst. Und wenn du willst, kannst du dich auch weigern es zu essen. Bleibt mehr für mich und den Rest.« Die Aussichten auf mehr Essen ließen ihm das Wasser im Mund zusammenlaufen.

»Nein, da ist mein Hunger dann doch zu groß.« Mit einem kleinen erzwungenen Lächeln antwortete er. Daisuke konnte nur den Kopf schütteln, gab es aber auf, ihn von seiner Meinung zu überzeugen.

Zu Jinpeis Glück kam während ihrer Schicht kein Tier vorbei. Während Daisuke die Falle im Auge behielt, weckte Jinpei seine Schwester und Nobu auf. Nobu ging mit seinem Gewehr in der Hand auf Daisuke zu und legte sich neben ihn in das trockene Gras gemischt mit heruntergefallenen Blättern und Ästen, das Gemisch fing schwach zu knacken an, unter seinem Gewicht. Als Nobu sich endlich ausgerichtet hatte, wünschte Daisuke ihm noch schnell eine gute Nacht, ehe er mit seinem Schlafsack zu seinen Sachen kroch und sich eine verdiente Mütze Schlaf abholte.

Harui kauerte sich neben Nobu und behielt ebenfalls alles im Auge. Nachdem die Schicht schon fast zur Hälfte vorbei war, fragte Nobu: »Soll ich dir mal beibringen, wie das mit dem Schießen funktioniert?«

»Ich weiß nicht«, antwortete sie verunsichert. Harui war zwar interessiert, gleichzeitig hatte sie aber auch Angst davor, selbst abdrücken zu müssen.

»Es ist besser es zu können und dann niemals abdrücken zu müssen als andersrum.« Nobu versprach sein Bestes zu tun.

»Okay, ich werde versuchen alles zu verstehen.«

»Gut dann leg dich da hin.« Sie legte sich neben ihn auf den Waldboden, an dieselbe Stelle, an der Daisuke zuvor gewesen war. Er reichte ihr das Gewehr rüber.

»Keine Sorge, es ist gesichert, es kann also nichts passieren.« Sie nahm sich das Gewehr und versuchte es genauso zu halten, wie sie es bei Nobu gesehen hatte.

Sie schreckte zusammen, als sie plötzlich die Wärme eines anderen Körpers spürte. Früher hätte sie aufgrund des Schweißgeruchs die Nase gerümpft, doch inzwischen waren alle an den Gestank gewöhnt.

»Du musst versuchen deinen Herzschlag zu beruhigen.« Nobu lag mit seinem Körper halb auf Harui und umfasste ihre Hände mit den seinen. Ihre Herzfrequenz wurde immer höher, und der Junge, der auf ihr lag, konnte ihren Herzschlag spüren.

»Solange du noch auf mir liegst, wird mein Puls so hoch bleiben.« Seitdem sie ihm ihre Liebe gestanden hatte, war es ihr nicht mehr so peinlich, ihre Gefühle für ihn zu zeigen.

»Da musst du jetzt durch, so kann ich dir am besten zeigen, wie du das Gewehr halten und dich hinlegen musst.«

»Ich versuch's.« Ein bisschen genoss sie die Situation sogar. So nah wie in diesem Moment waren sie sich noch nie gekommen.

»Dann lass uns mal beginnen. Fang damit an durch das Zielfernrohr zu schauen und die Stelle mit den Beeren zu suchen.« Nobu half ihr dabei den Griff des Gewehres mit der einen Hand zu greifen, während die andere Hand vorne für die Stabilität sorgen musste. Während allem schaffte er es noch immer die Stelle, an der er wenige Stunden zuvor die Beeren ablegte, nicht aus den Augen zu verlieren. Auch wenn er sie mit bloßem Auge nur schlecht sehen konnte, hätte er erkannt, wenn sich ein Tier nähern würde.

»Musst du das machen?« Mit hoher Stimme drehte sie sich um und flüsterte ihm zu, als er seine Hände gerade an ihrem Oberschenkel hatte, um auch ihre restliche Haltung zu korrigieren.

»Ja muss ich, also dreh dich wieder nach vorne«, flüsterte er zurück.

»Nobu.« Mit Aufregung in der Stimme hauchte sie ihm aufgeregt entgegen.

»Wenn du mal etwas gelassener bist, wäre ich schneller fertig.«

»Nein, das mein ich nicht, schau mal.« Nun drehte er sich um und lag wieder halb auf ihr, um durch das Fernrohr sehen zu können. Ein Reh war gerade dabei, zusammen mit seinem Jungen nach den verstreuten Weinbeeren zu schnuppern.

»Okay, jetzt ganz ruhig, ich behalt sie im Auge.« Er riss das Gewehr an sich und legte an. Schnell hatte er das Reh im Visier. »Hol bitte Daisuke und sag ihm, dass er sein Gewehr mitnehmen muss.« Harui schlich sich zu Daisuke und als sie ihn wachrütteln wollte, schnappte seine Hand nach ihrem Unterarm.

»Ganz ruhig, ich bin's nur«, sagte Harui aufgeregt.

»Was ist denn, hat ein Reh angebissen?«, fragte Daisuke sie im Halbschlaf.

»Eine Mutter und ihr Junges.« Daisuke war freudig überrascht. Mit seinem Gewehr unterm Arm und in Unterhose wand er sich aus dem Schlafsack, raus in die kühle Nacht. Er nahm rechts neben Nobu, dort wo zuvor Harui gelegen hatte, Platz.

»Sind sie noch da?«

»Ja, sie haben die Beeren inzwischen entdeckt und angefangen zu essen«, informierte er ihn.

»Das ist gut.«

»Dai, du übernimmst das große Tier, wir das kleine.« Nobu wollte, dass Harui abdrückt, aber die Mutter auf jeden Fall erwischen, dann hätten sie, selbst wenn Harui danebenschoss, gute Beute gemacht. Im Umkehrschluss hatte Harui damit das kleinere

Ziel. Allerdings blieb ihm nichts anderes übrig, wenn er ihr das Schießen beibringen wollte. Sie hatten nicht genug Munition für ein anständiges Schießtraining. Wären die Rehe nicht ihre nächste Mahlzeit gewesen, hätte auch Daisuke jemand anderen schießen lassen – Rei. In den letzten zwei Wochen hatte er ihr einiges über das Schießen beigebracht. Seiner Meinung nach könnte sie ein Naturtalent sein. Er hatte bisher aber nicht die Möglichkeit seine These zu bestätigen.

»Alles klar.« Daisuke legte an und wartete nur auf das Kommando von Nobu. Harui zielte derweil mit Hilfe auf das Rehkitz und ging mit dem Zeigefinger an den Abzug der Waffe, die von Nobu bereits entsichert wurde, als er auf Daisuke gewartet hatte.

»Okay, auf mein Kommando.« Er schaute erneut durch das Fernrohr und wartete noch kurz, bevor er »Jetzt« flüsterte und beide abdrückten, auch wenn Harui ein wenig verzögert schoss.

Wie Donnergrollen ertönten die Schüsse in der Stille des Waldes. Die Vögel, die bis jetzt ruhig in ihren Nestern schlummerten, schreckten auf und erhoben sich in einem riesigen Schwarm gen Himmel. Daisukes Schuss war, wenig verwunderlich, direkt tödlich.

Harui hatte das Tier nur schwer verletzt und, jetzt, da es sich am Boden vor Schmerzen wand, Angst erneut abzudrücken. Weswegen Nobu Daisuke zuflüsterte, dass er es beenden sollte, damit das Tier nicht zu leiden brauchte. Ein weiterer Schuss und es war erledigt.

»Tut mir leid.« Harui entschuldigte sich dafür, dass sie nicht richtig traf.

»Das macht nichts, es war ja immerhin das erste Mal, dass du geschossen hast. Dafür sogar echt gut.« Nobu tröstete sie.

»Glückstreffer«, brachte Harui gerade so hervor.

»Dann hoffe ich, dass dein Glück dich niemals verlässt.« Daisuke stand auf und ging zu seinem Rucksack. Er zog sich schnell etwas an, zuvor hatte er zu große Eile und es vergessen. Außerdem zog er sein Messer, das an seinem Gürtel hing, aus der Scheide.

»Wir sollten uns beeilen, bevor der Geruch von Blut noch irgendwelche Raubtiere oder anderes Ungeziefer anlockt.«

Harui versuchte ebenfalls aufzustehen, sackte aber wieder zusammen, weshalb Nobu sie packte und festhielt.

»Du solltest warten, den Rückstoß muss man erstmal verarbeiten.« Zusammen mit ihr sackte er zusammen und nahm sie in den Arm. Sie erwiderte seine Umarmung und blieb eine Weile in dieser Position knien.

»Fang du schon mal an, ich komm mit den anderen dann nach«, bat Nobu Daisuke, der noch immer hinter ihm wartete.

»Du musst mir nur beim Tragen helfen, da brauchen wir die anderen nicht.« Er wollte die beiden nicht hetzen und ihnen diesen gemeinsamen Moment gönnen.

»Okay, ich komm gleich nach.«

»Bis gleich.«

Nobu wartete noch ein bisschen, bevor er sie fragte: »Kannst du wieder aufstehen?«

»J-ja« Sie versuchte langsam wieder aufzustehen. »Daisuke wartet bestimmt schon auf dich«, sagte sie ihm, als sie wieder stand.

»Ja, weck bitte in der Zwischenzeit den Rest auf«, bat er Harui, die mit einem Nicken bestätigte.

»Was ist denn los, habt ihr was erwischt?« Umeko, wie auch die anderen, waren bereits von den Schüssen geweckt worden. Umeko hatte sich am schnellsten angezogen, was vor allem daran lag, dass sie bis auf ihre Stiefeletten nie etwas auszog und diese dank des Reißverschlusses schnell anziehen konnte.

»Wir haben zwei Tiere erwischt, Nobu und Daisuke holen sie jetzt her«, setzte Harui die anderen ins Bild.

»Das ist doch super, dann können wir endlich mal wieder was Ordentliches essen.« Rei war mittlerweile hellwach und dabei sich auf ihrem Schlafsack anzuziehen. Seitdem sie nicht mehr verfolgt wurden, trug sie beim Schlafen nur eine Unterhose und ein T-Shirt.

Nobu ging derweil mit gezücktem Messer auf die Stelle zu, an der Daisuke bereits auf ihn wartete. Die Äste unter seinen Füßen gaben knackend nach, während ihn das Rauschen der Blätter im Wind beruhigte. Da er sich nicht anschlich, konnte Daisuke ihn schon von weitem hören.

»Also wenn hier noch Tiere in der Nähe waren, sind sie spätestens jetzt weg«, scherzte Daisuke.

Nobu konterte mit: »Und was ist mit dir, ich dachte, du wolltest schon mal anfangen, das Tier auszunehmen.«

»Ich habe mir gedacht, dass wir es lieber vor den anderen machen sollen, damit sie sich daran gewöhnen und es vielleicht sogar selbst machen können. Vor allem Jinpei würde ich das Ganze gerne mal näherbringen.« Während sich Daisuke das erwachsene Reh über die Schultern warf, nahm Nobu das Rehkitz. Sie nahmen denselben Weg, den sie gekommen waren, zurück zum Lager. Sie warfen die beiden Tiere völlig entkräftet auf den Boden vor ihren Freunden.

»Was machen wir jetzt mit den Tieren«, fragte Umeko neugierig.

»Wir müssen sie häuten und ausnehmen.« Bei dem Gedanken schauten alle, außer Rei, angeekelt auf die beiden Tiere am Boden. Daisuke wusste zwar viel darüber, doch hatte es selbst noch nie gemacht. Er nahm das Messer in die Hand und setzte seinen ersten Schnitt. In dieser Schnittwunde ging er dann weiter voran und versuchte das Fell von innen zu lösen. Es war anstrengender, als er es sich vorgestellt hatte. Die anderen schauten nur angeekelt zu, Rei und Nobu konnten es aushalten, doch der Rest musste einen Brechreiz unterdrücken. Der Geruch der Eingeweide machte es nicht leichter, dieses Gefühl zu unterbinden. Doch auch Daisuke war nicht ganz wohl dabei, konnte es allerdings durchziehen. Das flackernde Licht des noch schwachen Feuers erschwerte das Ganze noch einmal. Nobu legte zum Glück schon Holz nach, auch damit sie das Fleisch danach grillen konnten.

»Schaut hin, wir müssen das zur Not noch öfter machen und ihr solltet dann nicht alles, was ihr noch an Essen im Magen habt, erbrechen.« Nobu wollte alle abstumpfen.

Kapitel 2 Durst

Nachdem sie sahen, wie Daisuke die Innereien der Tiere in Händen hielt, hatten die aus dem 2ten Jahr kurz keinen Appetit mehr. Dennoch sammelten sie alle eifrig Brennholz, um das Feuer für die Zubereitung des Fleisches wieder ordentlich anzufachen. Schnell brannte das Feuer wieder lichterloh. Das Fleisch wurde währenddessen in kleine gut zubereitbare Stücke von den Knochen gelöst. Das zarte, rosa Fleisch wurde auf mehreren angespitzten Ästen im Kreis um die Feuerstelle aufgespießt, um es zu grillen.

Der fehlende Appetit wurde wieder erweckt, als der Fleischsaft austrat und ins Feuer tropfte, wobei es in kleinen Wölkchen zischend verdampfte. Das Wasser lief ihnen bereits im Munde zusammen und sie konnten es kaum noch erwarten das Fleisch endlich vom Feuer zu nehmen. Derweil wurden die Pappteller vorbereitet. Vor einigen Tagen hatten sie nochmal eine ganze Menge davon gefunden.

»Das riecht ja schon richtig gut, ich kann es kaum erwarten, was zu essen.« Rei starrte bereits eine Weile einen der Stöcke an.

»Nachdem ich gesehen hab, wie Fleisch gewonnen wird, ist mir der Hunger ein bisschen vergangen, dir etwa nicht?« Umeko, die so etwas noch nie erlebt hatte, wollte zwar auch etwas essen, doch sie freute sich nicht mehr so darauf wie davor. Selbst das allmorgendliche Yoga ließ sie ausfallen. Seit dem Kampf in der Sternwarte hatte Umeko wieder angefangen jeden Morgen, trotz ihres straffen Zeitplans, 10–15 Minuten Yoga zu machen. Jeden Tag merkte sie, wie es ihr Stück für Stück besser ging.

»Ich habe schon oft Kadaver gesehen, wenn ich mit meinem Vater unterwegs war.« Ihre Mutter war zwar immer dagegen, doch als sie sah, wie viel Spaß es Rei machte, Zeit mit ihrem Vater zu verbringen, konnte sie nichts dagegen sagen. Das Einzige, das ihr Mann ihr versprechen musste, war, dass Rei nichts passieren würde.

Jeder bekam in etwa die gleiche Menge an dem saftigen Fleisch. Nach ein paarmal Pusten biss Nobu auch schon in das warme Fleisch. Vor Freude fingen seine Geschmacksknospen an zu tanzen. Das Fleisch war kein Vergleich zu den paar Beeren und der Nudelsuppe vom Vortag. Wenn man das Rehfleisch mit anderen Sachen streckte, reichte es für mehrere Mahlzeiten. Die nächste Portion sollte es aber erst wieder am Abend geben.

»Fleisch hat noch nie so gut geschmeckt.« Alle pflichteten Umeko zu.

Die Sonne hatte es inzwischen auch geschafft, sich einen Weg durch die Bäume zu bahnen, der Morgen war angebrochen.

»Fürs Erste haben wir noch genug zu essen, doch wir brauchen immer noch Wasser. Unsere Flaschen sind fast komplett leer. Wenn also jemand einen Bach findet, sofort Bescheid geben, damit wir alle Flaschen wieder auffüllen können«, bat Nobu.

»Du willst also, dass wir uns aufteilen?« Daisuke fand die Idee gar nicht so schlecht.

»So hatte ich es mir gedacht. Wie wollen wir die Teams aufteilen?« Nobu schaute vor allem Rei und Daisuke an.

»Warum nehmen wir nicht einfach die Zweierteams der Nachtwache«, schlug Harui vor.

»Dann wäre das ja geklärt. Jetzt müssen wir nur noch die restlichen Reserven an Trinkwasser untereinander aufteilen.« Nobu wusste, dass Rei und Daisuke bestimmt etwas gegen die Teameinteilung hatten, weshalb er sich schon einen Weg überlegte, wie er die beiden in ein Team bringen konnte, ohne ihre Beziehung zu offenbaren. Währenddessen wurden alle Flaschen, ob leer oder voll, herausgeholt und unter allen aufgeteilt. Jeder sollte dieselbe Menge an vollen und leeren Flaschen haben. Am Ende blieb für jedes Team etwa zwei Liter zum Trinken übrig und je fünf leere Flaschen.

Rei und Daisuke waren schon dabei sich damit abzufinden sich erstmal nicht mehr zu sehen, als Nobu reagierte.

»Wie wäre es, wenn Umeko und Jinpei ein Team bilden?«, schlug er auf einmal vor.

»Wieso das denn?«, fragte Umeko überrascht.

»Ihr beide solltet auch mal ein bisschen was über das Orientieren in der Natur lernen und wenn immer Rei oder Daisuke dabei sind, folgt ihr ihnen einfach nur und konzentriert euch gar nicht darauf einen Weg zu finden.« Diesen Grund hatte er sich zwar gerade erst ausgedacht, doch er klang nicht nur für ihn plausibel.

»Aber was ist, wenn wir uns verirren?«, gab Jinpei berechtigterweise zu bedenken.

»Wir werden ein Handy pro Team anschalten; solltet ihr euch wirklich verlaufen, ruft einfach Dai oder mich an.«

»Und was, wenn wir keinen Empfang haben?«

»Auch wenn es in Filmen immer so aussieht, hat man mit etwas Glück im Wald durchaus Empfang, zumindest, solange man nicht zu weit von der nächsten Stadt oder dem nächsten Dorf entfernt ist.«

»Außerdem habe ich dir einiges beigebracht in den letzten Tagen, du solltest dich also ganz gut zurechtfinden.« Daisuke wusste genau, dass Jinpei sich ihm beweisen wollte, darum war das genau der Ansporn, den er gebraucht hatte. Danach kam Daisuke zu Nobu und flüsterte ihm ein fröhliches »Danke« zu, dieser gab nur ein »Bitte« zurück. Zuletzt ging er noch zu Jinpei und gab ihm den Rat die Zeit zu zweit mit Umeko zu nutzen, um ihr etwas näherzukommen.

»Denkst du, es war wirklich nur, damit wir beide etwas Selbstständigkeit lernen?«, fragte Umeko mit leicht schwingender Stimme.

»Was sollte es denn sonst sein, denkst du, er will uns loswerden?« Jinpei verstand nicht, worauf sie hinauswollte, und schaute sie fragend an.

»Das mein ich doch nicht«, antwortete sie genervt. »Du bemerkst aber auch wirklich gar nichts, oder«, fuhr sie ihren Begleiter an, während sie stehen blieb und ihre Arme vor der Brust verschränkte.

»Was meinst du dann?« Jinpei blieb ein paar Schritte vor ihr stehen, als er merkte, dass auch sie stehen geblieben war. Er fragte sich ernsthaft, wovon sie sprach, als ihm Daisukes Worte wieder ins Gedächtnis kamen. Doch so wie es aussah, würden sie sich danach nicht unbedingt besser verstehen.

»Ich rede von Rei und Daisuke. Dass zwischen den beiden was läuft, erkennt doch wohl jeder.«

»Was, meinst du das ernst?« Er war ehrlich überrascht davon zu hören.

»Manchmal frage ich mich wirklich, wie jemand so wenig auf seine Mitmenschen achten kann. Du würdest es vermutlich selbst dann nicht merken, wenn sie direkt vor deinen Augen rummachen würden, oder?« Sie konnte nicht verstehen, wie jemand so blind für andere Menschen sein konnte.

»Was willst du denn damit schon wieder sagen?« Er verstand Umeko einfach nicht, manchmal war sie die liebste Person der Welt, auch wenn sie ihn ein bisschen triezte, doch dann wird sie urplötzlich wütend. Außerdem stimmte es nicht ganz, wenn es etwas mit Umeko zu tun hatte, hätte er es gemerkt. Aber das würde er ihr bestimmt nicht sagen.

»Ich will damit sagen, dass du dich mehr für deine Mitmenschen interessieren solltest«, fuhr sie ihn weiterhin an.

»Ich schätze eben ihre Privatsphäre.« Jinpei versuchte sich zu verteidigen, jedoch ohne Erfolg.

»Das ist ja auch schön und gut, du sollst sie ja auch nicht direkt stalken, sondern einfach ein bisschen aufmerksamer durch die Welt gehen.« Sie konnte nur seufzen.

»Und wie lange, denkst du, geht das Ganze jetzt schon?«

»Ich glaube, seitdem wir damals in der Wohnung von Ishikawa waren und er mich zusammengeflickt hat. Da scheint es zwischen den beiden irgendwie gefunkt zu haben. Es ist wirklich unfassbar, dass es dir nicht aufgefallen ist. Du bist vermutlich der Einzige, der es nicht gemerkt hat.« Langsam beruhigte sie sich wieder.

»Ich bin mir sicher, dass meine Schwester es auch nicht gemerkt hat.« Jinpei versuchte irgendwie die Aufmerksamkeit von sich abzulenken, mit Erfolg so wie es schien.

»Die hat aber auch andere Sorgen, als sich um die Beziehung anderer zu kümmern. Sie muss sich immerhin um ihre eigene kümmern.«

»Was, seit wann hat sie denn eine Beziehung?« Jinpei dachte, er hätte schon wieder was verpasst, und machte große Augen.

»Sie hat keine Beziehung, aber sie hat Nobu ihre Gefühle gestanden.«

»Gut, ich dachte schon, ich hätte wieder etwas nicht mitbekommen.« Er dachte kurz über das nach, was Umeko gesagt hatte. »Moment, sagtest du gerade, sie habe ihm ihre Gefühle gestanden?« Er war sich nicht sicher, ob er es wirklich richtig verstanden hatte.

»Hörst du mir überhaupt zu?« Wieder wurde sie sauer. »Genau das habe ich doch gerade gesagt. Kein Wunder, dass sie es dir nicht gesagt hat, dir fällt auch wirklich gar nichts auf.« Umeko wunderte es, wie wenig Jinpei von den anderen mitbekommen konnte, obwohl sie schon seit über zwei Wochen zusammen unterwegs waren.

»Mir ist aufgefallen, dass meine Schwester Gefühle für ihn hat, aber ich wusste nicht, dass sie bereits so weit gegangen war.«

»Ich auch nicht, in letzter Zeit hat sie sich geändert, sie ist mutiger geworden. Vielleicht hatte das ja was mit unserem Gespräch damals zu tun.«

»Was denn jetzt schon wieder für ein Gespräch?«

»Hmm, ach vergiss am besten, dass ich das gesagt habe.«

Sie redete von dem Gespräch im großen Bad am letzten Abend bei sich zu Hause, dass die drei Mädchen für sich behalten wollten.

»Na gut, wenn du es sagst.« Er wollte keinen Streit vom Zaun brechen, hätte aber schon gerne gewusst, wovon sie sprach.

»Und genau deswegen kriegst du auch nichts mit.« Umeko war noch nicht fertig mit ihm.

»Was, was habe ich den jetzt schon wieder falsch gemacht?«

»Du gibst einfach zu schnell auf. Jeder andere wäre jetzt viel zu neugierig, um das Gespräch jetzt zu beenden. Normalerweise würde man jetzt nachbohren.« Sie fuhr ihn wieder an und pikste mit ihrem Zeigefinger in seine Brust.

»Würdest du mir denn sagen, worum es ging?« Er rieb sich die Stelle, Umeko schnitt und feilte ihre Nägel noch immer. Sie achtete aber immer darauf, dass sie noch über die Fingerkuppe reichten, wodurch ein Pikser damit nicht gerade harmlos war. Überhaupt war Umeko die, die aus reiner Gewohnheit noch am meisten auf ihr Aussehen achtete.

»Nein, aber es geht ums Prinzip, ein- oder zweimal nachfragen ist nicht schlimm. Komm jetzt aber nicht auf die Idee nachzufragen, ich werde es dir nämlich nicht sagen.« Sie erwartete, dass er direkt nachfragen würde, hatte aber keine Lust darauf.

»Aber ...« Jinpei gab auf. »Na gut, ich versuche mehr auf meine Mitmenschen zu achten.«

»Das will ich hören und jetzt lass uns als Erstes eine Wasserquelle finden.« Nachdem sie endlich mal Dampf ablassen konnte, war sie Feuer und Flamme einen Fluss zu finden. Jinpei wirkte in diesem Moment eher wie ein Schoßhündchen, das nicht widersprechen konnte, geschweige denn wollte.

»Was ist eigentlich mit deiner Wunde, tut sie noch weh?«

»Ähm.« Fast schon reflexartig schob Umeko ihre rechte Hand unter ihren Rucksack und fasste auf die Wunde. »Sie tut ab und zu noch weh. Ist aber normal, hat Rei mir gesagt. Deshalb habe ich schon 'ne Weile nicht mehr nachgeschaut. Aber das kann ich ja sowieso nicht, also selbst hinschauen.« Ihr Mund formte ein schmerzliches Lächeln. Es tat ihr sichtlich weh, an die Wunde erinnert zu werden. »Dafür bin ich nicht gelenkig genug.« Weil sie niemandem eine Last sein wollte, versuchte sie das ganze Thema mit Humor runterzuspielen.

Dennoch, auch wenn sie nicht gelenkig genug gewesen wäre, um ihren eigenen Rücken anzuschauen, war sie dadurch, dass sie früher täglich Yoga gemacht hatte, doch sehr beweglich gewesen. Und auch wenn es von Tag zu Tag wieder besser wurde, war sie noch lange nicht so gelenkig wie damals. Dadurch, dass ihre Narbe jedes Mal zu ziehen begann, wenn sie versuchte sich zu dehnen, machte sie nur kleine Fortschritte.

»Oh, okay, dann ist es ja gut.« Jinpei war wirklich erleichtert das zu hören.

Plötzlich hatte sie eine Idee. »Aber du kannst ja mal nachsehen.« So freundlich wie jetzt hatte ihre Stimme den ganzen Tag noch nicht geklungen.

»Ähm, also ich weiß nicht, ob ich das sollte.« Jinpei traute sich nicht.

»Jetzt schau einfach nach, oder willst du mir sagen, dass du dich sogar vor einem nackten Rücken scheust?« Sie wollte ihn damit aufziehen.

»Also, an sich schon, ja.« Jinpei war dieser Satz ziemlich peinlich.

»Du willst mir doch nicht ernsthaft sagen, dass du noch nie ein Mädchen gesehen hast, das freizügig herumgelaufen ist?« Allein bei dem Gedanken wurde er rot im Gesicht. Umeko konnte nicht fassen, was gerade passiert war. Ihr war bekannt, dass die meisten Japaner sehr verklemmt waren, was Freizügigkeit anging, doch das schlug dem Fass den Boden aus. Sie jedoch fand es noch nie schlimm etwas Haut zu zeigen. »Ist das wirklich dein Ernst?« Vorsichtig nickte Jinpei zustimmend.

»Dann musst du es auf jeden Fall tun.« Sie legte noch schnell ihren Rucksack auf den Boden, bevor sie mit dem Rücken zu ihm stehen blieb und auf ihn wartete.

»Willst du nicht wenigstens dein Shirt hochziehen?« Er ging bereits hinter ihr in die Knie.

»Nein, das musst du schon selbst machen«, sagte sie mit einem breiten Grinsen. »Weißt du eigentlich, wie viele Jungs jetzt gerne mit dir tauschen würden.« Sein Herz schlug ihm schon bis zum Hals, als er nur das T-Shirt aus dem Weg schob.

»Und was siehst du?« Er kam in Fahrt und fuhr unbewusst über die Stelle, an der sich die Narbe bildete. Die Berührung seiner Hand überraschte Umeko, weshalb sie kurz zusammenzuckte. »Nun sag schon, was siehst du?« Sie war froh, dass er es nicht bemerkt hatte, und versuchte sich schnell wieder zu fassen.

»Die Wunde ist vollständig verheilt, aber leider ist eine Narbe zurückgeblieben.« Fast tranceartig antwortete er ihr. Die Haut unter seinen Fingern war rau und überhaupt nicht so weich wie der Rest ihres Körpers. Die Narbe sah im Vergleich zur restlichen, leicht gebräunten Haut aus wie eine Tomate.

»Okay, das ist gut, danke.« Er reagierte nicht, sondern fuhr weiter über die Narbe. »Es ist gut.« Durch diesen Satz schreckte er zusammen und ging einen Schritt zurück. »War das etwa so faszinierend für dich? Sei ehrlich.« Ihr schelmisches Grinsen war wieder zurück.

»Na ja, also ich war nur verwundert, wie weich deine Haut immer noch ist.« Beiden war diese Unterhaltung mittlerweile peinlich geworden, weswegen sie an dieser Stelle auch beendet wurde.

Harui hatte währenddessen schon fast einen Liter getrunken, während Nobu gerade mal zwei Schluck genommen hatte. Er hielt es zu Haruis Wohl aus. Auch auf Haruis Frage hin, ob er etwas trinken möchte, verzichtete er und sagte, sie brauche es dringender, und dass er es bedeutend länger, ohne etwas zu trinken, aushalten könnte als sie. Auch sie hatten bis jetzt keinen Erfolg bei ihrer Suche gehabt. Und das bei immer wärmer werdenden Temperaturen. Der Wind, der ab und zu für Milderung sorgte, war das Einzige, was sie nicht verzweifeln ließ, je etwas zu finden.

»Was ist, wenn es hier gar keinen Fluss in diesem Wald gibt?« Harui verlor langsam die Hoffnung.

»Keine Sorge, in jedem Wald gibt es zumindest einen Bach oder eine kleine Quelle. Sonst könnten diese Bäume niemals so gut wachsen und die Tiere wie zum Beispiel die Rehe, die wir heute Nacht erlegt haben, hätten keine Wasserquelle«, erklärte Nobu ihr. Harui wiederum hoffte, dass sie nicht schon daran vorbeigelaufen waren.

»Hast du das von Ishikawa? Du und Daisuke haben doch sehr viel Zeit mit ihm verbracht, oder?« Harui hatte inzwischen kaum noch Hemmungen mit Nobu zu sprechen.

»Ja, wir waren öfter zu dritt zelten, da hat er uns schon das ein oder andere beigebracht.«

»Standet ihr euch sehr nahe, also du und Ishikawa?« Sie merkte, dass ihre Frage vielleicht ein bisschen zu persönlich war. »Tut mir leid, das hätte ich nicht fragen sollen.«

»Du musst dich nicht entschuldigen. Wir standen uns nahe. Da meine Eltern selbst kurz nach meiner Geburt oft verreist waren, haben meistens unsere Nachbarn auf mich aufgepasst. Bis zu dem Punkt, an dem ich Daisuke kennengelernt habe. Seine Eltern haben dann immer öfter auf mich aufgepasst, nach ihrem Tod hat Ishikawa diesen Job übernommen. Zumindest als ich noch jünger war, irgendwann durfte ich dann allein zuhause wohnen.« Auf einmal vermisste er ihn mehr als je zuvor.

»Er war wohl ein sehr netter Mann, ich wünschte, ich hätte ihn besser gekannt.«

»Das war er.«

Nach einem kurzen Moment der Stille wechselte Harui das Gesprächsthema. »Wie lange, denkst du, wird es noch dauern, bis wir in Tokio sind?«

»Wenn es in dem Tempo weitergeht, brauchen wir noch zwischen sechs und acht Wochen, schätze ich mal.« Doch darum machte er sich im Moment eher weniger Gedanken. Es war mehr, dass sie den letzten Teil parallel zum »Nichts« laufen würden.

Daisuke und Rei konnten trotz dieser seltenen Chance kein Gespräch anfangen. Daisuke dachte, dass er im Zugzwang war, da er das letzte Gespräch der beiden abgebrochen hatte. Jedoch hatte er vergessen, was das letzte Mal passiert war. Das Einzige, was er noch wusste, war, dass sie sich aus heiterem Himmel geküsst hatten, bevor er die Sträucher voll mit den japanischen Weinbeeren fand. Rei wiederum wusste nicht, wie sie anfangen sollte. Sie hatten immerhin auch eine Aufgabe, die sie nicht einfach so vernachlässigen konnten.

»Ich hoffe, die anderen finden einen Bach oder Fluss, dann haben wir vielleicht noch genug Zeit für uns.« Rei sprach ihre Gedanken einfach aus.

»Hoffe ich auch, trotzdem wäre es ganz schön, wenn wir eine Wasserquelle finden würden, denn auch unsere Vorräte werden nicht ewig halten.« Daisuke hatte dieselben Gedanken. Auch ohne mit ihr zu sprechen, genoss er die Zeit mit seiner wunderbaren Freundin sehr.

»Aber wir hatten doch noch genug dabei, und so viel haben wir jetzt auch nicht getrunken.«

»Offenbar doch, wir haben schon die Hälfte getrunken.« Daisuke war auch überrascht, aber da sie nicht erst seit heute Morgen Probleme mit ihren Wasservorräten hatten, konnten sie den Durst nicht wirklich unterdrücken.

»Dann müssen wir hoffen, dass wir oder einer der anderen etwas zu trinken findet.«

»Und ich dachte, wir hätten das Schlimmste bereits hinter uns. Wir können uns doch schnell durch unser Gebiet durchkämpfen, dann haben wir genug Zeit für uns.« Den Vorschlag fand auch Rei gut. Daisuke ging ein paar Zentimeter hinter ihr. Der Wind strich durch die tiefschwarzen Haare seiner Freundin, als er eine Raupe entdeckte, die auf ihren Haaren lief. Er versuchte sie wegzumachen, blieb aber an einem Knoten hängen und zog ihr damit unbeabsichtigt an den Haaren.

»Tut mir leid, alles gut bei dir?« Daisuke entschuldigte sich sofort bei ihr.

»Alles gut.« Er zeigte ihr die Raupe, die er aus ihren Haaren gefischt hatte, sie verstand sofort. »Ich würde mir gerne mal wieder die Haare waschen.« Sie nahm ihre verfetteten Haare nach vorne und fuhr vorsichtig mit der Hand hindurch. »Du nicht auch?« Sie drehte sich um und schaute ihm direkt in die Augen.

»Wir können sie ja am Bach waschen, nachdem alle ihre Flaschen aufgefüllt haben.« Vorsichtig setzte er die Raupe auf einem Ast in der Nähe ab.

»Warum braucht es eigentlich erst die Apokalypse, bevor wir die Schönheit der Welt wieder richtig wertschätzen können?« Rei schloss die Augen, ließ das Rauschen der Blätter im Wind gepaart mit dem Gezwitscher der Vögel auf sich einwirken.

»Irgendwas Schönes muss es in der Apokalypse ja geben.«

»Wohl wahr.« Sie öffnete die Augen und lächelte ihn an. Plötzlich klingelte Daisukes Handy und zerstörte den ganzen Moment. Rei seufzte, wieder wurde ihre gemeinsame Zeit unverhofft früh beendet.

»Was ist?«, fragte Rei, ehe er den Lautsprecher anschaltete, damit sie auch mithören konnte.

»Wir haben einen kleinen Bach gefunden, der sollte reichen, um unsere Flaschen wieder aufzufüllen.« Nobu kam direkt auf den Punkt.

»Okay, wir kommen gleich.« Nobu erklärte ihnen noch schnell, wo sie hinmussten, bevor sie auflegten, und der Durst, den sie die ganze Zeit unterdrückten, zurückkam.

Kapitel 3 Geschenke

Während sie auf die anderen warteten, füllten Nobu und Harui ihre leeren Flaschen bereits mit dem frischen, klaren Bachwasser auf. Obwohl es nur ein kleiner Bach war, reichte er aus, um alle Flaschen aufzufüllen.

»Ich dachte schon, wir müssten verdursten, als wir nichts finden konnten.« Jinpei, der zusammen mit Umeko ankam, war überglücklich, dass sie doch noch etwas zu trinken gefunden hatten.

»Haben wir noch mehr Flaschen, die gefüllt werden müssen?« Umeko überprüfte, dass alle Flaschen bis oben hin voll waren und jeder genügend getrunken hatte. Auch Rei und Daisuke waren inzwischen angekommen und hatten ihre Flasche ebenfalls gefüllt.

»Ja, ich hoffe nur, dass uns das jetzt eine Weile reicht«, antwortete Nobu glücklich, als Umeko plötzlich ihren Kopf unter Wasser steckte und sich den Dreck von Händen und Gesicht schruppte.

»Das hatte ich ja von Anfang an vor.« Um Luft zu schnappen, kam sie wieder nach oben, wobei sie sah, wie Rei Daisuke zulächelte, bevor sie ihren Kopf ebenfalls in dem kühlen Nass versenkte und ihrerseits begann sich zu waschen. Die Jungs und Harui schauten sich kurz skeptisch an, bis Daisuke es den beiden mit einem Schulterzucken gleichtat. Auch die anderen schlossen sich daraufhin an.

Nobu wusch sich bei der Gelegenheit auch gleich den Dreck aus seinen, mittlerweile dunkelbraunen, Haaren. Schnell wurden sie wieder heller und er bekam ihre natürliche Haarfarbe zurück. Umeko entfernte den Haarreif, der als Einziges dafür sorgte, dass ihre Haare nicht komplett im Wasser versanken, und ließ sie in der Strömung verlaufen. Das Wasser verfärbte sich leicht dunkel, während ihre blonden Haare im Wasser fast so aussahen wie flüssiges, wenn auch ein bisschen verunreinigtes, Gold. Dennoch bekamen ihre Haare nicht mehr den natürlichen blonden Touch, sondern blieben dunkel. Sie schob es auf den Fakt, dass sie durchnässt waren. Sie wusste aber, dass ihre Haare noch immer etwas verfettet waren. Durch den jahrelangen Einsatz von Shampoo, Conditioner und anderen Pflegeprodukten waren ihre Haare selbst nach dem Waschen nicht so sauber wie bei Rei, Daisuke oder Harui. Diese haben ihre Haare schon öfter, rein aus Geldmangel nur mit Wasser oder sehr wenig Shampoo waschen können. Bei ihnen hat sich die Talgproduktion bereits auf ein normales Level reduziert, während es bei Umeko noch ein wenig dauern würde. Durch gründliches Bürsten jeden Morgen, außer an diesem, schaffte sie es, dass ihre Haare dennoch relativ normal aussehen.

Da sie es am Morgen genauso wenig schaffte wie Yoga, packte sie jetzt ihre hellblaue Haarbürste aus und begann damit die Knoten in ihrem Haar zu lösen. Sie hatte viel Arbeit damit. Nobu rubbelte sich gerade den Kopf trocken, als Harui ihren Kopf heftig schüttelte, um ihre frischgewaschenen Haare schnellstmöglich trocknen zu können. Dabei spritzte sie Nobu und ihren Bruder von oben bis unten hin voll. Wieder einmal verzichtete sie auf ihre ehemals charakteristischen Zöpfe und ließ sie einfach hängen.

»Soll ich dir dabei helfen, die Knoten zu entfernen?« Umeko, die bei sich bereits fertig war, bot ihrer besten Freundin ihre Hilfe an, welche sie dankend annahm.

Daisuke dagegen half seiner Freundin dabei ihre Haare zu waschen. Er rieb sie gegeneinander, um den ganzen darin verborgenen Dreck rauszuwaschen. Umeko schaute währenddessen auf ihre immer noch ungewöhnlich dunkle Haarpracht. Früher waren sie selbst direkt nach dem Duschen nicht so dunkel.

»Wieso habe ich da nicht dran gedacht?« Sie drehte sich zu Jinpei um. »Jinpei, du hilfst mir jetzt, sie nochmal ordentlich zu waschen.« Sie hatte inzwischen ihren Narren daran gefressen Jinpei auf diese Art zu ärgern. Jinpei konnte nur verwundert schauen, bevor er auch schon am Arm gepackt und zum Bach geschleift wurde.

»Soll ich dir auch dabei helfen?« Nobu bemerkte, dass Harui und er die Einzigen waren, die jetzt einfach nur dumm rum standen.

»Ähm, nein danke, ich bin zufrieden, so wie sie gerade sind.« Sie fuhr sich über ihren Kopf, bevor sie sich ein Büschel ihrer Haare vor ihr Gesicht hielt und es so verdeckte. Zwar war sie in letzter Zeit mutiger geworden, doch hatte sie immer noch nicht ganz ihre Schüchternheit ihm gegenüber ablegen können. Ihr Bruder hingegen war von der Situation, in die er so unverhofft gezwungen wurde, leicht überfordert. Er wollte auf keinen Fall, dass Umeko am Ende etwas auszusetzen hatte. »Hoffentlich bekomme ich ihre Haare richtig sauber und hoffentlich zieh ich nicht zu fest und tue ihr weh.« Er machte sich nur Gedanken um sie und dachte gar nicht an sich selbst.

Da ihre Ohren noch über Wasser waren, hörte sie, als er ihr sagte, dass er fertig war. Umeko schwang auf einmal mit ihrem Kopf nach oben, ihre klatschnassen Haare bespritzten den Boden hinter ihr in einer Linie und auch ihr Rücken war auf einen Schlag durchnässt. Der kalten Rücken war eine willkommene Abkühlung für ihren restlichen Körper, wie sie fand.

»So, jetzt bist du dran.« Sie ließ ihm keine Zeit zum Überlegen, sie packte seine Hand und zerrte ihn auf die Knie.

»Ähm, also ich weiß nicht.« Sie musste ihn richtig dazu zwingen und dachte schon, sie müsste seinen Kopf gleich mit Gewalt unter Wasser drücken. Doch er gab nach, wie er es immer tat, und beugte sich nach unten. Sie begann sofort damit seine Haare wie auch seine Kopfhaut mit ihren Fingern zu massieren.

»Das fühlt sich richtig gut an.«

»Ich weiß, das hat meine Friseurin immer bei mir gemacht, sie hat dazu immer gesagt, dass es die Haarwurzeln stärken würde. Natürlich würde das Ganze noch mal besser werden, wenn ich Shampoo oder so hätte, aber es muss auch ohne gehen.« Sie verwöhnte ihn richtig. Rei, die nur ein kleines Stück weiter dabei war Daisuke zu helfen, versuchte ihre Technik zu kopieren und begann ebenfalls mit der Massage. Daisuke zuckte kurz zusammen bei dem Gefühl.

»Alles in Ordnung?« Rei erschrak als Reaktion darauf.

»Alles gut, es ist nur, das ist das erste Mal seit langem, dass sich etwas so gut anfühlt, da wurde ich einfach ein bisschen schwach.« Rei war überglücklich das zu hören und machte noch motivierter weiter.

Als nun auch das letzte bisschen Dreck dem Strom des Baches folgte, gingen sie dazu über die Haare erneut zu bürsten. Der Einzige, der sich dagegensprach, war Nobu, der seine verstrubelten Haare behalten wollte.

Es dauerte noch gut eine Viertelstunde, bis alle Knoten- und weitestgehend dreckfrei waren. Durch die Hitze, die mittlerweile herrschte, waren auch Umekos und Reis Haare getrocknet.

»Okay, schön, jetzt sind wir alle wieder sauber, können wir jetzt endlich weiter gehen?« Nobu war schon richtig ungeduldig und wollte keine weitere Minute mehr vergeuden, ohne voranzukommen. Er wusste zwar nicht, wie nahe das »Nichts« bereits war. Doch war ihm bewusst, dass jeder Meter, den sie zurücklegten, am Ende den entscheidenden Unterschied ausmachen konnte.

»Du hast doch mal gesagt, du glaubst, dass Umeko mich mag, oder?« Jinpei sorgte dafür, dass er mit Daisuke weitestgehend ungestört reden konnte, indem sie ein paar Schritte hinter die anderen zurückfielen.

»Ja, wieso fragst du?« Daisuke erinnerte sich nur entfernt an diese Unterhaltung.

»Ich glaube, du liegst falsch.« Er achtete darauf, dass niemand die beiden belauschte.

»Ach ja, wieso das denn?« Daisukes Neugier war geweckt.

»Ich habe eher das Gefühl, dass sie es mag mich zu quälen.«

»Okay, das ist ne ordentliche Anschuldigung, kannst du die denn auch beweisen?« Daisuke wunderte es das zu hören.

»Sie zwingt mich immer wieder bewusst in unangenehme Situationen.«

»Meinst du das vorhin mit dem Haarewaschen?« Er konnte es genauso wie alle anderen sehen, auch wenn seine Aufmerksamkeit eher jemand anderem galt.

»Zum Beispiel, es gibt aber auch noch andere Sachen, die ich jetzt lieber nicht erzählen möchte.«

»Ich glaube, das siehst du ganz falsch und da wird sie mir sicher zustimmen. Würde sie dich wirklich quälen wollen, würde das anders aussehen. Ich glaube eher, dass hier das Sprichwort ‚was sich liebt, das neckt sich' zutreffend ist«, sagte er mit einem Zwinkern. »Denn glaub mir, wenn ein Mädchen zulässt, dass man sie anfasst oder dich sogar dazu bringt, heißt das was. Nobu oder mir würde sie das vermutlich nie erlauben, aber bei dir will sie es sogar. Sie genießt deine Gegenwart. Wenn es dir aber trotzdem unangenehm ist, solltest du mal mit ihr darüber reden.« Er konnte sich schon gut denken, dass genau das Umekos Ziel war. Jinpei sollte endlich für sich selbst eintreten.

»Das habe ich, hat trotzdem nichts gebracht«, antwortete er niedergeschlagen.

»Das meine ich nicht. Du sollst einfach so hingehen und ihr sagen, dass sie aufhören soll, dich zu triezen. Wenn du es immer nur sagst, wenn sie gerade dabei ist, hört sie nicht darauf«, erwiderte Daisuke. »Darum würde es auch nichts bringen, wenn ein anderer darüber mit ihr reden würde. Sie möchte es von dir hören.«

»Nein, ich glaube, das würde es nur schlimmer machen.« Er sah das Ganze jetzt in einem völlig anderen Licht. »Sie will, dass ich unbedingt selbstbewusster werde, das hat sie mir selbst gesagt. Wenn sie jetzt hört, dass ich mich gerade bei dir über sie beschwere, anstatt direkt mit ihr zu reden, wird sie mich wahrscheinlich nur noch mehr in die Mangel nehmen.« Er schaute erneut zu Umeko, um sicherzugehen, dass sie nichts von dem Gespräch mitbekam. Doch sie war gerade dabei mit Harui über irgendetwas, das er nicht hören konnte, zu reden.

»Und falls du es noch nicht gemerkt haben solltest, jeder drückt seine Zuneigung anders aus. Umeko zeigt es wohl dadurch, dass sie den, den sie mag, ein bisschen aufzieht«, erklärte Daisuke ihm.

»Ein bisschen ist eine Untertreibung. Aber wenn es wirklich so ist, wie du sagst, sollte ich es vielleicht einfach über mich ergehen lassen.«

»Besser nicht, du solltest ihr sagen, dass du es nicht magst. Wenn du es weiter über dich ergehen lässt, verliert sie womöglich noch das Interesse an dir, weil es ihr irgendwann zu langweilig wird. Besonders dann, wenn ihr Ziel ist dein Selbstbewusstsein zu steigern.«

»Aber ich trau mich doch nicht, etwas zu sagen«, sagte Jinpei besorgt.

»Du hast es mir gesagt, das wird schon.« Daisuke ermutigte den Jungen.

»Worüber wollte er mit dir reden?« Nobu war sofort interessiert, da Jinpei nur selten von sich aus das Gespräch suchte.

»Er dachte, dass Umeko ihn nicht mögen würde.«

»Etwa, weil sie ihn die ganze Zeit triezt?«, nahm Nobu an. Daisuke bestätigte mit einem Nicken. »Ich hätte jetzt eher gedacht, dass sie ihn mag und einfach nur seine Aufmerksamkeit haben möchte.« Nobu sah es genauso wie sein bester Freund.

»Das habe ich ihm auch gesagt.« Daisuke zuckte mit den Schultern.

»Wenn sie ihn wirklich quälen wollte, hätte sie sicher andere Wege. Aber es ist verständlich, dass er so denkt bei seiner Vergangenheit.« Nobu spielte auf das Mobbing, das er erlebt hatte, an.

»Das wird ihn immer verfolgen.« Dai kannte die ernüchternde Wahrheit.

»Jepp«, stimmte ihm sein bester Freund zu.

Sie wurden von ihrer Gruppe unterbrochen, die mit offenen Mündern stehen geblieben war. Alle zeigten sie in eine Richtung, wo sich ihnen ein Bild des Grauens bot.

Direkt auf ihrem Weg wurden vier Menschen gekreuzigt.

»Das ist doch unmöglich!« Nobu war der Erste, der erkannte, um wen es sich dabei handelte.

»Sag bloß, hier leben irgendwelche Wahnsinnigen.« Anstatt sich die Leichen richtig anzuschauen, schaute Jinpei sich panisch um.

»Erkennt ihr sie denn nicht?« Auch Nobu schaute sich mit gezückter Waffe in der Gegend um.

»Das sind doch die Jäger, die uns vor einer Weile angegriffen haben, oder?« Harui würde das Gesicht des Mannes, der ihr einen Revolver an die Schläfe gedrückt hatte, nie wieder vergessen. Sie roch noch immer den Mundgeruch des Typen, er hatte sich zu diesem Zeitpunkt schon seit Tagen nicht mehr die Zähne geputzt. Besonders erinnerte sie sich an die Schussverletzung an seinem Hals, die Nobu ihm zugefügt hatte. Auch jetzt noch klafft die Wunde an seinem Hals, die Unmengen Blut, die er dadurch verloren hatte, waren auf seiner Kleidung getrocknet.

»Das können sie nicht sein, ihre Verwesung müsste schon viel weiter fortgeschritten sein.« Rei hatte recht, die Leichen sahen so aus, als hätte die Verwesung nach zwei oder drei Tagen einfach aufgehört. Auch Nobu fand es seltsam, normal hätten Waldtiere sowie Bakterien und das Wetter die Leichen viel mehr in Mitleidenschaft ziehen müssen. Vorsichtig, mit dem Gedanken an eine Falle, näherte er sich einer der Leichen, um sie genauer untersuchen zu können. Das Kreuz war aus massivem Holz und hätte selbst einem wildgewordenen Eber standgehalten.

»Sie sind kalt.« Kaum fasste er sie an, merkte er es.

»Dann wurden sie vielleicht auf Eis gelegt und erst vor kurzem hier aufgestellt«, schlussfolgerte Rei.

»Aber wer würde so etwas machen?« Umeko hielt zittrig ihre Pistole in der Hand.

»Verrückte, habe ich doch schon gesagt.« Jinpei war kurz davor durchzudrehen. Mehrfach schaute er sich in der Gegend um, nur um am Ende doch wieder nichts zu sehen.

»Schaut mal, hier liegt ein Brief.« Angelehnt an das Kreuz, an dem Nobu gerade stand, lag ein hellbrauner Umschlag.

»Denkst du, der ist für uns?« Selbst Rei machte diese Lage Sorgen, weshalb sie sich ihm nur mit äußerster Vorsicht näherte.

»Es gibt nur einen Weg das herauszufinden.« Nobu riss den Umschlag auf und holte ein beschriebenes A4 Blatt hervor.

»Jetzt spann uns nicht so auf die Folter, was steht da?« Umeko wurde schon ganz ungeduldig.

Nobu begann laut vorzulesen.

»Als Erstes möchten wir euch dafür loben, dass ihr es geschafft habt, trotz eurer klaren Minderzahl unsere Leute getötet zu haben. Wir haben aber auch gesehen, dass ihr einen Mann verloren habt, unser herzliches Beileid für diesen Verlust.« Noch bevor er weiterreden konnte, fiel ihm Daisuke ins Wort.

»Wollen die uns verarschen?« Ihm war sofort klar, dass es sich hier um die Typen handeln musste, die sie in der Sternwarte bekämpft hatten. Dennoch war Daisuke richtig aufgebracht über den Fakt, dass die Mörder von Ishikawa sich anmaßten, so etwas zu sagen. »Unser herzliches Beileid, mein Arsch. Die können mich mal.« Er schrie nun. »Kommt raus, dann kann ich euch zeigen, was ich doch für ein großes Herz habe, um euch zu verzeihen.« Er war sich sicher, dass sie sich irgendwo in der Nähe verstecken mussten, doch nirgendwo regte sich etwas.

»Dai bitte.« Rei trat an ihn heran und versuchte ihn zu beruhigen.

»Tut mir leid, das Ganze hier regt mich einfach auf, lies bitte weiter.« Als er sich wieder beruhigt hatte, fuhr Nobu fort.

»Aber falls ihr wirklich dachtet, es wäre mit unseren Brüdern in der Sternwarte vorbei, habt ihr euch getäuscht. Wir sind mehr, als ihr euch jemals vorstellen könnt. Ihr werdet uns niemals besiegen können, also gebt uns beim nächsten Mal besser gleich das, was wir wollen.«

»Ich dachte, wir hätten damals alle von ihnen erwischt?« Umeko dachte augenblicklich an ihre Eltern, wie sie tot zu Boden fielen, und fing an zu zittern.

»Haben wir auch. Keiner, der bei der Sternwarte war, ist jetzt noch am Leben.« Nobu beantwortete ihre Frage nur unterbewusst, während er sich den Fuß des Briefes wieder und wieder anschaute. »Rei hast du das hier schon mal gesehen?« Unter dem Text stand ein Kreuz, doch es sah irgendwie komisch aus, trotzdem kam Nobu das Symbol bekannt vor.

»Hmm.« Auch Rei musste überlegen. »Aber ja doch, das ist das Tatzen- oder auch Templerkreuz, dieses Symbol haben die Mitglieder des Templerordens in Europa bei ihren Kreuzzügen getragen.« Sie hatte es schon öfter in Geschichtsbüchern gesehen. Auch Nobu fiel wieder ein, wo er es gesehen hatte. Er hatte es in einigen Büchern seiner Eltern gesehen.

»Kreuzzüge?« Sie hatte den Begriff zwar im Geschichtsunterricht schon mal gehört, doch war Umeko von ihrem alten Geschichtslehrer immer so gelangweilt gewesen, dass sie nie wirklich aufgepasst hatte.

»Das waren Kriege, die die katholische Kirche zwischen 1095 und dem 13. Jahrhundert nach Christus in Europa, vor allem aber im Nahen Osten geführt hat. Sie bezeichneten es auch als Heiligen Krieg, da sie vor allem gegen Nicht-Christen gekämpft haben.«, erklärte Rei. »Die Templer hingegen waren noch bis ins 14. Jahrhundert aktiv, ehe sie vom König von Frankreich und dem Papst höchstpersönlich verfolgt wurden.«

»Wenn ich mir die Leichen so anschaue und wie sie präsentiert wurden, erinnert das Ganze stark an eine Kreuzigung.« Besorgt schaute Nobu zu den Leichen.

»Soll das etwa bedeuten, dass diese Typen was mit der Kirche zu tun haben?« Entweder das oder dass sie fanatische Gläubige sind, war das Einzige, das für Rei in Frage kam.

»Oder es sind Verrückte, die denken, dass sie im Auftrag Gottes handeln«, sagte Jinpei unruhig.

»Ich dachte, das hätte er gesagt, um seinen Arsch zu retten.« Daisuke erinnerte sich an die letzten Worte des Typen, den er zuletzt erschossen hatte.

»Was meinst du?« Nobu, der es nicht gehört hatte, wurde neugierig.

»Einer dieser Typen, die ich in der Sternwarte erschossen habe, sagte, dass das alles viel größer sei, als wir es uns jemals ausmalen könnten und mit ihrem Tod hätten wir den Stein erst ins Rollen gebracht. Ich dachte, das wäre einfach nur dummes Zeug, und drückte ab. Hätte ich gewusst, dass es stimmt, hätte ich …« Er wurde unterbrochen.

»Dann hättest du ihn trotzdem getötet, denn nur wegen einem, der am Leben blieb, hätten sie uns nicht verschont. Nicht nach all den Leichen«, versicherte ihm Nobu. Er las den Brief noch mehrere Male, bis er seinen Arm enttäuscht sinken ließ. Seine Hoffnung noch etwas übersehen zu haben hielt nicht lange an.

»Hey, da steht was auf der Rückseite«, merkte Harui an.

»Durchsucht die Rucksäcke der Leichen´, wir wollen ja nicht, dass ihr verhungert, bevor wir uns das geholt haben, weshalb wir hier sind.«

»Wissen die etwa, dass wir fast keine Vorräte mehr haben«, fragte Harui ängstlich.

»Dann tun wir das doch mal, ich meine die Rucksäcke untersuchen.« Sie gingen zu den Leichen und hängten die Taschen, die ihnen vor die Brust gebunden wurden, ab, um sie durchsuchen zu können. Was sie darin fanden, machte ihnen noch mehr Angst. Beeren, Trinkwasser und Shampoo, es war fast so, als hätten diese Typen sie die ganze Zeit über verfolgt und ihnen hiermit eine Botschaft hinterlassen. Daneben gab es auch normales Essen. Als sie weiter suchten, fanden sie eine kleine Schaufel und sechs in Geschenkpapier eingepackte Kisten. Auf jeder stand der Name eines der sechs Kinder drauf. Nobu machte sich daran die Geschenke zu verteilen, ehe er sein eigenes auspackte.

Nachdem er das Geschenkpapier zerrissen hatte und die Schachtel öffnete, hielt er eine hölzerne Schachfigur in Händen. Es war die Figur des Schwarzen Königs sowie eine Nachricht.

»Auf ein schönes Spiel.

    Noah«

Neben seiner Angst verspürte er nun auch Vorfreude. Dieser neue unbekannte Gegner könnte ihm mehr abverlangen als je ein anderer zuvor. Das Einzige, wovor ihm jetzt noch graute, war, dass er nicht bereit dafür war, es mit ihm aufzunehmen. Er wollte seine Freunde auf keinen Fall verlieren. Anders als sein Gegner konnte er seine Leute nicht einfach so opfern.

Seine Unruhe verflog immer mehr, als er die Maserung des Holzes und die Verarbeitung der Figur zwischen seinen Fingern spürte.

Mit Daisukes Namen war eine Flasche Whiskey beschriftet, und zwar nicht nur irgendeine, es war dieselbe, die sie am Abend vor Ishikawas Tod getrunken hatten.

»Woher wissen die von dem Whiskey, den wir an dem Abend getrunken haben?« Für ihn war das ein eindeutiges Zeichen, dass sie auch damals beobachtet worden sind. Er wurde in seiner Annahme bestätigt, als er das Foto sah, das dabei war. Es zeigte die komplette Gruppe inklusive Ishikawa beim Whiskeytrinken in der Sternwarte.

»Vielleicht hatte diese Sternwarte Überwachungskameras, die wir nicht gesehen haben, diese Typen müssen nur an die Daten rankommen. Das ist jetzt nicht wirklich ein Hexenwerk«, erklärte Rei ihm.

»Stimmt, trotzdem ist das gruselig.« Auf einmal kam ihm ein Gedanke. »Warum sind sie dann in unsere Falle getappt?«

»Ich glaube nicht, dass sich die Typen damals die Videos der Überwachungskameras angeschaut haben. Das hier …«, Rei hielt ihr Geschenk hoch, »… müssen Kollegen oder sowas von ihnen sein.«

»Wenn diese Typen wirklich mit den früheren Tempelrittern zu tun haben, bekamen sie die Antwort vielleicht von Gott, wer weiß«, merkte Jinpei verunsichert an. »Und wenn das wirklich stimmt, können wir doch gar nicht gewinnen.« Wie immer gab Jinpei sofort auf. Besonders da sowohl Nobu als auch Daisuke ihre sonstige Gelassenheit verloren hatten. Für ihn waren sie Vorbilder, doch auch sie hatten Angst, das merkte er, auch wenn sie versuchten es zu unterdrücken.

Jinpei wusste erst nicht, was er mit seinem Geschenk anfangen sollte, in der Schachtel mit seinem Namen drauf befanden sich ein Narbenroller und ein Polaroid. Darauf waren er und Umeko zu sehen. Es war der Moment vor wenigen Stunden, als er ihre Narbe untersucht hatte. Wieder schaute er sich panisch um.

»Bist du sicher, dass der nicht für mich ist.« Umeko, die nur zwei Schritte von ihm entfernt stand, konnte erkennen, was er in der Hand hielt.

»Ja ganz sicher, da, hier steht mein Name.« Jinpei zeigte auf das kleine Schildchen mit seinem Namen darauf.

»Moment mal, denkst du, die haben uns vorhin beobachtet?« Umekos Stimmung schwang schlagartig um bei dem Gedanken, in diesem Moment beobachtet worden zu sein.

Er gab ihr als Antwort nur das Bild. Sie bekam eine Gänsehaut bei dem Anblick. Sie könnte schwören, dass weit und breit niemand zu sehen gewesen war.

Jinpeis Schwester wiederum wusste genau, was sie dort in den Händen hielt, und konnte es gerade deswegen nicht fassen. Sie dachte eigentlich, dass sie es nie wiedersehen würde.

»Das, das ist doch unmöglich.« Harui hielt ihr Geschenk ungläubig in ihren Händen.

»Was hast du denn?« Nobu bemerkte, dass irgendwas nicht stimmte, als ihr Tränen in die Augen stiegen. Er ging auf sie zu.

»Das ist das Armband, das ich meiner Mutter vor Jahren zum Muttertag geschenkt habe.« Unsicher zeigte sie ihm das selbst geknüpfte Armband mit den roten Herzen auf weißem Grund.

»Was, das kann doch gar nicht sein!« Als Jinpei das hörte, ging er sofort zu seiner Schwester. »Das ist doch unmöglich.« Selbst als er es mit seinen eigenen Augen sah, konnte er es immer noch nicht glauben.

Es war tatsächlich das Armband ihrer verstorbenen Mutter.

»Was ist denn daran so besonders, sie haben es vermutlich aus eurer Wohnung gestohlen.«

»Sie können es nicht bekommen haben, weil es damals mit ihr begraben wurde. Es müsste eigentlich etliche Meter unter der Erde begraben sein.« Auch den anderen stockte inzwischen der Atem.

»Bist du sicher, dass es nicht einfach nachgemacht wurde?«

»Ganz sicher, siehst du hier dieses Herz, das eher aussieht wie ein Viereck? Aus Zeitgründen konnte ich es nicht mehr abändern.« Außerdem war das Armband verdreckt und ebenfalls schon leicht verrottet. Was darauf schließen ließ, dass es bis vor kurzem noch unter der Erde war.

»Dai, kannst du mal bitte herkommen.« Daisuke ging leicht verängstigt zu seiner Freundin.

»Was hast du bekommen?« Eigentlich wollte er die Antwort darauf gar nicht wissen.

»Das hier.« Sie zeigte ihm einen roten Lippenstift in einer schwarzen Halterung. »Diese Typen haben uns beobachtet, als wir uns gestern geküsst haben.« Rei war nicht wohl dabei in diesem sehr intimen Moment von jemand Wildfremdem beobachtet worden zu sein.

45

»Das ist doch nicht möglich, da war weit und breit niemand, der uns hätte beobachten können,«, versuchte er sie zu beruhigen. Doch nach allem, was er von Ishikawa über diese Typen erfahren hatte, war es durchaus möglich, dass sie sich in der Nähe versteckt hielten.

Außerdem hielt auch Rei ihm ein Foto hin. Auf diesem waren die beiden zu sehen, wie sie sich küssten.

»Und das hier erklärt auch den Lippenstift.« Sie hielt ihm ein weiteres Foto hin, auf dem sie mit verschmiertem Mund die Beeren aß. Auf der Rückseite des Fotos stand ähnlich wie bei Nobu eine Nachricht. Jedoch hatte Rei bisher zu viel Angst gehabt, sie zu lesen, und hatte das Blatt schnell wieder umgedreht, als sie sah, dass etwas dort stand.

Daisuke nahm das Bild, das Rei nur noch lose in der Hand hielt, an sich. Als er las, was dort stand, wurde er stumm.

»Was steht drauf?« Rei hatte zwar Angst vor dem, was auf dem Zettel stand, wollte es jetzt aber auch wissen. Besonders nachdem ihr Freund sich nicht rührte.

»Ich hoffe, wir haben die Farbe der Weinbeeren gut getroffen.«

Anders als Umeko und viele andere Mädchen in ihrem Alter hatte sich Rei nie für Make-up interessiert. Es war deshalb das erste Mal, dass sie einen Lippenstift in der Hand hatte.

Umeko musste niemand erklären, wofür ihr Geschenk stand, sie wusste, dass die Flasche ihres Lieblingsparfums dafür stand, dass sie sich in ihrem Zimmer umgesehen haben müssen, nachdem sie geflüchtet war. Denn auch sie hatte ein Foto bekommen, zu sehen war ihr Schminktisch, auf dem noch 3 Flaschen dieses Parfums standen. Sie liebte es und trug es jedes Mal auf, wenn sie mit Harui oder ganz allein in die Stadt zum Shoppen ging. Aus Angst, dass es ihr eines Tages hätte ausgehen können, kaufte sie sich immer gleich mehrere davon. Bei ihrem Foto hatten sie mehr Aufwand betrieben als etwa für das von Jinpei. Denn auf ihrem Tisch stand ein Spiegel und die Spiegelung darin hatten sie unkenntlich gemacht.

»Okay, hört mal her, sie versuchen uns einzuschüchtern. Indem sie uns zeigen, dass sie uns in- und auswendig kennen. Und das mag vielleicht klappen, doch dürfen wir nicht den Mut verlieren und müssen weiter unserem Ziel entgegenfiebern, nach Tokio zu gelangen.«

»Es stimmt, es funktioniert, und zwar sehr gut.« Jinpei verstand nicht, wieso Nobu das alles runterreden wollte.

»Allerdings dürften sie dann auch wissen, dass mit uns nicht zu spaßen ist und sie einen Kampf zu erwarten haben, wenn sie uns wirklich angreifen sollten. Denkt mal nach, Kriegsführung beginnt im Kopf, sie wollen uns vorgaukeln, dass sie Dutzende von Leuten sind, aber all das kann auch von einer Handvoll Leuten zustande gebracht worden sein.« Das glaubte zwar niemand, doch dieser Gedanke allein ließ sie hoffen, dass sie es schaffen könnten. Er ließ sie hoffen, dass einer der Männer überlebt hatte und nicht mehr.

»Aber dass sie behaupten uns selbst in bester Verfassung besiegen zu können, lässt mich sogar an meinen eigenen Worten zweifeln.« Nobu dachte es nur, da er wusste, wenn er das laut aussprach, würde die Gruppe niemals zusammenhalten können.

»Schaut mal, hier ist noch etwas, das an uns alle adressiert ist.« Harui hielt ein ovales Objekt in den Händen, das in Laken eingewickelt war. Da es für alle adressiert war, hatten sie es sich bis zum Schluss aufgehoben. Nobu gab nun Order es zu öffnen. Mit jeder Lage mehr, die entfernt wurde, stieg ein Gestank tiefer in die Nasen der Kinder. Als auch die letzte Lage entfernt war, bot sich den sechs ein Bild, das noch schlimmer war als alles, was sie bisher gesehen hatten.

Jedes kleinste Detail erkannten sie wieder. Die Falten, den Dreitagebart sowie die kurzgeschorenen grauen Haare. Vor ihnen hatten sie den abgetrennten Kopf von Ishikawa.

Kapitel 4 Streit

Der Kopf des Mannes, der sie vor fast zwei Wochen gerettet hatte, wurde gerade von Harui in den Händen gehalten. Diese ließ ihn aber vor Schreck fallen, als sie realisierte, was sie da ausgepackt hatte. Ängstlich schlug sie sich die Hände vors Gesicht. Wie auf Kommando wichen alle einen Schritt zurück und begutachteten geschockt, was vor ihren Füßen lag.

»Diese Schweine!« Daisukes Wut war nun nicht mehr zu bändigen. All die Erinnerungen an Ishikawas Tod, die er bisher erfolgreich verdrängen konnte, kamen wieder hoch und vernebelten seinen Verstand. Nobu war der Erste, der sich wieder aus der Schockstarre hatte lösen können. Mit zittriger Hand nahm er den Kopf mithilfe des Tuches und untersuchte ihn. Das Einzige, das ihm auffiel, war das blutige Kreuz, das ihm in die Stirn geritzt wurde. Es sah genauso aus wie das auf dem Brief, das die Kirche während ihrer Kreuzzüge auf ihren Bannern trug.

Nachdem er Ishikawas Kopf wieder auf den Boden zurücklegte, ging er zu den gekreuzigten Leichen, um sie sich nochmal genauer anzuschauen.

»Hey Rei, hilfst du mir mal kurz, ich will ihn da runterholen, vielleicht finden wir ja noch ein paar Hinweise.« Eigentlich würde er bei so einer Aufgabe Daisuke fragen, doch der war gerade nicht ganz bei sich. Besorgt blickte sie zu Daisuke, ehe sie wortlos zu Nobu rüberging.

»Redest du später bitte mal mit ihm. Wenn es um Ishikawa geht, solltest du das vermutlich besser übernehmen«, bat Rei ihn besorgt.

»Klar, trotzdem.« Nobu schaute rüber zu Daisuke, um sicherzugehen, dass er nicht zuhörte. »Kannst du ein Auge auf ihn haben.«

»Das versteht sich doch von selbst.«

»Gut.« Sie waren so weit fertig. Mit ihren Messern hatten sie schnell die Seile, mit denen die Leichen festgemacht wurden, durchgeschnitten. Jetzt mussten sie die Leichen nur noch auf den Boden legen. Auch wenn die Verwesung durch das Einfrieren aufgehalten wurde, stank die Leiche immer noch bestialisch.

»Okay auf drei. Eins. Zwei. Und drei.« Synchron hievten sie den leblosen Körper vom Kreuz, auf seinen Bauch.

»Und was erhoffst du dir davon?«, wollte Rei wissen.

»Keine Ahnung, aber bei meinem Geschenk lag dieser Zettel.« Nobu reichte ihr die Nachricht.

»Wer ist Noah?«, fragte sie, nachdem sie es gelesen hatte.

»Weiß ich nicht. Aber ich nehme mal an, dass er der Anführer von diesen Typen ist.« Nobu zog den Jäger aus und untersuchte ihn von Kopf bis Fuß nach irgendeinem Hinweis. Rei durchsuchte währenddessen die Klamotten des Mannes.

»Was macht ihr da?« Umeko kam zusammen mit den Zwillingen dazu.

»Nobu will die Leichen untersuche«, erklärte Rei.

»Schon was gefunden?«, fragte Harui.

»Nein, helft ihr mir mal die anderen runterzunehmen.« Während Umeko und die Zwillinge noch angewidert auf den Toten schauten, holte Nobu zusammen mit Rei die anderen vom Kreuz.

»Was erhoffst du dir davon«, wollte Jinpei wissen.

»Hier.« Rei gab ihm die Nachricht von Noah.

»Warte!« Jinpei las sich den Satz nochmal durch. »Heißt das, alles passiert nur, weil irgend so ein Psycho wissen will, ob er besser ist als Du.«

»Du kannst Nobu ja wohl nicht dafür verantwortlich machen.« Umeko stellte sich vor ihn.

»Ach nein und wieso nicht? Es geht ihnen doch definitiv um Nobu.« Er wedelte mit dem Zettel vor ihrer Nase. Alle waren überrascht, dass Jinpei sich gegen Umeko stellte.

»Was ist denn hier los?« Auch Daisuke konnte es nicht mehr überhören, Wut und Trauer spiegelten sich noch immer in seinem Gesicht wider.

»Wir haben gerade herausgefunden, dass Nobu für alles verantwortlich ist.« Jinpei überreichte Daisuke den Zettel. »Der war bei Nobus ‚Geschenk', der Schachfigur, dabei.«

»Das beweist doch gar nichts.« Auch Daisuke musste erst einmal schlucken, als er das las, doch am Ende gab er seinem Freund keinerlei Schuld.

»Also für mich reicht das aus.«

Batsch! Alle schauten Umeko erschrocken an. Sie hatte Jinpei eine schallende Ohrfeige gegeben.

»Falls du es vergessen haben solltest, sie sind zuerst bei mir zuhause aufgetaucht und haben da jeden umgebracht.« Obwohl jeder sehen konnte, wie schmerzhaft es für sie war, daran zurückzudenken, zeigte sie ihnen die Narbe als Beweis. »Falls Nobu jetzt wirklich ihr Ziel ist, dann nur, weil er mir das Leben gerettet hat.« Wütend stapfte sie davon. Harui folgte ihr sofort.

»Er hat es sicher nicht so gemeint«, versuchte Harui, etwas abseits, ihren Bruder vor ihrer besten Freundin zu verteidigen.

»Doch, dir ist es vielleicht nicht aufgefallen, aber es war nicht das erste Mal, dass er Nobu die Schuld an unserer Lage gab. Auch wenn ich nicht weiß, wieso, Jinpei mag Nobu nicht und er möchte, dass jeder es genauso sieht.« Ihre rechte Hand brannte noch leicht von der Ohrfeige, sie war auch etwas gerötet, wie wenn man zu lange klatscht.

»Aber was hat Nobu ihm getan?«

»Weiß ich nicht, vermutlich gar nichts«, antwortete Umeko schulterzuckend. »Manchmal mögen sich Menschen einfach nicht.«

»Das kann ich nicht glauben, er denkt zwar oft negativ, doch in Wirklichkeit ist er ein netter Kerl.«

»Das weiß ich doch, wenn es nicht gerade um Nobu geht, mag ich ihn auch echt gerne.« Als Umeko merkte, was sie da gerade gesagt hat, korrigierte sie sich sofort. »Also, jetzt nicht so, wie du denkst.«

»Ich weiß, du magst es ihn zu ärgern«, merkte Harui missmutig an. »Aber ich weiß auch, dass du ihm nichts Schlechtes willst.«

»Wir sollten zurück zu den anderen.« Sie liefen zum Rest der Gruppe, zu ihrer Verwunderung schauten Nobu wie auch Daisuke sowohl nachdenklich als auch besorgt. »Habt ihr was gefunden?«, wollte Umeko wissen.

»Ja, es gefällt mir aber so gar nicht. So ungern ich das auch zugeben möchte, Jinpei könnte Recht haben.«

»Etwa damit, dass du an allem Schuld hast, du solltest dir nicht so zu Herzen nehmen, was mein Bruder gesagt hat.«

»Schau dir das hier mal an.« Nobu gab den Blick für die beiden Mädchen frei.

»Mein Gott!«, stieß Umeko zusammen mit etwas Galle hervor, als sie den Rücken des Jägers sah. Dort war das Kreuz der Tempelritter riesengroß eingebrannt, drum herum hatten sich überall Brandblasen gebildet.

»Aber was hat das jetzt genau mit dir zu tun?«, fragte Harui angewidert.

»Meine Eltern haben genauso ein Brandzeichen auf ihrem Rücken.« Noch immer konnte Nobu es nicht glauben. »Ich habe es nur selten gesehen und das letzte Mal ist auch schon einige Jahre her, darum ist es mir nicht sofort eingefallen. Als ich sie mal gefragt habe, was das sei, haben sie geantwortet, es sei nichts, und gesagt, dass ich es vergessen soll. Doch jetzt brennt in mir die Frage, ob meine Eltern vielleicht sogar etwas mit diesen Typen zu tun haben.«

»Heißt, du könntest tatsächlich für unsere Lage verantwortlich sein?« Entschuldigend sah Umeko zu Jinpei hinüber, der, wenn auch nur kurz, triumphierend lächelte, seine linke Wange gerötet von der Ohrfeige. »Heißt das, meine Eltern mussten wegen dir sterben?« Sie schaffte es nicht mehr ihre Tränen zurückzuhalten, in ihrem Inneren spielten sich mehrere Gefühle auf einmal ab, Angst, Trauer, Wut sowie Verwirrung.

»Das wissen wir doch noch gar nicht. Diese Jäger gehörten doch auch nicht zu diesen Templern oder wie auch immer die sich schimpfen und trotzdem haben sie das Brandzeichen.« Auch jetzt war Daisuke weiterhin auf Nobus Seite.

»Er hat Recht, vielleicht markieren sie damit ihre Opfer und Nobus Eltern wurden vielleicht mal von ihnen entführt oder so«, schlussfolgerte Rei, die das Ganze als Einzige noch sachlich betrachtete.

»Aber warum, sie hatten nichts von Wert, nichts, wofür es sich lohnen würde, sie derart leiden zu lassen.«

»Das brauchten sie auch nicht, wir haben doch schon herausgefunden, dass wir es hier mit verrückten Sadisten zu tun haben. Die entführen und foltern Leute bestimmt auch aus Spaß. Das würde auch erklären, warum sie nicht darüber reden wollten.«

»Es könnte aber auch sein, dass sie zu den Templern gehören und deswegen nicht darüber reden wollen«, mischte sich Jinpei wieder ein.

»Das können wir jetzt unmöglich sagen und solange wir nicht mehr wissen, sollten wir einfach vom Bestmöglichen in dieser Situation ausgehen.« Rei hoffte inständig, dass Nobus Eltern nicht zu den Templern gehörten. »Außerdem, selbst wenn Nobus Eltern zu ihnen gehören sollten, wieso greifen sie uns dann an? Wäre das nicht eher ein Grund uns nicht anzugreifen?«

»Aber würde das nicht so einiges erklären, also ich meine, wenn sie wirklich zu ihnen gehören.« Harui fiel ein, was Nobu ihr über seine Eltern gesagt hatte.

»Und was zum Beispiel?« Nobus Gedanken waren wie vernebelt, selbst für ihn wurde es langsam zu viel.

»Du hast mir doch mal gesagt, dass deine Eltern dir keine Details über ihre Arbeit erzählen, und bist du nicht auch ständig allein zu

Hause, weil deine Eltern im Ausland sind. Darum konnte ich ja ständig zu dir, wenn ich mich zuhause nicht wohl gefühlt habe.«

»Ist das wirklich so?« Umeko, die seine Eltern genau wie alle anderen, mit Ausnahme von Daisuke, noch nie persönlich kennen gelernt hatte, kannte nur die Geschichten, die ihr immer erzählt wurden.

»Ja leider, aber gerade deswegen macht das ja keinen Sinn. Warum werden wir angegriffen, wenn doch meine Eltern ebenfalls Templer sind?«

»Ich kann dir nur eins mit Sicherheit sagen, wenn deine Eltern uns angreifen sollten, werde ich nicht zögern mich zu verteidigen«, erklärte Daisuke.

»Keine Sorge, wenn das wirklich passieren sollte, werde auch ich mich nicht zurückhalten.« Für Nobu waren seine Eltern nie mehr als ferne Bekannte gewesen. Ein tiefes Band, wie es normal für Eltern und Kind wäre, fehlte schon seit seiner Geburt.

»Jetzt da das geklärt wäre, könnten wir ja vielleicht weitergehen. Falls ihr es vergessen haben solltet, wir fliehen eigentlich nicht vor den Templern, sondern vor dem ›Nichts‹«, gab Rei zu bedenken. »Wir sollten langsam weiter.«

»Vorher muss ich noch was erledigen«, unterbrach Daisuke sie. Da alle ihn nur fragend anschauten, erklärte er es ihnen. »Ich möchte ein Grab für Ishikawa ausheben.«

Er schnappte sich die kleine Schaufel, die sie zusammen mit den Geschenken aus einem der Rucksäcke geholt hatten, und fing an zu graben. Nach etwa einer Viertelstunde hatte er einen kleinen Haufen Erde neben einem Loch, das tief genug war, um den Kopf darin zu versenken, ausgehoben. Mit seinen dreckverschmierten Händen wickelte er den Kopf zurück in das Tuch und legte ihn behutsam in das improvisierte Grab. Danach schaufelte er mit seinen Händen die Erde zurück in das Loch, ehe er sie festklopfte. Mit jedem Schlag auf die Erde, wünschte er sich einen der Templer niederzuschlagen.

Rei hatte derweil aus zwei stabilen Ästen und den Schnürsenkeln einer der Jäger ein kleines Kreuz gebastelt, das sie ihrem Freund überreichte. Dieser nahm es an sich und steckte es, nachdem er die Unterseite mit seinem Messer anspitzte, oberhalb des Grabes in den Boden, bevor er aufstand, um eine Schweigeminute einzuleiten. Seine Freundin stellte sich still an seine Seite und ergriff seine Hand, welche die ihre sofort umfasste.

»Danke für alles, was du für mich in den letzten Jahren getan hast, ich werde dich nie vergessen.« Daisuke bedankte sich für ihre gemeinsame Zeit, als die Schweigeminute beendet war. Harui kam eine Idee, schnell sammelte sie sechs Blumen zusammen und überreichte jedem eine. Daisuke verstand sofort und legte die Blume voller Dankbarkeit auf die Erde.

»All die Jahre haben Sie auf Daisuke aufgepasst.« Auch Rei nahm ihre Blume entgegen. »Und haben darauf geachtet, dass er sich nicht selbst schadete. Diese Aufgabe werde ich von jetzt an übernehmen und ich hoffe, ich bin mindestens genauso gut darin.« Rei drückte zärtlich die Hand ihres Freundes, bevor sie sich hinkniete, um ebenfalls ihre Blume hinzulegen.

Harui verteilte noch schnell die restlichen Blumen an ihre Freunde und ihren Bruder, ging dann ebenfalls an das Grab. »Sie haben dafür gesorgt, dass Nobu nicht die ganze Last auf sich nehmen musste.« Sie spielte an dem Armband ihrer Mutter herum, das sie aus ihrer Hosentasche genommen hatte. »Doch jetzt, wo Sie weg sind, müssen wir alle einen Teil der Last auf uns nehmen.« Harui erkannte, dass Nobu in seiner aktuellen Lage weit mehr schultern musste als Ishikawa. »Daisuke, Rei, Umeko, mein Bruder und ich, Nobu ist nicht allein, wir alle müssen und werden unser Bestes tun, um ihn als Anführer zu unterstützen. Ich hoffe, wir schaffen das.« Sie drehte sich um und schaute ihren Freunden direkt ins Gesicht, von jedem, sogar von Jinpei, bekam sie Zustimmung. Sie alle waren bereit ihr Bestes zu tun, um Nobu zu unterstützen.

»Ohne dich wären wir nie so weit gekommen. Du hast dich für uns geopfert und ich werde alles daransetzen, dass dieses Opfer nicht umsonst gewesen war. Harui hat Recht, ich bin nicht allein, dennoch hoffe ich, dass ich meine Aufgabe genauso gut machen werde wie du.« Nobu schaute betrübt in die Zukunft.

»Ich weiß nicht wirklich, was ich sagen soll, außer Danke.« Jinpei hoffte, dass die Zukunft, so finster sie auch aussehen mochte, etwas für sie alle bereithalten würde.

»Sie haben mir mehr als nur einmal das Leben gerettet und dafür bin ich Ihnen sehr dankbar. Ich wünschte nur, ich hätte mehr machen können als wegzurennen, als Sie Ihr Leben geopfert haben.« Umekos Blume war die letzte, die abgelegt wurde. »Ich weiß, dass ich das schon etliche Male gesagt habe, aber danke, dass Sie mein Leben mehr als einmal gerettet haben.« Ihrer Meinung nach konnte man sich dafür gar nicht oft genug bedanken.

»Wir müssen los.« Wieder war es Rei, die jeden daran erinnerte, dass sie in erster Linie vor dem »Nichts« flüchten mussten.

»Danke, dass ihr gewartet habt.« Daisuke verbeugte sich vor allen. »Rei hat recht, wir müssen los, jeder Meter zählt.«

Sie machten sich wieder auf den Weg, mit ungewohnt vollen Taschen. Der Abend war zwar nicht mehr fern, doch hatten sie an diesem Tag bereits viel zu viel Zeit verloren. Sie nutzten deshalb das verbliebene Tageslicht, um Tokio noch ein Stück näher zu kommen.

Trotz oder gerade wegen ihrer Angst waren sie schneller unterwegs als noch zuvor. Sie wollten auf keinen Fall den Templern in die Hände fallen. Alle hielten sie ihre Augen nach Verfolgern offen, konnten aber nirgends etwas entdecken.

Es war schon fast dunkel, als sie endlich ein Lager aufschlugen und das Feuer entfachten. Zum Abendessen gab es wie am Morgen auch gegrilltes Rehfleisch.

»Jinpei.« Umeko setzte sich neben Jinpei, der nervös zusammenzuckte. Er erinnerte sich nur zu gut an die Ohrfeige. »Kannst du mir den Narbenroller mal ausleihen?« Umeko fasste sich an ihren Rücken.

»Narbenroller?« Jinpei war nervös und schaffte es nicht einen klaren Gedanken zu fassen.

»Den, den du von den Templern bekommen hast«, sagte Umeko leicht genervt.

»Ach so.« Ihm fiel wieder ein, was sie meinte.

»Kann ich ihn mir jetzt ausleihen, oder nicht?« Umeko wurde langsam ungeduldig.

»Natürlich, warte.« Unruhig suchte er in seinem Rucksack danach. »Hier.« Er überreichte ihn ihr und war darauf gefasst, dass sie ihn wieder ärgern würde, indem sie ihn aufforderte ihr zu helfen. Doch Fehlanzeige, sie nahm den Roller an sich und verschwand.

Zuerst wollte Umeko sich zu Nobu setzen und ihn bitten ihm zu helfen, um Jinpei eifersüchtig zu machen, entschied sich aber dagegen, da sie ihm nicht noch einen Grund geben wollte, um Nobu zu hassen. Deshalb setzte sie sich neben ihre beste Freundin und bat sie zuerst die Salbe aufzutragen und danach mit dem Roller über ihre Narbe zu fahren.

Sie band ihre Haare zu einem unsauberen Dutt, damit sie nicht im Weg waren. Wie immer ohne jegliche Hemmungen zog sie ihr Shirt nach oben und setzte sich mit dem Rücken zum Feuer, damit Harui etwas sehen konnte. Jinpei beneidete seine Schwester in diesem Moment zutiefst.

»Denkst du, die Narbe wird weggehen?«, fragte Harui, um sich abzulenken, da ihr die Situation trotz allem fast genauso unangenehm war, wie ihrem Bruder es gewesen wäre.

»Ich denke nicht«, gab Umeko entmutigt zu.

»Wie geht's dir?« Das Feuer knisterte munter vor sich her, die Schatten tanzten in den Wald hinein, als Rei ihren Kopf auf Daisukes linke Schulter und ihre rechte Hand auf seinem Oberschenkel ablegte.

»Den Umständen entsprechend.« Er griff nach ihrer Hand und fuhr behutsam mit dem Daumen über den Handrücken, sein Blick blieb aber stur weiter auf das Feuer gerichtet. Nur ab und an ließ er ihn in den Wald schweifen, Ausschau haltend, ob er jemanden entdeckt.

»Du weißt, dass du mit mir reden kannst, wenn dich irgendwas bedrückt.« Sie streichelte mit ihrer Hand seinen Oberschenkel.

»Es war nur …« Daisuke stockte, als er ihr erzählen wollte, was an dem Tag vor über zwei Woche in der Sternwarte passiert war. »Ishikawa hat zwar immer gesagt, dass er uns vertraut, doch als es darauf ankam, hat er sich geopfert, ohne mit uns darüber zu sprechen.«

»Das hat er auch, er hat euch vertraut, dass ihr denen, die er nicht mehr erledigen konnte, den Rest geben würdet. Er wusste auch, dass, wenn er euch etwas von seinem Plan erzählt hätte, ihr dagegen gewesen wärt.«

»Natürlich, wir hätten alles getan, um ihn davon abzubringen«, bestätigte Daisuke.

»Das hätte euch aber nur Zeit gekostet und die hattet ihr nicht.« Rei redete ihm zärtlich zu.

»Ich weiß, es tut trotzdem weh. Besonders da Nobu das genau gewusst hat und mich davon abgehalten hat eine Dummheit zu begehen.« Er lehnte seinen Kopf auf Rei´s.

Genau in dem Moment zog ein ohrenbetäubender Lärm über sie hinweg. Am Himmel über ihnen konnten sie einen Helikopter ausmachen, der mit Vollgas in die Richtung flog, in die sie auch unterwegs waren. Von den Ereignissen des Tages verschreckt zückten sie alle ihre Waffen und entfernten sich vom Feuer, um in den Schatten der Nacht Schutz zu suchen.

Auch nach ein paar Minuten, in denen der Lärm der Rotoren nicht mehr zu hören war, blieb es still. Einzig die Äste und Zweige regten sich im Wind und das einzige Geräusch ging vom Feuer aus, da niemand es wagte auch nur laut zu atmen. Verängstigt und weiterhin bewaffnet trauten sich die Ersten zurück ans Feuer. Die Spannung in der Luft ließ sich fast greifen. Auch vor dem Helikopter hatte sich niemand entspannen können, doch jetzt war es nicht mehr auszuhalten. Alle rechneten jede Sekunde damit, dass gleich eine Truppe Templer aus dem Schatten springen würde.

Kapitel 5 Beziehungen

Schon den ganzen Abend sah Jinpei sich alle zwei Minuten in alle Richtungen um. Er hatte zu viel Angst davor, dass die Templer jeden Moment aus den Büschen springen und sie attackieren würden. Zum Glück für ihn hatte er die erste Wache, denn an Schlaf war für ihn im Augenblick genauso wenig zu denken wie an ein schönes heißes Bad.

Er und Daisuke hatten sich bereits so hingesetzt, dass sie zwar nebeneinandersaßen, aber dennoch in entgegengesetzte Richtungen sehen konnten. Zu Beginn hatte Jinpei sich so hingesetzt, dass er fast das komplette Lager und den dahinter liegenden Wald mit einem Blick erfassen konnte. Daisuke wiederum hatte den Wald auf der anderen Seite ins Auge gefasst. Nach einer Weile hatten sie dann gewechselt.

Obwohl Jinpei in dieser Nacht am liebsten überhaupt nicht schlafen wollte, machte ihn der Blick ins, noch immer munter vor sich hin lodernde, Feuer langsam, aber sicher müde. Große Augen wiederum machte er, als er sah, dass Umeko sich bereit machte, um in ihren Schlafsack zu steigen. Normalerweise gingen die anderen fast sofort schlafen, sobald die erste Wache begann. An diesem Abend jedoch waren alle viel zu aufgeregt, um schlafen zu können, weshalb sie noch eine Weile am Feuer saßen.

Umeko öffnete zuerst ihren unsauberen Dutt und ließ ihre blonden Haare nach unten fallen. Danach öffnete sie den Reißverschluss ihrer rechten Stiefelette und zog sie aus, ehe sie mit dem Fuß auf ihren Schlafsack stieg. Mit ihrem anderen Fuß machte sie dasselbe. Erst dann bemerkte sie, dass Jinpei sie beobachtete. Sie zeigte ihm die kalte Schulter und stieg in ihren Schlafsack. Dort massierte sie sich kurz die Füße, wie jeden Tag. Auch wenn ihre Stiefel trotz der Absätze angenehm zu tragen waren, schmerzten ihre Füße nach den langen Tagen immer noch. So stark wie am Anfang, als sie selbst am nächsten Morgen noch Schmerzen hatte, zwar nicht mehr, doch angenehm war es noch lange nicht.

Rei lag schon länger in ihrem Schlafsack und hielt mit der linken Hand den Lippenstift in die Höhe. Sie dachte zurück an den Kuss und daran, dass sie ihren Freunden noch immer nichts von ihrer Beziehung gesagt hatten. Sie war sich sicher, dass ihre Freunde es bereits ahnten, doch außer Nobu wusste sie von niemandem, der es mit Sicherheit wusste. Sie wand sich aus ihrem Schlafsack, Daisuke reagierte sofort auf das Geräusch der raschelnden Blätter unter ihr und zielte mit seiner Waffe auf sie. Steckte sie aber sofort wieder weg, als er sah, dass sie es war. Jinpei hingegen hatte gerade auf eine Stelle im Wald geschaut, die weit vom Lager entfernt war, reagierte daher erst durch Daisukes Bewegung. Er drehte sich um, vergaß dabei aber seine Waffe zu ziehen. Umso erleichterter war er, als er sah, dass es nur Rei war, die dort stand. Mit einem knallroten Kopf drehte er sich wieder weg. Daisuke wiederum konnte nicht anders, als seine Freundin zu bewundern, wie sie so dastand im schwachen Licht des Feuers, in nicht mehr als einem hellgrauen Shirt und einer Unterhose. Ihre langen, wunderschön schlanken Beine zogen die komplette Aufmerksamkeit Daisukes auf sich. Langsam ging sie die paar Meter zu ihrem Freund und neben ihm in die Hocke.

»Können wir mal reden?«, flüsterte sie ihm ins Ohr.

»Jetzt?« Er konnte ihren Atem an seinem Ohr spüren.

»Ja, jetzt.« Ihr Blick ließ keinen Widerspruch zu.

»Verstehe.« Er entdeckte den Lippenstift, den sie fest in der Hand hielt. »Jinpei, ich bin kurz weg.«

»Was, soll ich etwa allein Wache halten?« Jinpei geriet sofort in Panik.

»Keine Sorge, wir werden nicht zu weit weggehen und sind auch gleich wieder da«, erklärte Rei ihm.

»Na gut.« Jinpei war noch immer unruhig, konnte aber nichts dagegen sagen. Auch Daisuke war nicht wohl dabei ihn allein zurückzulassen. Seine Freundin ließ ihm jedoch keine andere Wahl. Rei nahm an, da sie jetzt noch nicht angegriffen wurden, hätten sie so schnell auch nichts zu befürchten.

»Also, worüber willst du reden?« Auch wenn es nur ein paar Meter waren, wurde Daisuke mit jedem Schritt unwohler sowie wachsamer.

»Ich habe überlegt, ob wir den anderen nicht endlich sagen sollten, dass wir zusammen sind.«

»Wenn du das willst, können wir das gerne machen. Wenn nicht sowieso schon jeder weiß, dass wir ein Paar sind.« Er zwang sich ein Lächeln ab. »Willst du es ihnen jetzt gleich sagen?«

»Nein, erst morgen früh. Wir müssen die anderen deswegen jetzt nicht aufwecken. Wir haben heute genug durchgemacht. Den Schlaf möchte ich ihnen gönnen.«

»Gut, du solltest jetzt lieber schlafen gehen. Du musst später auch noch Wache halten.« Daisuke wollte wieder zurück zu Jinpei, bevor dieser noch einen Nervenzusammenbruch erlitt, Rei hielt ihn aber davon ab. Sie packte seinen linken Arm und zog ihn in ihre Arme.

»Denkst du, wir werden jemals Ruhe haben?« Sie umarmte ihn, presste ihren Körper an seinen und vergrub ihr Gesicht in seiner Schulter.

»Eigentlich dachte ich, dass wir es schon hinter uns hätten.« Er umarmte sie ebenfalls. Mit seiner Hand strich er durch ihre Haare, die im Mondlicht zu glänzen begannen.

»Wir sollten wieder zurück.« Auch wenn es nur wenige Augenblicke waren, kam es den beiden wie eine Ewigkeit vor, die sie dort in inniger Umarmung verbrachten.

»Ich glaube nicht, dass Umeko mich wirklich mag«, sagte Jinpei auf einmal.

»Wegen der Ohrfeige heute Mittag?«

»Ja.« Er konnte die Ohrfeige noch immer spüren. »Und vorhin, als sie schlafen gegangen ist, hat sie mir die kalte Schulter gezeigt.«

»Ich glaube immer noch, dass Umeko dich mag. Aber heute bist du einfach über die Stränge geschlagen. Du solltest dich mal in sie hineinversetzen. Immerhin hat Nobu ihr das Leben gerettet. Ist doch klar, dass sie ihn da verteidigt, wenn du es auf ihn abgesehen hast.« Auch er stand kurz davor Jinpei am Mittag zu schlagen, als Umeko ihn dann aber geohrfeigt hatte, ließ der Drang nach.

»Aber ich habe doch nur die Wahrheit gesagt.«

»Manchmal ist es besser die Klappe zu halten. Denn selbst wenn du recht haben solltest und das alles nur wegen Nobu passiert ist, was ich immer noch nicht glaube: Nobu gibt sein Bestes, um uns alle zu beschützen, und was machst du? Du fällst ihm einfach in den Rücken.«

»Aber …« Verzweiflung lag in Jinpeis Stimme.

»Kein Aber, und wenn du nochmal mit dem Thema anfängst, kleb ich dir sofort eine, kapiert?« Daisuke hatte Mühe seine Stimme unter Kontrolle zu halten, um die anderen nicht zu wecken.

»Ja.« Jinpei gab sich geschlagen.

Die Zeit der zweiten Schicht war gekommen. Daisuke und Jinpei waren schlafen gegangen. Nobu war weiterhin so still wie schon den gesamten Abend. Natürlich hatte Harui nicht erwartet, dass er sie zutexten würde, besonders nicht während der Nachtwache, aber es war anders als sonst. Es war nicht ungewöhnlich für ihn nichts zu sagen, dennoch machte Harui sich Sorgen um ihn, da er gar nicht so war, wie sie ihn kannte.

Ähnlich wie Rei schaute auch er die ganze Zeit über sein Geschenk, die Figur des schwarzen Königs, an, ohne die Umgebung dabei aus den Augen zu verlieren. Harui wiederum beobachtete, ebenfalls ohne die Umgebung dabei aus den Augen zu verlieren, den Jungen neben sich. Sie war sich sicher, dass er sich eine Strategie überlegte, um es mit diesem Gegner aufzunehmen. Ihr fiel aber nicht ein, wie man eine Strategie gegen einen Gegner entwickeln konnte, über den man rein gar nichts wusste. Weder wussten sie, wie viele es waren, noch, wie nah sie waren und auch ihre Bewaffnung sowie ihre eigene Strategie, all das war, wie Harui schmerzlich bewusst wurde, ihnen völlig unbekannt.

Nach einer Weile konnte sie es nicht mehr ertragen, ihn so niedergeschlagen zu sehen. Für die anderen sah er vielleicht genauso in Gedanken versunken aus wie sonst, aber für Harui, die schon die ganze Zeit nur Augen für ihn hatte, war es anders. Sie erkannte, dass er in Sorge war, etwas, das sie bei ihm zuvor noch nie gesehen hatte.

»Kann ich irgendwas tun, um dich aufzuheitern«, fragte sie schüchtern.

»Mir geht es bestens, kein Grund mich aufzuheitern.« Er schaffte es gut seine Besorgnis zu verbergen.

»Das würden dir die anderen vielleicht abkaufen, aber nicht ich. Ich sehe doch, dass du dir Sorgen machst, und das ist auch nur verständlich. Du solltest deine Sorgen mit uns teilen, anstatt sie in dich hineinzufressen.« Sie klang wirklich besorgt um ihn und er sah ein, dass er nicht länger so tun musste, als wenn alles bestens wäre.

»Wie hast du es erkannt, immerhin hat nicht mal Daisuke etwas bemerkt.«

»Ich glaube, er war der Einzige außer mir, der etwas bemerkt hat, aber er hat nichts gesagt, da er daran glaubt, dass du es allein bewältigen kannst. Aber ich kenne dich auch ziemlich gut und ich habe in der ganzen Zeit, in der wir uns kennen, nicht einmal gesehen, dass du dir Sorgen machst, zumindest nicht so. Auch wenn das jetzt komisch klingt, ich habe dich die meiste Zeit beobachtet und kann das deswegen ziemlich gut sagen.« Es war ihr peinlich es ihm gegenüber zuzugeben. Doch sie wusste, dass er ihr anders nicht zuhören würde.

»Du hast recht, das klingt wirklich gruselig, aber wenn ich bedenke, wer uns aktuell beobachtet, warst du noch harmlos.« Mit einem gespielten Lächeln versuchte er die Sache runterzuspielen.

»Ich weiß nicht, ob ich das als Kompliment auffassen soll oder nicht.«

»Lieber nicht, andere würden das bestimmt schon Stalking nennen.«

»Da hast du wohl recht«, gestand Harui sich schuldbewusst ein. »Tut mir leid.«

»Du brauchst dich dafür nicht zu entschuldigen.« Anderen nicht ewig etwas vorzuhalten, war eine Fähigkeit, die Harui bei Nobu sehr mochte. Er wusste, dass Menschen falsche Entscheidungen treffen, manchmal mit Absicht, manchmal weil sie es einfach nicht besser wissen. Eines war ihm aber auch bewusst, und zwar dass Menschen sich ändern können, sie können aus ihren Fehlern lernen und daran wachsen. Darum hielt er es für Schwachsinn jemandem etwas vorzuwerfen, das vor Ewigkeiten passiert war.

»Okay«, antwortete Harui erleichtert.

»Danke«, flüsterte Nobu aus heiterem Himmel.

»Wofür?«, fragte sie überrascht.

»Für das Gespräch, ich fühl mich jetzt irgendwie befreiter.« Er war froh, dass die Templer nicht das Einzige waren, woran alle im Moment denken konnten. Seine größte Sorge war, dass seine Freunde nur noch an die Templer denken konnten und dadurch ein Leben in Angst führen würden. Ohne dabei auch die schönen und einfachen Dinge zu bemerken.

Erfreut drehte Harui ihm wieder den Rücken zu und begann den Wald abzusuchen, in der Hoffnung dort nichts zu finden. Fröhlich darüber, dem Jungen, in den sie verliebt war, geholfen zu haben, strahlte sie ungesehen über beide Ohren.

»Kann ich dich mal was fragen?« Umeko konnte in dieser Nacht kaum Schlaf finden, dennoch war sie während ihrer Schicht hundemüde. Darum versuchte sie ein Gespräch mit der noch etwas verschlafenen Rei zu beginnen.

»Klar, was willst du wissen?« Rei war wenig Schlaf gewöhnt, wodurch sie schon wesentlich wacher war als Umeko. Sie stieß jedoch auch langsam an ihre Grenzen.

»Daisuke und du, seid ihr eigentlich zusammen?«, fragte Umeko mit interessiertem Blick.

»Woher ...« Rei wusste zwar, dass einige ihrer Freunde bereits ahnten, dass sie mit Daisuke zusammen war, doch überraschte es sie dennoch, dass Umeko sie das plötzlich fragte. »Ja sind wir. Wir hatten eigentlich vor es beim Frühstück allen zu sagen.«

»Oh, da bin ich euch wohl zuvorgekommen.« Umeko grinste triumphierend. »Glückwunsch euch beiden.«

»Danke«, war alles, was Rei zusammen mit einem freudigen Lächeln sagen konnte.

»Erzähl, wie ist Dai so als Freund.« Umeko war ganz neugierig.

»Nicht viel anders als sonst auch, er ist immer für mich da und kümmert sich um mich. Außerdem bin ich neben Nobu wohl die Einzige, der er sich wirklich anvertraut. Auch wenn er mir nicht so viel zutraut wie Nobu.« Eine gewisse Bitterkeit lag in ihrer Stimme.

»Er will dich nur schützen, weil er dich liebt. Es ist doch verständlich, dass man jemanden, den man liebt, außer Gefahr haben will.«

»Aber ich kann genauso kämpfen wie er und Nobu«, beschwerte Rei sich. Sie wusste, dass Umeko und die Zwillinge keine guten Kämpfer waren und deshalb beschützt werden mussten, doch sie selbst konnte sich verteidigen.

»Selbst wenn du mit Abstand die Beste von uns allen wärst, er würde alles tun, damit du nicht in Gefahr gerätst. Besser als ein Angsthase, der beim kleinsten Anzeichen von Gefahr in Panik gerät.« Rei war klar, dass sie damit auf Jinpei anspielte.

»Ich weiß, eigentlich sollte ich mich freuen, aber es ist einfach nur frustrierend.« Sie seufzte.

»Also ich würde es toll finden, wenn mich ein Held in strahlender Rüstung retten würde, aber da ist wohl jeder unterschiedlich.« Umeko musste schmunzeln. »Was mich aber auch noch interessiert, ist, wie seid ihr zwei zusammengekommen, und noch wichtiger, wie hast du dich in ihn verliebt?« Sie saß mit großen Augen vor ihr und vergaß völlig, dass sie eigentlich gerade Wache halten sollten.

»Ich habe mich mit der Zeit einfach in ihn verliebt, es gab da keinen besonderen Auslöser«, antwortete Rei schulterzuckend.

»Irgendwas muss doch passiert sein. Immerhin trifft man ihn nie ohne Nobu an und wenn ich das mal sagen darf, Nobu sticht mindestens genauso, wenn nicht sogar noch mehr heraus als Daisuke.«

»Vermutlich war es genau das. Als ich neu an der Schule war, hatte Nobu seinen Ruf als Jahrgangsbester und Mädchenschwarm längst inne. Ich fand aber schon immer, dass Daisuke besser aussieht als Nobu. Als ich mich dann mit den beiden angefreundet habe, bemerkten wir, dass wir beide, einige gemeinsame Hobbys haben, und so habe ich mich immer öfter mit Daisuke zu zweit außerhalb der Schule getroffen.« Ein schmerzliches Lächeln zeichnete sich in ihrem Gesicht ab, als sie an diese schöne Zeit zurückdachte. Eine Zeit, in der es ihre größte Sorge war in einem Test nicht gut abzuschneiden.

»Und dann hast du dich in ihn verliebt?«

»Mit der Zeit, ja. Ich hatte sowieso vor es ihm zu gestehen, also habe ich es ihm damals, als du dich erholen musstest, gesagt. Und dann sind wir zusammengekommen.« Rei behielt auch weiterhin die Umgebung im Blick, während die Sonne langsam aufging.

»Ich wünschte, das würde mir auch passieren.« Umeko begleitete die Aussage mit einem Seufzer. »Aber nein, ich muss mich in einen Feigling wie Jinpei vergucken«, dachte sie sich noch dazu. Ihr fiel wieder ein, dass sie gerade Wache hatte und schaute sich sofort panisch in der Gegend um. Zu ihrem Glück konnte sie aber nichts Verdächtiges finden.

»Was ist denn mit Jinpei, ihr beide steht euch doch ziemlich nahe oder nicht?«, sagte Rei, während sie ihr den Rücken zuwandte.

»So nahe jetzt nun auch wieder nicht, ich mag es nur ihn ein bisschen zu ärgern. Außerdem versuche ich ihm dabei zu helfen, dass er mehr Selbstvertrauen bekommt.« Umeko zog ihre Knie heran und spielte ein bisschen mit der Spitze ihrer schwarzen Stiefel, die im Licht der aufgehenden Sonne schwach schimmerten.

»Nach der Aktion heute Mittag hat das auch gut funktioniert.«

»Wenn ich nur daran zurückdenke, möchte ich ihm gleich noch eine reinhauen.« Umeko war noch immer sauer, dass Jinpei Nobu für alles verantwortlich machte. »Selbst wenn Nobu an allem schuld wäre, er ist hier mit uns und hilft uns, dass alles durchzustehen. Wenn Jinpei sicher ist, reißt er die Klappe auf, aber sobald Gefahr in Verzug ist, zieht er den Schwanz ein und ergreift die Flucht.« Sie musste ihre Stimme dämpfen, um ihre schlummernden Freunde nicht aufzuwecken. »Er ist ein Feigling.«

»Entweder das oder er ist der Einzige von uns, der noch klar sieht.«

»Wir werden sehen«, antwortete Umeko schnaubend. »Wusstest du eigentlich, dass Harui Nobu ihre Liebe gestanden hat.« Umeko versuchte sich von ihrer Angst vor den Templern abzulenken, indem sie noch mehr redete als normal.

»Ja, Dai hat es mir vor einer Weile erzählt.«

»Wie fändest du es, wenn die beiden zusammen wären?« Umeko wollte nicht, dass das Gespräch aufhörte.

»Ich weiß nicht, auf der einen Seite würde ich mich für sie freuen. Auf der anderen Seite wäre es aber so, wie wenn ein Fan mit seinem Idol zusammenkommt, und das funktioniert ja nicht wirklich.«

»Aus der Sicht hatte ich das noch gar nicht betrachtet. Aber stimmt, Harui himmelt Nobu zu sehr an, als dass es wirklich eine gescheite Beziehung werden könnte«, gestand Umeko sich ein. Natürlich wünschte sie ihrer Freundin nur das Beste, doch jetzt nach dieser Erkenntnis hatte sie Angst, dass sie am Ende doch nur verletzt werden würde.

Kapitel 6 Fisch

Obwohl ihre Wache eigentlich bis 8 Uhr gehen sollte, wurden die meisten der anderen bereits gegen 7 Uhr von der am Himmel stehenden Sonne geweckt. Auch an diesem Morgen schaffte Umeko es nicht sich genug zu beruhigen, um Yoga machen zu können. Sowohl die Templer als auch die Beziehung von Rei und Daisuke wühlten sie innerlich zu sehr auf. Einzig ihre Haare konnte sie an diesem Morgen, wenn auch geistesabwesend, bürsten. Das aber auch erst, als schon einige der anderen wach waren. Ihre Gedanken allerdings waren noch immer bei den Templern. Weshalb sie auch nicht selten für mehrere Sekunden auf eine Stelle des Waldes starrte und völlig vergaß, was sie eigentlich gerade machen wollte. Jede kleinste Bewegung bzw. jedes Geräusch führte zu diesem Zustand.

»Leute, Daisuke und ich müssen euch was erzählen.« Als alle beim Frühstück um die Glut des Feuers saßen, legte Rei plötzlich ihre Hand auf Daisuke Oberschenkel und bat um die Aufmerksamkeit der anderen. Wie erwartet fragten sich nur die Zwillinge, worum es gehen könnte. Umeko und Nobu schauten die beiden mit einem wissenden Lächeln an und freuten sich für die beiden.
»Also …« Obwohl sie sich schon den ganzen Morgen überlegt hatte, was sie sagen soll, suchte sie noch immer nach den passenden Worten. »Dai und ich sind seit einiger Zeit zusammen.«
»Ist das wahr?« Harui war wirklich überrascht das zu hören. Sie hatte die ganze Zeit nur Augen für Nobu und hatte dabei die anderen komplett aus dem Fokus verloren.
»Ja, ist es«, bestätigte Daisuke.
»Ich freu mich ja so für euch beide.«
Danach fragten Jinpei und Harui die beiden noch aus.

»Was haltet ihr davon die Nachtwache ein bisschen zu verkürzen? Immerhin sind wir inzwischen eh alle schon um 7 Uhr wach.« Nobu und alle anderen waren gerade dabei sich zum Aufbruch bereit zu machen. Er hatte alle Pappteller eingesammelt und sie dann in die Glut geworfen, nach wenigen Sekunden gingen sie in einer Stichflamme auf.

»An wie viel kürzer hast du denn gedacht?« Umeko hatte ihre Sachen bereits gepackt und bürstete sich gerade noch einmal ihre langen blonden Haare. Seitdem sie ihre Haare nicht mehr regelmäßig wusch, waren sie am Morgen immer störrisch und weigerten sich, so zu bleiben, wie sie sie kurz zuvor gebürstet hatte.

»Ich wollte jede Schicht um eine halbe Stunde verkürzen, so dass wir am Morgen um halb 7 Uhr aufstehen. Damit hätten wir noch fast genauso viel Schlaf wie zuvor, kämen am Tag aber viel weiter«, erklärte er ihnen.

»Ich habe sowieso die letzte, daher ist mir das ziemlich egal«, gab Rei schulterzuckend als Antwort zurück.

»Wie kommen wir heute voran, was ist der Plan?«, wollte Harui wissen.

»So gegen Mittag sollten wir in Tsukumi ankommen, dort werden wir unsere Vorräte auffüllen und in einem der Häuser übernachten können.«

»Willst du damit etwa sagen, dass wir bei den Leuten einbrechen sollen?« Harui hatte Bedenken bei dem Plan.

»Nein, ich wollte damit sagen, dass wir uns eine überdachte Unterkunft suchen können. Eine offene Garage oder so wäre perfekt.« Selbst in solchen Zeiten wollte er noch an einem moralischen Kompass festhalten. Er übergab das Wort an Rei, die schon ihre restliche Reise zeitlich geplant hatte.

»Wenn wir dort angekommen sind, haben wir die Hälfte des leichten Teils der Reise geschafft. Ich sage leicht, weil wir in dieser Zeit hauptsächlich nach Norden laufen und so nicht von dem

›Nichts‹ eingeholt werden. Wenn das vorbei ist, geht es nur noch nach Osten und wir werden nicht mehr vor dem ›Nichts‹ weglaufen können. Wenn man es so will, bleiben wir sogar stehen. Ich habe in den letzten Tagen die Nachrichten verfolgt und wir haben noch einen gewaltigen Vorsprung. Allerdings wird er am Ende nicht mehr vorhanden sein. Das heißt besonders jetzt, wo wir noch einen Vorsprung aufbauen können, müssen wir die Zeit nutzen.«

»Wurde in den Nachrichten auch etwas über die Opfer gesagt?« Jinpei interessierte das Geschehen in der Welt, von der sie abgeschnitten wurden.

»Natürlich, allein in Japan soll es durch Unfälle in der Zeit über 100 Tausend Tote gegeben haben. Es wurde ebenfalls berichtet, dass damit gerechnet wurde, dass in den Gebieten, die bereits betroffen sind, etwa 250 Tausend Tote gegeben hat. Es sollen vor allem Leute gewesen sein, die nicht auf die Warnung der Regierung gehört haben, oder zu alte Menschen, die sowieso nicht in die Safe-Zone hätten eintreten dürfen. Sie sind direkt in ihrer Heimat geblieben, um ihre letzten Momente in einer vertrauten Umgebung zu verbringen. Insgesamt rechnet die Regierung mit einer Todesrate im ganzen Land von 20 Prozent, weltweit sogar mit über 70 Prozent, da viele Länder sich die Sicherheitsmaßnahmen nicht leisten konnten.«

»Dass sie solche Informationen einfach so verbreiten, heißt wohl, dass es wirklich aussichtslos ist und es daher keinen Sinn macht, etwas vor der Bevölkerung zu verbergen.« Jinpei wusste aus Filmen, dass die Nachrichten in solchen Krisenzeiten angewiesen werden keine Panik unter der Bevölkerung zu verbreiten.

»Haben sie auch nicht, die meisten Infos habe ich von meinem Vater. Er ist Mitglied im Forschungsteam, das daran arbeitet, das ›Nichts‹ unter die Lupe zu nehmen. Auch wenn er es eigentlich nicht darf, teilt er mir alles mit, das er weiß.« Und Rei war sehr froh darüber diese Infos zu haben.

»Heißt das, du telefonierst noch mit deinem Vater?« Daisuke hatte sie zwar im Auge, hatte aber nicht bemerkt, dass sie ihr Handy oder das kleine Taschenradio nutzte.

»Zwar nicht jeden Tag, aber immer mal wieder, und jedes Mal gibt es neue schreckliche Nachrichten. Besonders über Menschen, die aus Tokio rausgeworfen werden, weil sie es einfach nicht in der Enge aushalten können. Oder sie beschweren sich darüber, dass sie nicht genug zu essen haben.«

»Wenn die nicht wollen, also ich würde gerne auf der Stelle ihren Platz einnehmen«, meinte Umeko völlig ernst.

»Die sind einfach andere Standards gewohnt.« Harui wusste nur zu gut, wie es war, sich plötzlich mit neuen Lebensumständen zurechtfinden zu müssen.

»Ich konnte mich auch an das Leben im Wald gewöhnen, auch wenn ich es nicht sehr mag.« Sie schnippte einen Käfer, der auf ihren Schuh gekrabbelt war, mit dem Finger weg. »Und ich denke, nur die wenigsten von denen haben vorher in so einem großen Anwesen gelebt wie ich.« Umeko hatte ihre Haare fertig gebürstet und setzte sich den Haarreif wieder auf.

»Wir hatten ja auch nicht wirklich eine andere Wahl«, gab Harui betrübt zu.

»Die doch auch nicht. Wenn sie nicht in Tokio leben wollen, werden sie bald vom ›Nichts‹ verschlungen. Ich würde alles dafür geben, um in einem kleinen Zimmer in Tokio leben zu können.« Umeko war nicht böse auf Harui, sie war einfach zu gutgläubig und verstand nicht, dass Menschen sich ändern können, wenn sie müssen.

Nach dem Frühstück ging es sofort in Richtung Tsukumi. Sie kamen noch vor dem Mittag an. Das war den inzwischen sehr gut trainierten Körpern der Jugendlichen zu verdanken, die nun eine höhere Geschwindigkeit als noch am Anfang an den Tag legen konnten. Wie gewohnt war dort keine Menschenseele auf den Straßen unterwegs und wie auch schon in Miyazaki waren die Läden größtenteils geschlossen. Alles, was noch geöffnet hatte, war ein Laden für eigentlich frischen Fisch, der jedoch war schon lange nicht mehr frisch. Überhaupt war auf den Straßen der Geruch von verdorbenem Fisch vermischt mit der salzigen Seeluft stark vertreten. Je weiter sie sich von der Einkaufsstraße entfernten, desto mehr nahm der Fischgestank ab, gleichzeitig stieg der Salzgeruch.

In einem kleinen Park, in dem seit über einem Monat niemand mehr aufgeräumt hatte, fanden sie den idealen Platz, um zu Mittag zu essen. Der Wind hatte den Müll aus den Abfalleimern, die überall im Park aufgestellt waren, auf der gesamten Fläche verteilt. In einem Baum ganz in ihrer Nähe hatte sich eine Plastiktüte in den Ästen verfangen.

»Wenn es jetzt Fisch zu essen gibt, bin ich auf Diät.« Mit diesem Spruch brachte Umeko alle zum Lachen.

»Ach komm, so schlimm ist er doch gar nicht. Hier ist es doch eigentlich ganz schön.« Harui, die es bereits von zuhause gewohnt war, dass alles mit Müll zugepflastert war, fand es ganz angenehm.

»Eine schöne kleine Idylle, nur leider riecht sie zu sehr nach Fisch.« Normal mochte Umeko Fisch, egal in welcher Form, doch der Gestank nach verdorbenem Fisch nahm ihr den Appetit.

»Weißt du, woran ich bei so einer Fischerstadt immer denken muss?« Rei war schon halb in Gedanken versunken.

»Nein, keine Ahnung, woran?«

»An Meerjungfrauen, jedes Mal, wenn ich mit meinem Vater in den Ferien raus aufs Meer gefahren bin, um dort die Fischkulturen zu untersuchen, habe ich mir vorgestellt eine wunderschöne Meerjungfrau zu sein.« Sie dachte an all die schönen Stunden, die sie allein mit ihrem Vater auf offener See verbracht hatte. Sie stellte sich vor auf einem Felsen im Meer zu sitzen, ihre violette Schwanzflosse, dessen Schuppen das Licht der untergehenden Sonne reflektierten, planschte gerade so im klaren Wasser. Die Fische hielten sich knapp unter der Oberfläche auf und schauten zu, wie ihr langes, glänzendes Haar in einer Brise mitschwang. Eine kleine Krabbe kletterte derweil den Felsen hoch und überreicht ihr ein zu ihrem Muschelbikini passendes Muschelarmband, das die Krabben sorgsam mit Seegras geflochten hatten. Auch als sie älter wurde, musste sie hin und wieder daran denken, wie schön es wäre sich in eine Meerjungfrau verwandeln zu können.

»Hat das nicht jedes Mädchen mal?« Auch Umeko mochte den Gedanken. Die Jungs konnten nicht anders, als sich die Mädchen als wunderschöne Meerjungfrauen vorzustellen, wie sie auf einem kleinen Felsen mit nicht viel mehr als einem knappen Muschel-BH dasitzen und sie verträumt anschauen. Da ließ Harui die Blase platzen: »Also, um ehrlich zu sein, ich nicht.« Alle schauten sie entsetzt an.

»Was, das kann doch nicht dein Ernst sein.«

»Doch irgendwie schon.« Man konnte in ihrem roten Gesicht sehen, wie peinlich es ihr war das zu offenbaren. Während Umeko mit Harui ein sehr intensives Gespräch über Meerjungfrauen führte, waren Nobu und Daisuke die Einzigen, die bemerkten, dass sie beobachtet wurden. In einem Wohnhaus ein Stück entfernt schauten zwei Personen mit einem Fernglas auf den Park und hatten die Kinder genau im Blick. Den Blick der beiden Jungs bemerkten sie aber nicht.

»Hey, wie würde es dir gefallen, wenn ich für dich mal so ein Meerjungfrauenoutfit anziehen würde.« Rei kreiste mit ihrem Finger auf der Brust ihres Freundes, während sie mit dem Gedanken liebäugelte.

»Wir werden beobachtet.« Ihr erster Reflex war der Griff zu ihrer Waffe.

»Entspann dich, ich glaube nicht, dass das unsere üblichen Verfolger sind, also kein Grund zur Panik.« Sie entspannte sich wieder, weshalb Nobu etwas ergänzte.

»Wir sollten uns das trotzdem mal anschauen, man weiß ja nie, wer da sonst noch so alles auf uns lauert.«

»Soll ich mitgehen?« Nobu war dankbar für das Angebot, doch er war sich sicher, dass er das auch allein schaffen würde. Außerdem würde es zu sehr auffallen, wenn direkt zwei Leute verschwinden würden. Unter dem augenscheinlichen Vorwand, ein bisschen Bewegung zu brauchen, lief er ein bisschen im Park umher und wartete darauf aus dem Blickfeld der Beobachter zu verschwinden. Natürlich blieb das nicht unbemerkt und die spannende Unterhaltung über Meerjungfrauen wurde unterbrochen.

»Was hat er vor?«, wollte Jinpei wissen.

»Wir werden beobachtet, und er will sich an die Typen ranschleichen.« Daisuke erklärte ihnen in Kürze alles.

»Okay und was sollen wir so lange machen?« Harui wollte nicht einfach tatenlos, wie sie wie auf dem Präsentierteller rumsaßen.

»Wir werden so tun, als wenn wir nichts mitbekommen hätten und uns unauffällig aus deren Blickfeld zurückziehen. Dann müssen wir nur noch warten, bis Nobu uns kontaktiert.« Ohne es vorher mit seinem besten Freund abzusprechen, war sich Daisuke sicher, dass er ungefähr das geplant hatte. Es dauerte keine zwei Minuten, bis alles wieder verstaut war. Die leeren Dosen konnten sie endlich mal fachgerecht in Mülleimern entsorgen. Es fühlte sich falsch an, den Müll rumliegen zu lassen, auch wenn schon jede Menge anderer Müll auf der Wiese verteilt lag.

Da sie nicht ohne Nobu weitergehen konnten, geschweige denn wollten, vertrieben sie sich noch ein bisschen die Zeit, indem sie die Stadt noch genauer erkundeten. Erst jetzt konnten sie in einigen der Straßen Spuren einer Randale entdecken, wie zum Beispiel ausgebrannte Häuser, umgeworfene Autos oder geplünderte Läden. Tatsächlich konnten sie deshalb nur einen Laden finden, in den sie reinkommen konnten. Zu Umekos Freude war es ein Klamottengeschäft für sowohl Männer als auch Frauen. Sie war bereit alle neu einzukleiden. Normal hätten sie dazu keine Zeit gehabt. Aber erstens mussten sie ein bisschen Zeit totschlagen, bis Nobu sich meldete, und zweitens waren alle Klamotten, die sie hatten, verdreckt, verschwitzt und stellenweise auch schon kaputt. Sie leerten die Rucksäcke aus und sortierten Klamotten aus, die sie nicht mehr mitnehmen wollten, um Platz für die neuen zu machen.

»Oh mein Gott, ich hatte schon fast vergessen, wie sich frische Klamotten anfühlen.« Umeko freute sich wohl am meisten, für sie war es die erste Form von Zivilisation.

Was sie jedoch nicht so sehr begeisterte, war die kleine Auswahl des Ladens. Verglichen mit der Auswahl im Kaufhaus von Miyazaki gab es hier nicht sonderlich viel. Dennoch konnte sie für jeden etwas Passendes finden, bevor Nobu sich wieder meldete. Allerdings waren sie nicht unbedingt auf Alltagskleidung, sondern viel mehr auf Klamotten, die zum Wandern geeignet waren, aus. Jinpei war erstaunt, als er die Muskeln von Daisuke sah, die normal von den Ärmeln verdeckt waren. Jetzt allerdings waren sie freigelegt, da er ein schwarzes Tank-Top trug. Genau wie Jinpei auch trug er braune Wanderstiefel und eine extra fürs Wandern angefertigte Hose. Auch Rei schloss sich diesem Look an kombiniert mit einem braunen, bauchfreien Top. Umeko hingegen blieb bei ihren schwarzen Stiefeletten, auch wenn sie hier die Chance hätte neue Schuhe auszuprobieren. Sie hing an ihren Stiefeletten, sie hatten sie jetzt schon so weit getragen und würden auch noch bis nach Tokio aushalten. Dennoch suchte sie sich einfach für den Look einen luftigen, mintgrünen Rock, der ihr bis zu den Knien reichte, heraus.

Rei entdeckte einen Ständer mit jeder Menge Holzfällerhemden für Damen. Ein dunkelblau-schwarzesStück erweckte besonders ihre Aufmerksamkeit. Sie wusste, dass es Daisukes Lieblingsfarbe war, und entschied sich dafür es sich näher anzuschauen. Sie ging damit vor einen der vielen Spiegel und hielt es sich vor den Körper. In ihrer Vorstellung sah sie darin sehr gut aus. Da es ein Hemd war, zog sie es kurzerhand über ihr Top, um zu schauen, ob sie recht hatte. Nachdem sie schwungvoll ihre Haare herauszog, passte es wie von ihr erwartet hervorragend, das Top dazwischen störte überhaupt nicht. Sie entschied sich dafür Daisuke noch nichts davon zu sagen und ihn irgendwann damit zu überraschen. Schnell packte sie sich noch eines von derselben Größe, in ihrer Lieblingsfarbe violett, ein.

Als Umeko das Schuhregal vor Augen hatte, das auch einige Absatzschuhe aufgereiht hatte, kam ihr ein Gespräch in den Sin. Es war jenes, das sie mit Daisuke auf dem Weg zur Sternwarte hatte. Dabei ging um das Laufen in Absätzen.

»Hey Rei!« Sie standen gerade zufällig nahe beieinander. »Was, denkst du, hat Daisuke für eine Schuhgröße?« Sie hatte dasselbe schelmische Lachen im Gesicht, das sie immer hatte, wenn ihr eine Idee kam, wie sie Jinpei ärgern konnte. Wie immer, wenn sie Angst hatte, nervös war oder einfach nicht wusste, was sie gerade tun sollte, ließ ihr Unterbewusstsein sie Gemeinheiten austüfteln, um sich abzulenken.

»42 denke ich, warum?« Als Umeko ihr ein Paar Sandaletten, mit einem 10-cm-Absatz in Schuhgröße 42, vor die Nase hielt, bekam auch sie dieses schelmische Grinsen.

»Hey Dai, komm mal kurz her.« Sie rief quer durch den ganzen Laden.

»Was gibt's?« Als Umeko ihm die Schuhe hinhielt, schaute er die beiden nur verwirrt an.

»Ich habe doch mal gesagt, dass ich dir beibringe in Absätzen zu laufen. Erinnerst du dich noch dran?« Umeko kicherte. Daisuke erinnerte sich derweil an das Gespräch zurück. Er erinnerte sich auch daran, dass er das Angebot damals schon abgelehnt hatte.

»Ne lass mal, ich habe nicht vor mir beim Laufen das Genick zu brechen.« Argwöhnisch schaute er die Absätze an. Im fiel nun auch wieder ein, dass damals die Rede von ihren Stiefeletten waren, die nur einen 5-cm-Absatz hatten. Die Sandaletten wiederum, die ihm hingehalten wurden, waren doppelt so hoch.

»Ach komm, ich würde das auch nur zu gerne sehen«, schaltete sich Rei mit einem Kichern ein. Auch sie hatte Erfahrung mit Absätzen. Würde ihre Wanderschuhe jedoch nie gegen etwas mit Absätzen eintauschen, so schön es auch sein mag. Besonders da auch ihre höchsten Absätze nur 8 cm hatten. Es waren braune Stiefel für den Herbst, sie waren ein Geschenk ihrer Mutter. Darum hatte sie diese auch ein paarmal angezogen, auch zu Treffen mit Daisuke, den sie dann mit 5 cm überbot. Was ihn jedoch nicht weiter störte. Sie jedoch kam sich dann immer viel zu groß für eine Japanerin vor, deren Durchschnittsgröße bei unter 1,60 m lag. Mehr als 18 cm größer als der Durchschnitt war sie dann.

»Schade.« Enttäuscht wollte sie die Schuhe schon wegstellen, als ihr eine andere Idee kam. »Jinpei«, rief sie mit honigsüßer Stimme durch den Laden.

»Der Arme«, war alles, was Daisuke rausbrachte, als Umeko an ihm vorbeiwirbelte. Er wusste genau, dass Umeko Jinpei wirklich zwingen würde die Schuhe anzuziehen und er würde sich auch noch darauf einlassen. Das war Daisuke wie auch Umeko bewusst. Jinpei konnte Umeko noch nie etwas abschlagen und das wussten alle aus der Gruppe.

Und tatsächlich kam nur wenige Minuten später Jinpei mit den Sandaletten an den Füßen zu den anderen gestapft. Er hatte extrem zittrige Knie und setzte einen wackeligen Fuß vor den anderen. An der linken Hand wurde er von Umeko, mit der er jetzt auf Augenhöhe war, gehalten. Mit einem breiten Grinsen half sie ihm, das Gleichgewicht zu halten. Einmal knickte er sogar fast um, wodurch sein ganzes Gewicht auf Umeko gelastet hätte. Daisuke konnte sich gut vorstellen, dass das Händchenhalten Jinpeis Belohnung war. Daisuke konnte nur belustigt den Kopf schütteln. Der Junge in den 10 cm hohen Absätzen hatte derweil einen hochroten Kopf.

»Also das hat mal so überhaupt nichts mit der Eleganz zu tun, die man sonst bei Frauen in Absätzen sieht«, scherzte Daisuke.

»Es ist halt sein erstes Mal«, witzelte Umeko.

»Wie kann man in solchen Dingern überhaupt laufen?«, fragte Jinpei, der auch weiterhin Probleme beim Laufen hatte.

»Also ich finde, du machst das echt gut«, antwortete Umeko ernsthaft.

»Man fängt normal aber auch nicht gleich mit 10-cm-Absätzen an«, ergänzte Rei, die das ganze Spektakel belustigt verfolgte. »Bei meinem ersten Mal war ich auch ziemlich zittrig auf den Beinen«, sagte sie zusätzlich.

»Ich muss aber auch sagen, dass Keilabsätze nicht gerade anfängerfreundlich sind.« Umeko hingegen war ein Naturtalent in Absätzen gewesen. Auch wenn es nur zu Partys oder speziellen Anlässen war, trug sie auch gerne mal 10 cm oder höhere Absätze. Sonst begnügte sie sich mit 5–8 cm.

»Ich glaube, das Problem sind eher die Absätze, die das Ganze in einen Tomahawk für die Füße verwandeln«, warf Daisuke ein.

Nach ungefähr drei Stunden meldete Nobu sich endlich über Umekos Handy. Zuvor hatte sie ihm eine Nachricht geschickt, in der stand, dass er, falls etwas sein sollte, sie anrufen soll. Auch jetzt noch war Umeko in einer völlig anderen Welt, wenn sie Klamotten shoppte, darum hörte sie das Handy, das in ihrer Tasche klingelte, auch erst gar nicht.

»Wo seid ihr gerade?« Noch bevor Nobu auch nur ein Wort gesagt hatte, schaltete Umeko in den Lautsprechermodus.

»Wir sind in einem kleinen Klamottenladen, konntest du was rausfinden?«, wollte Daisuke, neugierig darüber wer sie beobachtet hatte, wissen.

»Tatsächlich schon, am besten ihr kommt her und seht es euch selbst an. Ich bin auf dem Fabrikgelände in der Nähe des Parks, Daisuke sollte wissen, welches ich meine. Geht hinten über den Zaun rein.« Kaum hatte er ihnen erklärt, wo er war, war das Gespräch auch schon beendet.

»Knapp, aber sachlich, also was machen wir jetzt?« Jinpei fand das Gespräch schon fast zu kurz.

»Na, ist doch wohl klar, wir kommen zu ihm und sehen uns an, was er herausgefunden hat.«

»Können wir vielleicht vorher noch einen kleinen Halt in einer Drogerie machen.« Umeko wollte ihren alten Rhythmus noch ein bisschen weiter genießen.

»Wenn du nur dahinwillst, weil du irgendwelche Kosmetiksachen oder so haben willst, dann nein.« Daisuke war knallhart und übernahm die Führung.

»Es gibt Sachen, die eine Frau braucht, ob es dir passt oder nicht.«

»Sie hat leider recht.« Rei schaute ihren Freund an, der sofort einknickte.

Es dauerte nicht lange, bis sie eine Drogerie gefunden und auch alles Notwendige eingepackt hatten. Der Weg danach sollte jedoch schwieriger werden als gedacht. Einmal stießen sie auf eine Straßensperre, die mit umgestoßenen Autos errichtet wurde. Mit den vollgepackten Rucksäcken war es alles andere als leicht über die Autos zu steigen. Als sie im Epizentrum der Randale angekommen waren, sahen sie erschreckende Bilder einer zerstörten Zivilisation. Sie konnten sich gut vorstellen, was geschehen war. Überall umgeworfene Autos, die Häuser waren fast bis auf die Grundmauern niedergebrannt. Manche der Häuser waren rötlich gefärbt. Sofort war klar, dass es sich dabei um Blut handeln musste. Hinzu kam noch ein Geruch, dem sie schon mal in abgeschwächter Form begegnet waren. Der Geruch eines verbrannten Menschen. Anders als damals handelte es sich diesmal um Dutzende Personen, die es anscheinend nicht mehr rechtzeitig aus ihren Häusern geschafft hatten.

»Japan war doch immer ein friedliches Land. Was ist hier nur passiert?« Harui konnte sich einfach nicht vorstellen, dass die

Bewohner Japans, die sonst immer sehr zurückhaltend waren, zu so etwas im Stande sein sollten.

»Ich schätze mal, die wollten sich dagegen wehren, dass sie ihr Zuhause für immer verlassen mussten, nur wegen einer Bedrohung, die viele vermutlich für erfunden hielten.« Auch Daisuke war schockiert, konnte sich aber schnell wieder fangen.

»Ja, ich hoffe nur, dass es in Tokio nicht auch solche Unruhen geben wird.« Harui war um ihren sicheren Hafen besorgt.

»Keine Sorge, wenn dort so etwas passiert wäre, hätte mein Vater mich längst gewarnt«, konnte Rei sie beruhigen.

Sie wollten sich so kurz wie möglich an diesem bedrückenden Ort aufhalten und gingen schnellstmöglich hindurch. Je weiter sie sich entfernten, desto schwächer wurden die Straßensperren aus Autos.

»Was mich eher schockiert, ist, dass, je weiter wir von dort wegkommen, alles wieder in Ordnung zu sein scheint.« Jinpei wunderte sich über die örtlich begrenzte Zerstörung.

An der Fabrik, drei Kilometer enfternt, angelangt mussten sie nur noch über einen Zaun klettern, was aber ihre schwerste Aufgabe des Tages sein sollte. Denn der Einzige, der mitsamt Rucksack hinaufkam, war der durchtrainierte Daisuke. Also musste er auf halben Weg auf dem Zaun die Rucksäcke auf die andere Seite werfen, damit auch der Rest auf die andere Seite gelangen konnte. Umeko wollte als Letzte und bestand auch darauf, dass die Jungs sich wegdrehen. Inzwischen bereute sie es einen Rock zu tragen. Danach mussten sie noch knapp 100 Meter zu Fuß zurücklegen, bis sie an eine unverschlossene Feuerleiter, die aufs Dach führte, gelangten. Auf dem Dach angekommen war Nobu schon von weitem zu erkennen, wie er da ganz allein auf dem Bauch lag und durch das Fernglas schaute. Er bemerkte die herannahende Gruppe und setzte sich auf.

»Wie ich sehe, wart ihr shoppen.« Die neuen Klamotten fielen ihm sofort auf.

»Ja, wir haben dir sogar was mitgenommen.« Umeko holte eine braune Weste hervor, die sie als Einziges in einer extra Tasche mit sich trug. Es waren noch ein paar normale Shirts zum Wechseln dabei.

»Danke, die alten Sachen wurden langsam echt eklig.«

Umeko ließ sich diese Gelegenheit nicht nehmen ihm eine reinzuwürgen: »Das liegt daran, dass ihr eure Sachen nur alle paar Tage mal tauscht; besonders schlimm ist es bei dir und Dai.« Die beiden schauten sich mit einem Blick an, der so viel aussagte wie »Recht hat sie«.

»Aber sag mal, was hast du über die Typen, die uns beobachtet haben, rausgefunden. Ich hoffe ne Menge, so lange wie du uns hast warten lassen.« Umeko kam sofort wieder auf das eigentliche Thema zurück.

»Jetzt sag nicht, du hättest die Shoppingtour nicht genossen«, konterte er sofort.

»Doch natürlich, trotzdem hat es ziemlich lange gedauert dafür, dass Zeit aktuell sehr kostbar ist.« Umeko wirkte leicht verlegen. Nobu reichte Daisuke das Fernglas und deutete auf das Haus, von dem aus sie vorher beobachtet wurden.

»Das sind ja Rentner.« Er war erstaunt so jemanden hier zu sehen, ganz besonders nach den Bildern der Randale. Umeko schnappte es ihm weg und schaute selbst hindurch. Rei hatte sich in der Zwischenzeit das Fernglas von Daisuke genommen und ebenfalls nach unten gesehen. Nachdem die Gruppe den Park verlassen hatte, gingen die Rentner auf ihre Terrasse, seitdem saßen sie da und spielten Brettspiele, um sich die Zeit zu vertreiben.

»Tatsächlich.« Harui und Jinpei verzichteten, sie glaubten den anderen auch so.

»Auf jeden Fall schön zu wissen, dass wir nicht von irgendwelchen gefährlichen Leuten beschattet wurden. Und das könnte die Chance für heute Nacht sein.« Umeko hatte das Rentnerehepaar immer noch im Auge.

»Willst du damit etwa andeuten, dass wir bei denen übernachten sollen?«

»Ja, das wäre die Gelegenheit ein Dach über dem Kopf zu haben. Heute kommen wir eh nicht mehr weit.« Es war inzwischen schon später Nachmittag.

»Erstens glaube ich kaum, dass sie einfach so Fremde bei sich übernachten lassen. Und zweitens möchte ich sie nicht in die Sache mit den Templern hineinziehen.« Nobu war nicht so überzeugt von der Idee.

»Können wir es nicht wenigstens versuchen?« Umeko rief die anderen zur Abstimmung auf.

»Ich sehe es zwar genauso wie Nobu, aber ein Dach über dem Kopf und ein gesichertes Gelände mit Küche wären mal wieder ganz schön. Am Ende hängt es doch sowieso von den Besitzern ab.« Rei war zwiegespalten zwischen der Gefahr für das Ehepaar und dem Luxus eines Hauses. Auch Nobu ließ sich am Ende überzeugen, da auch ihm alles wehtat und er eine ordentliche Mütze Schlaf vertragen konnte. Es waren alle einverstanden, solange das Ehepaar von vornherein in die Gefahr, die ihnen blühen könnte, eingeweiht wurde. Nun verloren sie keine Zeit mehr und machten sich auf den Weg. Diesmal benutzten sie den Vordereingang und gingen die direkte Route.

Kapitel 7 Fremdes Haus

Nach nicht mal zehn Minuten waren sie bei besagtem Haus. Es war ein cremefarbenes zweistöckiges Einfamilienhaus. Nobu wollte allein vorgehen und bat seine Freunde, um die Ecke auf ihn zu warten. Sollten sie aber nach zehn Minuten nichts von ihm hören, sollten sie ihn holen kommen. Nach ihrem Wissensstand waren es ja nur zwei Rentner, mit denen sie es hätten aufnehmen müssen. Die Sorgen um ihn gingen schon los, als er aus ihrem Blickfeld verschwand. Dabei war er nur ein paar Meter von ihnen entfernt. Inzwischen jedoch wussten sie nie genau, von wem sie alles beobachtet wurden. Nobu wollte gerade klingeln, da öffnete sich die Tür von selbst, reflexartig griff er nach seiner Pistole und ging in Position.

Vor ihm stand ein älterer Mann, der gut einen Kopf kleiner war als er. Anders als Ishikawa war sein Rücken von der vielen Arbeit auf den Feldern in seiner Jugend stark gekrümmt. Nobu konnte über seine graue Halbglatze hinweg in den Eingangsbereich des Hauses schauen und sah dort eine Frau, die genauso groß war wie der Mann vor ihm. Anders als er hatte sie jedoch noch volles, wenn auch graues Haar.

»Komm rein, wir haben dich und deine Freunde bereits erwartet.« Mit einem freundlichen Lächeln trat er zur Seite und bat Nobu ins Innere des Hauses. Im Vorbeigehen stellte sich der Mann als Kohán Sato vor. Seine Frau, die er als Saki Sato vorstellte, bot Nobu an, der sich gerade die Schuhe im Eingangsbereich auszog, Tee für ihn und seine Freunde zu machen.

»Ich heiße Nobu Yari, sehr erfreut.« Mit einer tiefen Verbeugung stellte er sich vor. »Bitte verzeiht, wenn ich erst allein mit Ihnen sprechen möchte.« Den Tee lehnte er trotzdem nicht ab.

»Solange du auch wirklich die Belange deiner ganzen Gruppe vertrittst, sollte es keine Probleme geben.« Sie gingen durch einen kurzen Gang, der Nobu fast das gesamte Erdgeschoss zeigte. Die Einrichtung erinnerte ihn stark an das Haus der Großeltern einer Mitschülerin, der er einmal Nachhilfe gegeben hatte. Mit je einer Tasse Tee vor sich saßen sie gemeinsam am Esstisch. Die Küche, der Essbereich sowie das Wohnzimmer befanden sich alle in einem Raum. In allen hingen beziehungsweise standen etliche Bilder, auf denen Nobu das Ehepaar in jüngeren Jahren erkannte. Auf vielen davon waren sie auch mit Kindern abgebildet, manchmal waren die Kinder aber auch ganz allein zu sehen. Die Terrasse, auf der die beiden Brettspiele gespielt hatten, als Nobu sie beobachtete, grenzte mit einer großen Glasfront an diesen Raum an. Die Terrasse war etwa 2,5 Meter breit und ging über die komplette Länge des Raumes. Daran grenzte ein Garten an, am Zaun zum Nachbargrundstück wurden Blumen gepflanzt und auch weiterhin gut gepflegt.

»Ich habe bemerkt, dass Sie uns im Park beobachtet haben.« Ohne zu zögern, kam er direkt zur Sache. Der Tee, von dem er bereits den ersten Schluck genommen hatte, war eine angenehme Abwechslung zum Bachwasser, das sie seit einigen Tagen trinken mussten. Früher hatte er nur ab und zu Tee getrunken, meistens wenn er bei Ishikawa war. Dieser mochte die beruhigende Wirkung von Tee auf Menschen. Außerdem brauchte es eine Fähigkeit, die, wie Ishikawa meinte, heutzutage nicht mehr viele hatten, Geduld. Die Tassen, in die Saki Sato den Tee einschenkte, waren traditionelle Tontassen mit langem Hals. Nobu bemerkte sofort, dass sie selbstgemacht waren und nicht aus maschineller Massenanfertigung stammten. Als er mit den Fingern über die Oberfläche fuhr, konnte er kleine Unebenheiten darin spüren, welche bei industrieller Herstellung niemals durch die Qualitätskontrolle gekommen wären.

»Verzeih, aber in letzter Zeit sieht man hier nur noch selten Menschen und wenn, sind sie nicht unbedingt freundlich«, meinte Saki mit einem netten Lächeln.

»Ich denke, wir sind quitt, ich habe Sie die letzten 2 Stunden immerhin auch beobachtet, um herauszufinden, mit wem wir es zu tun haben.«

»Da du jetzt hier bist, haben wir wohl bestanden. Können wir euch irgendwie helfen?«, fragte Kohán, bevor er einen Schluck Tee zu sich nahm.

»Ja, wir würden gerne um Unterkunft für diese Nacht bitten, wir sind auch morgen wieder verschwunden.« Nobu hatte Bedenken, ob es funktioniert, denn wie Kohán schon richtig sagte, hatten sie es in den letzten zwei Wochen nicht unbedingt mit netten Menschen zu tun gehabt.

»Ihr könnt gerne so lange bleiben, wie ihr wollt, lange wird es diesen Ort ohnehin nicht mehr geben.« Der Schmerz im Blick der Beidenwar nicht zu übersehen, als Kohán das erwähnte.

»Das kam jetzt unerwartet«, dachte Nobu, ehe er weitersprach. »Aber bitte hören Sie mich erst fertig an, denn es gibt da etwas, das Sie vorher wissen sollten.« Er zögerte kurz ihnen die Wahrheit zu sagen und nahm einen Schluck Tee. »Wir werden seit einer Weile von einer Gruppe gefährlicher Leute verfolgt. Wir hatten vor über zwei Wochen eine Auseinandersetzung mit einer ihrer Gruppen. Dabei hat sich ein guter Freund geopfert und uns alle gerettet. Wir dachten, es wäre vorbei, doch gestern wurden wir vom Gegenteil überzeugt. Sie hatten uns die ganze Zeit im Auge.« Diese Informationen musste das Ehepaar erstmal verdauen.

»Das ist wirklich eine aufregende Geschichte, die ihr da erlebt habt. Mein Beileid für euren Verlust, aber so wie ich es verstehe, greifen euch diese Leute im Moment nicht an, oder?«

»Ja so scheint es zumindest, und wenn sie wieder mit so vielen wie beim ersten Mal zuschlagen würden, hätten wir vermutlich keine Chance.« Er wusste nicht, wieso er all das erzählte, jeder andere, der ihn nach dieser Geschichte gefragt hätte, hätte nichts aus ihm herausbekommen.

»Wie bereits gesagt, ihr dürft gerne so lange bei uns bleiben, wie ihr möchtet. Ob wir jetzt in ein paar Wochen von diesem ›Nichts‹ verschlungen werden oder heute von einem Killerkommando getötet werden … Wir hatten ein langes und glückliches Leben, das Einzige, was ich jetzt noch unternehmen kann, ist die letzten Augenblicke gemeinsam mit meiner Frau zu genießen. Und wenn dabei noch einmal die Stimmen glücklicher Kinder durch unser bescheidenes Heim hallen, wäre das schön.« Er sah ein wenig traurig aus, als er das erzählte.

»Dürfte ich dann vielleicht meine Freunde hereinholen?«

»Natürlich, ich sehe schon, du vertraust diesen Leuten dein Leben an. Es ist wichtig so jemanden zu haben.« Nun schien er wieder fröhlich zu sein, er lachte sogar ein bisschen.

Keine zwei Minuten später standen sechs Schüler in dem Eingangsbereich des mittelgroßen Hauses, die sich nach und nach vorstellten.

»Ich bin Daisuke Ookami.«

»Ähm, ich bin Jinpei Mishima.« Er war sichtlich nervös; für ihn waren das die ersten normalen Menschen, die er seit Wochen zu Gesicht bekam, weshalb er auch fast die Verbeugung vergaß.

»Und ich bin seine Schwester Harui.« Auch Harui war ein wenig nervös.

»Ich heiße Rei Hirata.« Sie verbeugte sich.

»Mein Name ist Umeko Himawari, sehr erfreut.« Auch sie senkte ihr Haupt. Sie war überglücklich, die Satos waren seit einer Ewigkeit die ersten Menschen, die nicht auf ihren Tod aus waren, sondern ihnen wirklich nur helfen wollten.

»Sehr erfreut, ich bin Kohán Sato und das ist meine Frau Saki.« Er deutete die Verbeugung aufgrund seines Rückens nur an.

»Ich spreche, denke ich, im Namen der ganzen Gruppe, wenn ich mich für Ihre Gastfreundschaft bedanke.« Umeko wurde schon von klein auf beigebracht, wie sie sich in der Nähe von Gästen zu benehmen hatte. Natürlich ließ sich das auch anwenden, wenn sie irgendwo zu Gast war.

»Fühlt euch ganz wie zu Hause, ich führe euch gerne herum, wenn ihr wollt.« Der Mann wirkte sehr freundlich.

»Wir brauchen, denke ich, nur zu wissen, wo das Bad und die Küche sind. Außerdem wäre es nett, wenn Sie uns zeigen könnten, wo wir heute Nacht schlafen dürfen.« Daisuke wollte die Gastfreundschaft des Mannes nicht zu sehr strapazieren.

»Selbstverständlich, kommt mit, ich zeige euch, wo alles ist.« Nobu blieb die ganze Zeit still und beobachtete sowohl das alte Ehepaar als auch die Umgebung um das Haus herum. Kohán zeigte ihnen in aller Kürze das kleine Bad und die Küche, die sich beide im Erdgeschoss befanden. Das Einzige, das eine Etage höher lag, war das Gästezimmer mit zwei Betten. Der Rest müsste sich mit der Couch und dem Sessel begnügen. Doch selbst das würde normal nicht reichen, zumindest nicht wenn in den Betten wirklich nur zwei Personen schlafen. Doch da sie trotz des gesicherten Gebäudes noch Wache halten wollten, war immer ein Schlafplatz frei und die Schichten würden sich mit den Plätzen abwechseln. Dennoch wollten sich Daisuke und Rei ein Bett teilen. Trotz der kleinen Betten bestanden sie schon fast darauf. Nobu wollte das verbleibende Bett nehmen, so dass aus jeder Schicht einer im Gästezimmer und einer im Wohnzimmer schlief. So musste niemand einen Abstecher in ein anderes Zimmer machen. Es war noch viel Zeit bis zum Abendessen. Auch wenn sowohl Nobu als auch Daisuke und Rei der Meinung waren, dass sie Zeit verlieren würden, fanden sie es genau so wichtig, dass sich alle einmal richtig ausruhen können. Die Kinder vertrieben sich die Zeit bis zum Essen im Garten. Um mal wieder eine Partie gegeneinander spielen zu können, hatten sich Rei und Nobu ein ziemlich abgenutztes Schachbrett ausgeliehen.

Daisuke zeigte Jinpei derweil ein paar Selbstverteidigungskniffe. Umeko fand ihren Spaß darin Jinpei dabei zu kitzeln oder seine Stellungen zu korrigieren. Sie hatte ihm zwar noch immer nicht ganz verziehen, doch um ihn zu ärgern, reichte es aus. Nachdem sie damals als Kind fast entführt wurde, hatten ihre Eltern sie öfter in Selbstverteidigungskurse geschickt. Darum kannte sie die meisten Stellungen, die Daisuke ihr beibrachte, schon in- und auswendig. Als sie von Rei erfuhr, dass sie Kampfsport trainierte, ging sie sogar einmal mit. Bis sie sah, dass man in Sparrings durchaus verletzt werden konnte, besonders im Gesicht, hatte sie Angst davor. Inzwischen wünschte sie, sie hätte mit ihr trainiert, damals ging ihr ihr Aussehen jedoch über alles. In Form hielt sie sich dafür mit Yoga, Joggen und Tennis.

Auch wenn es Daisuke freute, dass Umeko sich wieder mit Jinpei verstand, wollte er den Spieß mal umdrehen, weshalb er ihr auch ein paar Übungen auferlegte. Er verkaufte es ihr als Krankengymnastik, eigentlich wollte Umeko die beiden vorführen, indem sie ihnen zeigte, wie gut sie die Bewegungen ausführen konnte. Es überraschte sie wenig, dass ihr Körper nicht mehr so gelenkig war wie zu der Zeit, als sie diese Techniken gelernt hatte. Doch wusste sie nicht, dass ihr Körper nach der Verletzung so sperrig geworden war.

»Wieso komm ich nicht weiter, zuhause habe ich die Übungen doch auch ohne Probleme hinbekommen.« Sie konnte es sich zwar erklären, dennoch störte es sie. Damals, als sie alle zusammen trainiert hatten, war sie von allen die Gelenkigste.

»Ich schätze mal, dass es an der Messerwunde liegt. Dein Körper erinnert sich noch gut an die Schmerzen, die du bei jeder Bewegung erlitten hast. Darum verhindert er, dass du an dein Limit gehst, um dich vor erneuten Schmerzen zu bewahren.« Er fasste ihr dabei demonstrativ an die Narbe, was sie in ihrer gedehnten Stellung leichte Schmerzen verspüren ließ.

»Au, du musst mir nicht extra noch dahin greifen, die Erklärung war genug.« Sie ging sofort wieder in ihre normale Haltung über.

»Ach, sag bloß, du magst es nicht, wenn du angefasst wirst.« Umeko bemerkte sofort die Ironie der Aussage. Dennoch wollte sie es nicht einfach so auf sich sitzen lassen und begann mit einem breiten Grinsen an Daisuke zu kitzeln. Er musste lachen und wich sofort zurück, wobei er ihre Hände packte.

»Hey!« Doch sie versuchte ihre Hände wieder zu befreien, um weiterzumachen. Jinpei traute sich nicht mal, den Versuch zu wagen, die beiden zum Aufhören zu bringen. Stattdessen stand er nur fassungslos da.

Auf der Terrasse hatte Rei ihren Kopf auf ihre Hand gelehnt und beobachte die kleine Auseinandersetzung.

»Solltest du deinem Freund nicht lieber helfen, anstatt hier rumzusitzen?« Auch Nobu schaute belustigt zu.

»Nein, lachen tut ihm ganz gut.« Ein sanftes Lächeln stahl sich auf ihre Lippen.

Harui fühlte sich als Einzige mal wieder fehl am Platz. Mit trauriger Miene beobachtete sie aus dem Haus heraus, wie ihre Freunde draußen Spaß hatten.

»Noch einmal jung sein, wie schön das doch wäre.« Saki stand hinter Harui und schaute mit einem traurigen Lächeln in den Garten.

»Wie bitte?« Harui hatte nicht mitbekommen, dass sie hinter ihr stand, und deswegen auch nicht gehört, was Saki gesagt hatte.

»Trotz der Gefahr da draußen könnt ihr noch so viel Spaß haben und unbeschwert lachen. Ihr erinnert mich ein bisschen an unsere eigenen Kinder, als die noch jung waren. Warum bist du nicht draußen bei deinen Freunden, stimmt etwas nicht?« Sie war ein wenig besorgt.

»Ja, es ist nur wieder dieses Gefühl, dass ich nicht wirklich dazugehöre. Sie alle haben jemanden, mit dem sie etwas teilen, nur ich fühle mich so fehl am Platz.«

»Du solltest dich nicht unter Wert verkaufen, du solltest einfach hingehen und fragen, ob du mitmachen darfst.«

»Sind Sie sich sicher?« Sie drehte sich nun um und schaute in das Wohnzimmer.

»Aber natürlich, du bist ihnen sehr wichtig. Besonders dem gutaussehenden Jungen am Schachbrett.« Als sie das hörte, drehte sie sich schlagartig um und schaute zu Nobu, der ihren Blick mit einem Lächeln erwiderte. »Anstatt das Treiben da hinten zu beobachten, solltest du lieber ein Teil davon sein. Du magst ihn doch auch, oder?«

»Woher wissen Sie das?«

»Oh Liebes, ich hatte sowohl Töchter als auch Söhne und wusste jedes einzelne Mal, wenn einer von ihnen gerade verliebt war. Ich hoffe nur, dass du nur einmal den Richtigen suchen musst, denn ich glaube, du hast ihn bereits gefunden.« Harui schien eher besorgt als erleichtert, als sie das hörte.

»Meinen Sie wirklich?«

»Ja, wieso sollte dem nicht so sein?« Saki wurde neugierig, weshalb sie sich mit Harui im Wohnzimmer auf das Sofa setzte.

»Na ja es ist so, dass ich es ihm bereits gesagt habe, er mir aber noch keine Antwort darauf gegeben hat.«

»Wenn ich in meinem Leben eines gelernt habe, dann dass selbst die mutigsten Menschen, wenn es um Liebe geht, ganz schüchtern sein können. Vielleicht hat er Angst davor in diesen Zeiten seine Gefühle zuzulassen. Er ist immerhin der Anführer eurer Gruppe, da darf er nicht nur dich im Auge haben, sondern euch alle. Du solltest einfach zu ihm gehen und eine schöne Zeit mit ihm haben.«

»Okay, danke.« Harui hatte wieder neuen Mut gefasst und ging zu Nobu. Saki machte sich derweil daran das Essen zuzubereiten.

Der Aufruhr draußen hatte sich bereits gelegt und sowohl Daisuke als auch Umeko saßen auf dem Boden und lachten gemeinsam.

»Kann ich vielleicht auch eine Runde spielen?«, fragte Harui mit hinter dem Rücken verschränkten Händen schüchtern.

»Natürlich, setz dich, ich gehe dann mal zu Daisuke.« Rei räumte ihren Platz gerne. Was nicht daran lag, dass sie nicht weiter mit Nobu spielen wollte, sondern viel mehr daran, dass sie Harui ihre Chance nicht nehmen wollte.

»Ist mit dir alles in Ordnung?« Ähnlich wie Saki machte Nobu sich Sorgen um Harui.

»Ja, es geht wieder. Ich hatte gerade nur nicht gewusst, was ich machen sollte.« Sie streifte sich mit einer Hand durch die Haare.

»Du weißt, dass du immer zu mir kommen kannst, wenn dich irgendwas bedrückt.«

»Ich weiß, ich hatte nur das Gefühl, dass ich dich oder Rei stören würde, wenn ich frage.«

»Nein überhaupt nicht, wir haben schon so oft Schach gegeneinander gespielt, dass es manchmal langweilig wird.« Er hielt bei der Sortierung des Feldes inne und schaute sich den König mit einem nachdenklichen Lächeln genauer an.

»Wieso tut ihr es dann immer wieder?«

»Tja, vielleicht weil wir nicht wissen, was wir sonst machen sollen oder vielleicht auch einfach nur, weil es uns an eine Zeit erinnert, in der noch alles in Ordnung war. Eine Zeit, in der Sieg oder Niederlage noch nicht den Tod für jemanden bedeutete.«

»Ich hatte manchmal das Gefühl, dass du es magst, wie es jetzt ist.«

»Nicht wirklich, das Einzige, das mir gefällt, sind die immer neuen Herausforderungen. Die ganze Zeit denselben Ablauf zu haben. In die Schule gehen, lernen, nach Hause gehen und dort Hausaufgaben machen. Wenn man mal genug Zeit hat, kann man danach noch was mit Freunden machen. Doch wenn nicht, hieß es zocken, was bei guten Spielen noch die beste Abwechslung war.«

Zu viel Routine war für Nobu schon immer zu langweilig gewesen, er mochte es immer neue Herausforderungen zu haben.

»Ich hatte immer das Gefühl, du würdest die Schule nicht ernst nehmen und hättest deswegen jede Menge Freizeit.« Die erste Runde ihres Spiels lief bereits im Hintergrund.

»Dem war auch so, aber allein wusste ich selten, was ich machen sollte. Ich war oft in der Stadt und habe mich dort umgeschaut, aber das ist allein eben auch schnell langweilig. Ich meine, selbst für Schach braucht man zwei Leute.«

»Wenn du für mich die Hausaufgaben gemacht hättest, hätte ich jeden Tag was mit dir unternommen.«

»Das glaub ich dir sofort.« Nobu war erheitert und musste lachen. »Schach!« Nobu hatte Harui in der ersten Runde zwar geschont, dennoch schnell besiegt.

Nach einer Weile kam Kohán nach draußen, um die Kinder zum Essen ins Haus zu holen. Saki hatte für alle ein herrliches Gulasch gezaubert. Doch der Esstisch allein reichte nicht für diese Menge an Personen, weshalb Jinpei und Daisuke auf den Sofatisch ein paar Meter weiter auswichen. Rei wollte mehr über die beiden Rentner erfahren:

»Wenn ich das fragen darf, wieso sind Sie überhaupt noch hier und nicht schon längst in Tokio?«

»Wir sind zu alt und haben deswegen unsere Kinder, die extra gekommen sind, um uns abzuholen, gesagt, sie sollen den Platz in ihren Autos lieber für ihre persönlichen Sachen verwenden. Natürlich wollten sie es anfangs nicht und es brach ein Streit aus. Letzten Endes konnten wir sie dann aber doch noch davon überzeugen, ohne uns zu fahren. Allerdings haben wir seitdem nichts mehr von ihnen gehört und wissen nicht, wie es ihnen geht.«

»Meine Eltern sind schon seit einer Weile in Tokio und wenn sie es bis dahin geschafft haben, wird es ihnen mit Sicherheit gut gehen.« Rei konnte sie beruhigen.

»Wieso bist du in so jungen Jahren schon von deinen Eltern getrennt?«

»Ich wollte mich ganz auf die Prüfungen konzentrieren können und habe mir deshalb extra eine Einzimmerwohnung gemietet. Dazu kam noch, dass mein Vater berufsbedingt in eine weit entfernte Stadt musste. So habe ich zumindest schon ziemlich früh gelernt selbständig zu sein.«

»Aber was mir gerade auffällt, ist, dass keiner von euch mit seinen Eltern unterwegs ist. Wieso?« Die beiden waren schockiert, als sie hörten, dass bei allen außer Nobu und Rei die Eltern bereits tot waren. Sie hatten nicht eine Sekunde versucht ihr Mitleid zu unterdrücken. Am liebsten hätten sie jeden einzeln umarmt.

»Ich finde, wir sollten das Thema wechseln, das ist nichts, worüber man beim Essen sprechen sollte«, meinte Kohán missmutig.

»Dem stimme ich zu.« Seine Frau war derselben Ansicht.

»Können Sie uns dann vielleicht sagen, was hier passiert ist. Wir sind heute an einigen abgebrannten Häusern vorbeigekommen.« Rei wollte noch mehr über die Gegend erfahren.

»Ich weiß ja nicht, wie ihr davon erfahren habt, aber bei uns fuhren Panzerwagen umher, die über Lautsprecher verkündeten, dass wir unsere Häuser verlassen sollen und dabei nur das Nötigste mitnehmen dürfen. Einige sind auf die Barrikaden gegangen, so kam es zu einem Aufstand, den die Regierung zum Glück schnell wieder unter Kontrolle bekam. Erst als man im Fernsehen Satellitenbilder, die zeigten, wie sich das ›Nichts‹ bewegte, gesendet hatte, kamen die Leute zur Vernunft und hörten auf das, was die Regierung ihnen sagte.« Nobu erinnerte sich noch genau, wie es bei ihnen war, und erzählte, wie sie davon erfahren hatten.

Das Essen war so gut und sättigend, dass jeder seinen Gürtel vom letzten Loch um ein paar Löcher verschieben musste. Als Zeichen der Dankbarkeit übernahmen die Kinder an diesem Abend den

Abwasch. Doch selbst dann blieb noch jede Menge Zeit bis zur ersten Schicht. Nobu wollte sich deshalb nochmal ein kleines Nickerchen gönnen und keine zehn Minuten später saßen er und Harui auf dem Sofa und schliefen. Im Schlaf war sie immer näher an ihn herangerückt. Auch Daisuke und Rei machten es sich Arm in Arm auf dem Sessel gemütlich. Die Einzigen, die nun noch wach waren, waren Umeko und Jinpei, welche sich mit dem Hausherren vom Esstisch aus die Nachrichten anschauten.

»Auch heute haben es wieder 32.000 neue Flüchtlinge an die Grenzen von Tokio geschafft«, berichtete gerade ein Nachrichtensprecher. »Inzwischen ist der Punkt erreicht, da jeden Tag weniger Menschen hier ankommen. Doch selbst von diesen 32.000 Menschen wurden wieder etwa 200 Menschen aus den verschiedensten Gründen ausgewiesen. Auch in anderen Ländern reißt der Strom an Flüchtlingen nicht ab.«

»Vielen Dank.« Ein anderer Sprecher wurde eingeblendet, der für seinen Kollegen übernahm. Inzwischen waren auch die anderen aus der Gruppe wieder aufgewacht. »Aktuell befindet sich das ›Nichts‹ knapp vor Kagoshima. Auch weiterhin verschlingt das ›Nichts‹ unaufhaltsam alles, was ihm in den Weg kommt. Wir schalten nun live zu einem der führenden Köpfe, die für Japan am ›Nichts‹ forschen. Begrüßen Sie bitte mit mir Professor Tanaka.« Im Bild erschien ein kleiner, etwas pummeliger Mann in den Fünfzigern.

»Den kenne ich, das ist ein Kollege von meinem Vater, den ich bereits einige Male getroffen habe«, schob Rei ein.

»Vielen Dank und guten Tag liebe Nation. Leider habe ich keine allzu erfreulichen Nachrichten für Sie. Ich fange damit an Ihnen zu erklären, wie es sein kann, dass niemand Genaueres über das ›Nichts‹ herausfinden konnte. Viele Labore, die vielleicht dazu im Stande gewesen wären, mussten aufgegeben werden, weil sie kurz davor standen verschlungen zu werden. Leider konnten wir nur wenig Ausrüstung aus den jeweiligen Laboren retten.« Er räusperte sich kurz. »Kommen wir jetzt zu dem Namen ›Nichts‹, am Anfang haben wir der Masse diesen Namen gegeben, weil wir nichts darüber wussten und es vielen Kollegen überall auf dem Globus passend erschien. Doch jetzt wissen wir mehr, werden aber trotzdem bei dem Namen bleiben. Es weist nämlich einige Eigenschaften eines schwarzen Loches auf. Nicht nur gibt es weder Wärmesignaturen noch Licht ab. Nein, es absorbiert auch jegliche Materie, Licht sowie Wärme.« Er überlegte kurz, wie tief er für das Fernsehen wirklich in die Materie eindringen sollte. Entschied sich dann aber dafür alles zu offenbaren, was sie wussten. »Außerdem gibt es anders als alles Bekannte im Universum keine kosmische Hintergrundstrahlung ab. Wer sich ein bisschen mit Astrophysik auskennt, weiß, dass jedes Objekt im Universum diese abgibt. Das heißt, dass nur etwas außerhalb des uns bekannten Universums ohne diese Strahlung existieren kann. Und bekanntlich ist dort nur das ›Nichts‹, darum die Festlegung auf diesen Namen.« Mit einem Blick zum Moderator stellte er fest, dass er wohl etwas zu weit gegangen war. Niemand im gesamten Studio schien zu verstanden zu haben, wovon er sprach.

»Vielen Dank Professor Tanaka.« Nach einem kurzen Moment der Stille klappte der Mann seinen Mund wieder zu und führte das Interview weiter. »Könnten Sie uns jetzt vielleicht noch erläutern, welche Auswirkungen das ›Nichts‹ auf die Menschen in Tokio haben wird?«

»Natürlich, wir alle hier sollten uns auf den kältesten Sommer sowie Winter seit Beginn der Wetteraufzeichnung gefasst machen. Berichten zufolge sank in sicheren Städten die Temperatur stellenweise fast direkt um 20 Grad. Nahe dem Äquator soll man nochmal Glück haben, dort scheinen es nur 10–15 Grad zu sein. Wie schon gesagt, absorbiert das ›Nichts‹ auch Wärme. Darum werden aus unseren idyllischen 25 Grad, schnell 5 bis maximal 10 Grad im Sommer werden. Im Winter wiederum werden sogar Temperaturen von -30 Grad erwartet.«

»Das sind ja nicht gerade rosige Aussichten, dennoch vielen Dank für Ihre Ehrlichkeit Professor. Wir schalten nun live zum Petersdom, wo der Papst eine Ansprache an die gesamte Welt hält.« Bei der Erwähnung der katholischen Kirche verkrampfte sich die gesamte Gruppe zur Verwunderung der Satos. Augenblicklich wurde zum Petersplatz geschaltet, dieser war mit Gläubigen gefüllt. Selbst durch die Kamera war die große Unruhe unter ihnen gut zu hören. Erst als der Papst seinen Balkon betrat, wurde es ruhiger und alle Augen richteten sich auf diesen einen Mann.

»Brüder und Schwestern in Christus.« Seine gesamte Ansprache wurde mit nur wenigen Sekunden Verzögerung auf Japanisch übersetzt. »Es freut uns, dass ihr so zahlreich erschienen seid.« Nobu hatte einmal davon gelesen, dass der Papst immer von uns sprach, wenn er eigentlich nur von sich selbst redete. Nach der Wahl zum Papst spricht die Person immer von sich selbst und Gott in einer Person, deshalb das »Uns«. »In diesen schweren Zeiten ist der Glaube an Gott, den Allmächtigen, alles, was uns davon abhält den Verstand zu verlieren.« Diesmal redete er vom Christentum.

»So ein Schwachsinn«, warf Daisuke wütend ein. Der Rest sagte nichts. Auch die Satos waren ruhig, sie kannten immerhin die gesamte Geschichte. Da Nobu ihnen wirklich alles sagen wollte, erzählte er ihnen auch vom Tod Ishikawas. Das Ehepaar konnte daher verstanden, wieso der Junge so reagierte.

»Das Himmelreich mag unendlich sein«, fuhr der Papst fort. »Doch der Platz auf Erden wird von Tag zu Tag weniger. Es ist eine Prüfung, um unseren Glauben und unsere Nächstenliebe zu prüfen. Wann immer ein Bruder in Christus an eure Tür klopft und um sichere Zuflucht bittet, lasst ihn rein. Bietet ihm einen Platz zum Schlafen und eine warme Mahlzeit an. Doch leider müssen wir gestehen, dass auch der Platz im Vatikanstaat zur Neige geht. Die Brüder und Schwestern geben bereits ihr Äußerstes, darum bitte ich alle, die noch unterwegs sind, in eine andere Stadt zu reisen. Denn solange ihr glaubt, wird Gott euch den Weg in ein sicheres Zuhause ebnen.« Das war auch das Ende seiner Rede. Er winkte noch eine Weile den Gläubigen zu, ehe Nobu den Fernseher ausschaltete.

Kapitel 8 Boot

Die Sonne war draußen vor dem Fenster gerade dabei unterzugehen. Jetzt war die Zeit gekommen die Nachtwache durchzusprechen. An den Zeiten und den Teams sollte nichts geändert werden. Das Einzige, das sich änderte, war ihre Vorgehensweise, anstatt dicht an dicht zu sitzen, würden sie die beiden einzigen Türen im Auge behalten. Derjenige bei der Eingangstür sollte im ersten Stock an einem Fenster im Flur Ausschau halten.

Als Daisuke Nobu für seine Schicht weckte und danach ins Bett stieg, weckte er aus Versehen auch seine Freundin auf. Das ließ sie aber kalt, sie drehte sich wieder Richtung Wand und schlief sofort weiter. Für sie fühlte sich das Bett an, als würde sie auf Wolken schlafen. Er hob die Bettdecke an und schlüpfte darunter, wobei sie ihren Kopf leicht anhob, damit er sich an sie kuscheln konnte.

Nobu sprach sich kurz mit Harui ab, als er nach unten ging, bevor er sich im ersten Stock auf einen der Stühle vom Esstisch setzte, den Daisuke zuvor dort aufgestellt hatte. Eine Stille wie in diesem Moment hatte er schon lange nicht mehr erlebt, selbst im Wald waren die Tiere und der Wind zu hören. Doch diesmal konnte er nicht mal hören, wie seine Freunde schliefen. Obwohl sie alle ganz in seiner Nähe waren, hatte er sich noch nie so einsam gefühlt.

Nach einer Weile hörte er ein Geräusch, das hinter ihm seinen Ursprung hatte. Hektisch drehte er sich um, nur um festzustellen, dass es Kohán war, der zusammen mit einem weiteren Stuhl die Treppe hochkam.

»Mit Ihnen hätte ich jetzt nicht gerechnet.« Er dachte schon, dass es jemand irgendwie geschafft hätte, unbemerkt in das Haus einzudringen, erleichtert nahm er die Hand vom Abzug.

»Du bist der Erste, der sich wundert, dass ich, obwohl ich schon über 20 Jahre hier wohne, in meinem eigenen Haus rumlaufe.« Er war sehr erheitert, als er sich neben Nobu setzte. »Weißt du, ich kann in letzter Zeit nicht so gut schlafen und da dachte ich, wir könnten uns unterhalten.«

»Und worüber wollen Sie reden?« Die ganze Zeit wich er mit seinem Blick nicht von dem Fenster zum Vorgarten ab.

»Ich wollte dich fragen, was euer Plan ist, wie wollt ihr nach Tokio kommen?«

»Wir wollen erstmal weiter Richtung Norden bis nach Kitakyūshū und ab da dann weiter Richtung Osten bis nach Tokio.«

»Der Plan klingt ja ziemlich simpel, bis auf den Faktor, dass die Zeit dafür nicht reicht.«

»Haben Sie etwa einen besseren Plan?« Er schaute ihn fragend an. Im Augenwinkel sah er im Vorgarten eine Bewegung. Sofort hatte er den Finger wieder am Abzug.

»Keine Sorge, das ist nur Mei, sie war die Katze von einem Nachbarn. Die Arme wurde einfach zurückgelassen. Sie kommt öfters nachts her, wenn ich nicht schlafen kann. Ich gebe ihr dann immer was zu essen und streichle sie ein wenig.« Und tatsächlich lief auf der Mauer eine schneeweiße Katze, sie schaute hinauf zum Fenster und beobachtete Kohán und Nobu bei ihrem Gespräch. »Um wieder zurück zum Thema zu kommen, wenn einer von euch ein Boot steuern kann, hätte ich einen Plan für euch.«

»Daisuke war schon öfter mit einem unterwegs und weiß glaube ich auch, wie es geht und ich könnte es schnell lernen.« Sie hatten bereits mehrmals überlegt, ob sie sich die Zeit nehmen zu lernen, wie man Auto fährt. Doch zum einen hatten sie niemanden, der es ihnen beibringt, zum anderen wusste niemand, wie man ein Auto kurzschloss. Und im Gegensatz zu vielen anderen Dingen gab es davon nicht etliche Tutorials im Internet.

»Das könnte reichen.«

»Wollen Sie mir etwa sagen, dass Sie ein Boot haben, das Sie uns geben würden?« Nobu hatte nun den Blick vom Fenster genommen und ihn ungläubig auf den alten Mann gerichtet.

»Meine Familie ist schon seit Jahren im Fischereibetrieb tätig. Da ich meine Kinder und Frau auch einmal mit aufs Meer nehmen wollte, habe ich mir vor 15 Jahren eine kleine Yacht gekauft. Sie hat uns damals zwar fast unsere gesamten Ersparnisse gekostet, trotzdem haben wir es nie bereut. Sie ist groß genug für zehn Personen und kann genug Proviant für eine Woche laden. Wenn ihr sie benutzt, solltet ihr in zwei Tagen eine Strecke schaffen, die für die ihr sonst drei Wochen brauchen würdet.«

»Sie würden uns wirklich einfach so Ihre Yacht geben, nach allem, was Sie schon für uns getan haben?« Er schaute sowohl freudig als auch skeptisch.

»Wie schon gesagt, wir brauchen sie nicht mehr und euch wird niemand vorwerfen, dass ihr es gestohlen hättet. Dafür haben die da oben gerade andere Sorgen.«

»Es würde mich wundern, wenn an unserem Landungspunkt noch jemand leben würde, der sich dafür überhaupt interessiert. Ich würde mich vorher gerne einmal mit meinen Freunden besprechen, bevor ich das Angebot annehme.« Er schaute zum Gästezimmer.

»Natürlich, selbst als Anführer solltest du so eine große Entscheidung nicht allein treffen.« Er stand auf: »Ich lasse dich dann mal in Ruhe über das Angebot nachdenken«, und ging zurück in sein Zimmer. Nobu dachte noch die ganze Schicht über den Vorschlag nach und kam zu dem Entschluss, dass, wenn es wirklich funktionieren sollte, sie nicht nur ihre Verfolger loswerden würden, sondern auch wieder einen ordentlichen Vorsprung vor dem »Nichts« hätten. Auch nach dem Ende seiner Wache, als er schon längst von Rei abgelöst wurde, konnte er nicht ruhig schlafen, weil er die ganze Zeit noch darüber nachdenken musste, was für einen Vorteil es für sie bedeuten würde. Erst nach einer halben Stunde fand er endlich seinen wohlverdienten Schlaf.

»Es fühlt sich so an, als hätte ich ne halbe Ewigkeit nicht mehr so gut geschlafen.« Nobu streckte sich, während Daisuke damit beschäftigt war seine langen Haare wieder in Form zu bringen. Anders als sonst hatte er endlich mal wieder die Gelegenheit sie mit Wasser und einem Spiegel in Form zu bringen.

Auf dem Weg zum Bad konnte er Umeko beobachten, die nach ihrer zweitägigen Pause endlich wieder Yoga machte. Sie hatte sich mit ihrer Isomatte in den Garten verzogen. Aus irgendeinem Grund fühlte sie sich trotz der Ereignisse von vor zwei Tagen bei dem alten Ehepaar sicher und kam wieder zur Ruhe. Sie befand sich gerade im Vierfüßlerstand. Behutsam zog sie ihr rechtes Knie an ihre Brust. Ein paar Sekunden verweilte sie in dieser Position, ehe sie ihr Bein langsam in die Höhe streckte. Auch diese Position hielt sie wieder ein paar Sekunden. Dasselbe wiederholte sie mit ihrem linken Bein. Danach ging sie zurück in den Vierfüßlerstand und führte ihre Hüfte zu Boden. Zeitgleich drückte sie ihren Rücken durch und schaute gen Himmel. Auch in dieser Position blieb sie einen Augenblick.

Mit einem Räuspern kündigte sich Rei hinter ihrem Freund an. Erst jetzt konnte er sich von Umekos losreißen.

»Gibt's da was Schönes zu sehen?«, fragte sie mit einem gewissen Unterton.

»Nein, ich bin einfach nur noch sehr müde.« Mit einem gekünstelten Gähnen ging er ins Bad.

Am Morgen eröffnete Nobu als Erstes seinen Freunden das Angebot. Daisuke gab von sich aus preis, dass er das Boot steuern könnte. Kohán bot den Restlichen auch noch an, zu zeigen, wie sie es steuern können.

»Wie können wir uns nur je bei Ihnen bedanken, bei all dem, was Sie für uns getan haben?« Umeko war nicht wohl dabei ihre Hilfe erneut annehmen zu müssen.

»Ihr könnt es alle nach Tokio schaffen und unseren Kindern eine letzte Nachricht übergeben.«

»Natürlich, wir übergeben ihnen alles, was Sie wollen, wenn das wirklich reicht, um uns zu bedanken.« Umeko kam es einfach zu wenig vor.

»Das reicht vollkommen aus, wir haben ja von uns aus entschieden euch zu helfen.« Der alte Mann wollte ihnen nicht noch mehr zumuten. Sie hatten seiner Meinung nach schon mehr als genug Schwierigkeiten, die es zu bewältigen galt.

Als Nächstes ging einer nach dem anderen unter die Dusche und nutzte den Luxus von fließend warmem Wasser aus. Währenddessen blieben ein paar der anderen im Wohnzimmer, um sich die Morgennachrichten anzuschauen. Dort wurde gerade von einem Mann berichtet, der es geschafft hatte, mehreren reichen Geschäftsmännern angeblich »Nichts« sichere Bunker zu verkaufen. Damit hatte er mehrere hundert Milliarden Yen verdient, ehe er erwischt wurde. Alle, die er hinters Licht geführt hatte, konnten zum Glück noch rechtzeitig über den Schwindel informiert werden.

Der Letzte von ihnen kam am Vorabend in Tokio per Helikopter an. Als er erfuhr, dass alles nur eine Lüge war, hatte ein Erdbeben bereits den Eingang seines im Wald gebauten Bunkers mit Bäumen versperrt. Es dauerte mehrere Tage, um diesen freizuräumen, da erstmal das nötige Personal und die nötigen Maschinen rangeschafft werden mussten. Die Route des Piloten wurde veröffentlicht. Nobu erkannte, dass der Helikopter, der am Abend vor zwei Tagen über ihre Köpfe hinwegflog, der dieses Geschäftsmannes gewesen sein musste.

Das Wasser, das in den Abfluss floss, war vom Dreck komplett braun geworden. Während Jinpei seine Haare ins Gesicht fielen, machte sich Harui nach langer Zeit endlich wieder ihre ehemals charakteristischen Zöpfe. Mit Abstand am längsten brauchte

Umeko; während alle anderen, selbst die Mädchen, maximal 20 Minuten gebraucht hatten, stand sie insgesamt geschlagene 35 Minuten unter der Dusche. Danach war sie allerdings so sauber wie vor ihrer Reise. Zu ihrer eigenen Überraschung war sie, obwohl sie die meiste Zeit im Schatten des Waldes unterwegs war, immer noch ein wenig gebräunt. Doch leider hatte sie an ihren Armen, Beinen und am Hals einen klaren Rand, dort wo ihre Klamotten die Haut verdeckten. Doch auf der Yacht wollte sie sich richtig bräunen.

Zum Pech von Nobu, Dai und Rei war Umeko allerdings nicht die Letzte, die Duschen gegangen war. Sie hatte sogar das Frühstück verpasst. Zum ersten Mal seit Wochen gab es frisches Brot und Wurst sowie Käse zum Frühstück. Selbstverständlich hatten sie sich so wie am Abend richtig satt gegessen. Die Portion für Umeko wurde aufgehoben. Darum war sie auch als Einzige noch mit Essen beschäftigt, während alle anderen bereits mit Packen beziehungsweise Duschen beschäftigt waren. Denn auch wenn sie nur eine Nacht bei dem Ehepaar verbracht hatten, nutzten sie den Platz, den sie hatten, voll aus. Als Nobu bemerkte, dass das Bad wieder frei geworden war, wartete er keine weitere Sekunde. Mit einem Handtuch und frischen Klamotten aus der Waschmaschine verschwand er im Bad.

Als er das Bad betrat, wurde er fast von dem Wasserdampf erschlagen. Im ersten Moment hatte er sogar Probleme damit richtig zu atmen. Eigentlich wollte er erst einmal sein Gesicht im Spiegel betrachten. Dieser war jedoch total beschlagen, sodass er erstmal das Fenster über dem Klo kippte. Als Nächstes stieg er unter die Dusche. Auch bei ihm waren das Wasser und der Schaum brauner, als er es jemals zuvor gesehen hatte. Es fühlte sich so an, als würde nicht nur der Dreck von seinem Körper fortgespült werden, sondern auch viele seiner Sorgen, die er noch bis eben mit sich herumtrug.

Auch als er fertig war, war der Spiegel beschlagen, weshalb er nur seine verzerrte Silhouette erkannte. Er wartete zwei Minuten, nachdem er das Fenster komplett geöffnet hatte, bis der Spiegel komplett frei war. Was er dort sah, war ein 17-jähriger Oberschüler mit Augenringen, blutunterlaufenen Augen und eingefallenem Gesicht. Was ihn aber am meisten schockierte, war sein abgemagerter Oberkörper. Er war auch früher schon immer eher schlank gewesen, doch das schlug alles, was er je gesehen hatte. Ihm war schon länger klar, dass er inzwischen kein einziges Gramm Fett mehr am ganzen Körper haben dürfte. Dennoch war es ein erschreckender Anblick, seinen Oberkörper das erste Mal in Gänze in einem Spiegel zu betrachten. Sein Brustkorb zeichnete sich deutlich vom Rest seines Körpers ab, seine Rippen traten unter der Haut hervor.

»Der Mangel an Essen in den letzten Tagen hat mir offenbar mehr angetan, als ich erwartet hatte.« Er hatte das Verlangen noch einmal zu frühstücken.

Weiterhin störten ihn auch die Bartstoppeln, die sich in den letzten Wochen einen Weg in sein Gesicht bahnen konnten. Er fuhr sich mit einer Hand über die Backen und das Kinn, um sie auch physisch spüren zu können. Es war das erste Mal, dass er sie wirklich wahrnahm.

»Damit muss ich jetzt wohl eine Weile leben.« Er zog sich noch schnell seine frischen Klamotten an und verließ dann das Bad.

»Hast du dir deine Haare überhaupt gewaschen, die sehen noch genauso aus wie vorher.« Daisuke war der Einzige, der sich traute, so einen Scherz im Vorbeigehen zu machen.

»So sehen die doch immer aus.« Durch das Trockenrubbeln waren seine Haare ganz strubbelig und standen in alle Richtungen ab. Er hatte aber den Vorteil, dass es bei so kurzen Haaren schon gewollt aussah. Mittlerweile war der Spiegel im Bad nicht mehr beschlagen. Trotz des muskulösen Körperbaus von Daisuke konnte man deutlich erkennen, dass er schon seit einer Weile mehr Energie verbraucht hatte, als er wieder durch Nahrung und Schlaf aufnehmen konnte.

Unter der Dusche war das Einzige, das er hörte, das Prasseln der Wassertropfen auf seiner Haut. Als er es jedoch das erste Mal abstellte, um sich einzuseifen, bemerkte er die Stille, die er selbst in der letzten Nacht nicht wahrgenommen hatte, da er viel zu konzentriert auf seine Aufgabe war. Um diese Stille zu füllen, zeigte ihm sein Kopf die letzten Bilder von seinem Freund Ishikawa, als er noch lebte und er bereits tot und nur noch der vergrabene Kopf war.

Aus purer Verzweiflung und Hass auf sich selbst schlug er gegen die Wand des Zimmers, bevor er in der Wanne zusammensackte und in Tränen ausbrach. Es war das erste Mal, dass er sich seit Ishikawas Tod wirklich damit befasste und sich erlaubte zu trauern. Auch seine Freunde konnten das Schluchzen vernehmen, unternahmen jedoch nichts, da Nobu sie daran hinderte. Er wusste, dass sich sein Freund endlich dieser Tatsache stellen musste.

»Sollte nicht vielleicht doch mal jemand nach ihm sehen?« Nun schalteten sich auch die Satos ein.

»Nein, er muss endlich damit abschließen können und jetzt ist die richtige Zeit und auch der richtige Ort dafür.« Zu aller Überraschung sagte das die Person, der Daisuke am wichtigsten war, nämlich Rei. Aus Verzweiflung und um sich nicht mehr selbst weinen hören zu müssen, schaltete er das Wasser wieder ein. Das Wasser prasselte auf seinen Kopf nieder und wusch die Tränen samt Dreck in den Abfluss. Nach ein paar Augenblicken, in denen er sich im Selbstmitleid badete, fasste er neuen Mut und begann sich zu duschen.

Noch mehr Sorgen um ihren Freund machten sie sich, als sie nichts mehr außer Wasserrauschen aus dem Bad hören konnten. Rei machte sich schon auf den Weg, als sich die Tür plötzlich öffnete und Daisuke aus einer Dampfwolke erschien.

»Ist alles in Ordnung?« Nach dieser Frage wusste Daisuke, dass er gehört wurde, ließ sich aber trotzdem nichts anmerken.

»Ja, alles bestens, wieso?«

»Nur weil du so lange gebraucht hast.« Rei verstand, dass er nicht darüber reden wollte, und respektierte seinen Wunsch.

»Egal wie lange ich gebraucht habe, im Vergleich zu Umeko stink ich wohl noch ab, oder?« Er wollte es weiter runterspielen und machte einen Witz. Auch Umeko respektierte seinen Wunsch und stieg mit ein.

»Tja, dafür sehe ich jetzt aus wie neu. Was eine gute Mütze Schlaf und eine Dusche doch so alles ausmachen.«

»Das stimmt wohl.« Daraufhin kassierte er einen Schlag von Rei mit der flachen Hand auf den Rücken. Als Reaktion darauf konnte er nur grinsen. »Du siehst natürlich noch besser aus.« Sie verdrehte nur die Augen und ging ins Bad.

Nachdem alle geduscht hatten und die Sachen gepackt waren, hieß es auch schon wieder Abschied von dem alten Ehepaar nehmen, zumindest von Frau Sato. Kohán begleitete sie noch mit zum Hafen. In seinem kleinen Auto fuhr er die Lebensmittel. Das Ehepaar Sato war im Zweiten Weltkrieg aufgewachsen. Sie hatten ebenfalls immer von ihren Eltern eingebläut bekommen, zu jeder Zeit genug zu essen zuhause zu haben. Aus diesem Grund hatten sie, kaum dass sie dieses Haus gekauft hatten, einen Sturmkeller einbauen lassen. Doch jetzt, wo es so weit wäre, könnten sie niemals alle Konserven bis zum Tag X aufbrauchen. Da diese sonst verloren wären, hatten sich die Kinder dafür entschieden zumindest so viel mitzunehmen, wie sie auf ihrer Seereise gebrauchen können. Während die Kinder den direkten Weg durch die Stadt und über die Blockaden nehmen konnten, musste Kohán auf Grund der Straßenblockaden etliche Umwege machen. Zusammen mit den ganzen Konserven im Kofferraum kam das alte Auto auch so schon schwer voran.

Obwohl er ihnen anbot auch ihre Rucksäcke zu fahren, lehnten sie ab. Mit der Begründung, sie wüssten gerne, wo ihre Sachen seien, und möchten sofort darauf zugreifen. Besonders an einem so nebeligen Morgen. An diesem Tag bräuchte niemand wirklich Talent, um sich auf 100 Meter an jemanden heranzuschleichen.

»Können wir vielleicht noch mal in dem Klamottenladen vorbeischauen«, fragte Umeko vorsichtig.
»Was willst du denn da, sag bloß, du hast beim letzten Mal nicht alles bekommen?«, meinte Nobu vorwurfsvoll.
»Jetzt da wir mit einem Schiff unterwegs sein werden, brauchen wir doch auch Bikinis oder nicht?« Mit einem verschmitzten Lächeln schaute sie ihn Reis Richtung.
»Also ich brauch keinen.« Nobu konnte der Idee nicht gerade viel abgewinnen.
»Ich finde es eine gute Idee, auf dem Deck eines Schiffes kann es schnell mal sehr heiß werden, da wären Bikinis nicht schlecht.« Wie Umeko es sich gedacht hatte, konnte sie Rei für sich gewinnen. Rei wollte Daisuke unbedingt zeigen, wie gut sie in einem Bikini aussieht.
»Macht doch, was ihr wollt, aber passt auf euch auf.« Nobu ließ sie gehen, er wusste genau, dass Rei Daisuke schnell hätte überreden können, wenn sie nur ihr Sexappeal ausgenutzt hätte.
»Komm Harui, wir suchen dir was Passendes aus.« Nun wurde auch Harui, die sich aus dem Thema komplett raushielt, mitgenommen. Schon bei der nächsten Straße trennten sich die Wege der Jungs und Mädchen.
»Sollte ich nicht lieber mitgehen?« Daisuke war unwohl dabei sich von den Mädchen und ganz besonders von Rei zu trennen.
»Nein, nein, wir schaffen das schon.« Mit einem süßen Lächeln wimmelte Rei ihren Freund ab.
»Mir ist auch nicht ganz wohl dabei die drei allein gehen zu lassen. Aber Rei kann auf sich aufpassen.« Nobu versuchte Daisuke zu beruhigen.

»Aber was ist, wenn die Templer auftauchen und sie angreifen? Dass Rei auf sich aufpassen kann, stimmt, aber was ist mit Umeko und Harui? Die beiden können nicht kämpfen.«

»Wärst du beruhigt, wenn ich sie heimlich verfolgen würde?«, bot Nobu seinem besten Freund an.

»Lass mich lieber gehen.« Zwar würde er Nobu sein Leben anvertrauen, doch konnte er sich nicht beruhigen, solange er nicht sicher war, dass ihnen nichts passiert.

»Falls du es noch nicht verstanden hast, Rei will dich damit überraschen, wie gut sie in einem Bikini aussieht. Und ich will ihr nicht die Freude nehmen, wenn sie dein Gesicht sieht. Darum will ich nicht, dass du ihnen nachläufst.«

»Na gut, aber versprich mir, dass du gut auf sie achtgibst.« Daisuke war noch immer nicht beruhigt, doch hatte Nobu ihn überzeugt.

»Versprochen!«

Aufgrund der vielen Straßenblockaden in der Stadtmitte musste Kohán einige Umwege fahren. Dennoch war er als Erstes am Hafen und bereits dabei, das Schiff zu beladen. Daisuke und Jinpei kamen nicht viel später und halfen ihm dabei, nachdem sie ihre Rucksäcke unter Deck verstauten.

»Das ist eine wirklich schöne Yacht, die muss ja ein Vermögen gekostet haben.« Daisuke war der Einzige, der Ahnung von Schiffen hatte. Ishikawa hatte ihm einiges beigebracht. Er schaffte es immer wieder, Daisuke mit seinem umfangreichen Wissen über so gut wie alles zu beeindrucken. Es war mit zwei Tauen befestigt, je eines an Heck und Bug.

»Ja es war wirklich sehr kostspielig, aber ich habe den Kauf nie bereut. Jedes Mal, wenn ich mit meinen Kindern einen Ausflug darauf gemacht habe, sah ich, dass es sich gelohnt hatte.«

»Wie viel Benzin ist getankt?«

»Es ist voll und es sind noch zwei volle Benzinkanister an Bord, ihr solltet also keine Probleme bekommen.«

»Das hör ich doch gerne.« Mit einem Lächeln klopfte Daisuke an die Außenwand des Schiffes.

In der Ferne kamen nun auch endlich die Mädchen mit je einer Tüte in der Hand. Umeko war die Erste, die etwas zu dem Boot sagte:

»Wow, mit einem Schiff ähnlicher Größe sind wir mal im Urlaub gewesen. Zwei Wochen auf offenem Meer und wir sind nur an Land gegangen, wenn wir die Vorräte auffüllen mussten. Es waren wirklich schöne Ferien.«

»Ach, dann kennst du dich also auch mit Booten aus?« Kohán schloss es daraus.

»Nein, wir haben das Boot damals gemietet und nur mein Vater wusste, wie man so ein Ding bediente.«

»Sie müssen wissen, ihre Familie ist sehr reich«, ergänzte Nobu, der kurz hinter den Mädchen auftauchte.

»Ah ja die oberen zehn Prozent, ich sehe schon. Versteh mich bitte nicht falsch, ich will nichts gegen dich oder deine Familie sagen. Trotzdem können reiche Leute manchmal Arschlöcher sein.«

»Das klingt ja fast, so als hätten sie schon mal Stress mit solchen Leuten gehabt.« Rei wollte mehr erfahren.

»Ihr müsst wissen, wir haben nicht immer hier gelebt. Vor 20 Jahren haben wir noch in Fukuoka gewohnt, bis uns so ein reiches Arschloch unser Haus und das ganze Land meiner Familie abgekauft hat, nur um darauf einen Parkplatz für seinen Laden erbauen zu lassen.« Er schwelgte in Erinnerungen an das Jahrzehnt, als seine Kinder noch Kinder waren.

»Einfach so von heute auf morgen alles zu verlieren. So etwas sollte niemand durchmachen müssen, egal aus welchem Grund.« Umeko nahm die Welt der Reichen überhaupt nicht, obwohl sie selbst darin aufgewachsen war, in Schutz, eher das Gegenteil war der Fall. Sie verabscheute schon immer die Leute, die ihre Macht ausnutzten, um anderen Menschen, die sich nicht dagegen wehren können, zu schaden.

In der Zwischenzeit wurde alles verstaut, was sie mitnehmen wollten. Und gerade als er ihnen erklärte, wie sie das Schiff bedienen konnten, fiel ihm noch etwas ein.

»Wartet einen Augenblick, das darf ich auf gar keinen Fall vergessen.« Er lief, so schnell er in seinem Alter noch konnte, zum Auto, um etwas zu holen. »Hier, das sind die Nachrichten an unsere Kinder und eine Namensliste, vielen Dank noch mal, dass ihr das übernehmt.« Völlig aus der Puste überreichte er ihnen mit Tränen in den Augen eine handgeschriebene List mit vier Namen, drei davon gehörten zu Männern, einer zu einer Frau, und außerdem noch vier Briefe, für jedes Kind einen.

»Das ist doch wirklich das Mindeste, das wir tun können, um uns zu bedanken.« Umeko hatte das Ehepaar bereits nach einem Tag ins Herz geschlossen.

»Weißt du Umeko, du bist absolut nicht wie die reichen Kids, die ich sonst so kenne. Du bist nett, humorvoll, hilfsbereit und ich schätze mal jemand, der sich um seine Freunde sorgt. Du bist wirklich ein Geschenk für diese Welt. Das gilt aber nicht nur für dich, nein ihr alle dürft das von euch behaupten. Ich bin froh, dass ich mich dazu entschlossen habe euch zu helfen, es sollte wirklich mehr Menschen wie euch auf dieser Welt geben. Ich bin mir sicher, dass ihr es alle bis nach Tokio schafft.«

»Danke, aber das Gleiche gilt auch für Sie und Ihre Frau. Denn ohne Ihre Hilfe würden wir es vermutlich nicht schaffen, und danken Sie auch Ihrer Frau, das Essen, das sie gekocht hat, war einfach köstlich.« Umeko übernahm den Abschied für die gesamte Gruppe.

»Das werde ich ihr ausrichten und jetzt macht, dass ihr hier wegkommt.« Mit einem Lächeln versuchte er die Tränen zu überspielen. Der Abschied von der Gruppe fiel ihm schwerer, als man nach nur einem Tag der Bekanntschaft vermuten würde.

Langsam setzte sich das Boot in Bewegung. Sie konnten sehen, wie der alte Mann immer kleiner und kleiner wurde. Obwohl sie ihn aufgrund des Nebels schnell nicht mehr sehen konnten, hörten weder die Kinder noch Kohán auf zu winken.

Kapitel 9 Krankheit

Das Wasser verhielt sich ruhig, es gab nur wenig Wellengang. Daisuke fiel sofort auf, dass sich das »Nichts« direkt oberhalb des Meeresspiegels befinden musste. Ansonsten würde dieser nämlich immer mehr abnehmen und nicht konstant bleiben. Da auch das Meereswasser eingesogen wird.

Die Einzige, die Beschwerden hatte, war Harui, die über Kopfschmerzen klagte. Sie war noch nie auf dem offenen Meer unterwegs und da sie auch nicht so oft mit dem Auto unterwegs war, war sie es nicht gewohnt sich zu bewegen, ohne sich wirklich zu bewegen. Und vermutlich gab ihr die salzige Seeluft den Rest. Ihr Bruder, der dieselben Voraussetzungen teilte, vertrug es hingegen besser. Sie jedoch wurde unter Deck, in ihre Kabine, gebracht, wo sie sich ausruhen sollte. Selbstverständlich machten sich die anderen Sorgen um sie, doch konnten sie nicht die ganze Zeit bei ihr bleiben. Darum kam immer mal wieder jemand, um nach ihr zu sehen. Doch in der restlichen Zeit fühlte sie sich einsam und ihr war langweilig.

»Hey, du solltest doch im Bett bleiben.« Harui taumelte auf einmal auf das Deck und wenn Rei sie nicht aufgefangen hätte, wäre sie gestürzt.

»Die Luft da unten wurde mir zu schlecht, ich brauchte frische Luft.«

»Wie geht's dir?« Nobu half ihr dabei sich hinzusetzen.

»Ich habe Kopfschmerzen, mir ist schwindelig und mein Körper fühlt sich so an, als würde er verbrennen.« Nobu langte ihr an die Stirn, um ihre Temperatur zu messen und sie hatte Recht, ihre Temperatur war viel zu hoch.

»Schnell, sie braucht Medizin.« Rei musste man das nicht zweimal sagen, sie ging sofort unter Deck, um alles an Medizin zu holen, was sie dabeihatten. Zu dem was sie hin und wieder in den Dörfern fanden, kamen noch ein paar hinzu die sie von den Satos hatten.

»Was ist denn mit ihr los, vor wenigen Stunden ging es ihr doch noch bestens.« Jinpei machte sich Sorgen um seine Schwester.

»Was ist denn bei euch los?« Daisuke war immer noch dabei das Schiff zu steuern. Nobu rief es ihm laut genug entgegen.

»Es ist Harui, sie glüht regelrecht.«

»Was, aber wie kann das sein, heute Morgen war doch noch alles gut.«

»Ich schätze mal, sie war schon vorher krank, bis heute Morgen haben nur die Symptome noch nicht ausgeschlagen. Ist auch kein Wunder, wir waren lange genug im Wald und haben unter den denkbar schlechtesten Bedingungen gelebt. Es gibt genug Tiere, die als Krankheitserreger fungieren können, die meisten von ihnen bemerken wir gar nicht oder erst viel zu spät. Das Schwanken des Schiffes und die salzige Luft haben dann vermutlich ihr Immunsystem geschwächt, so dass sich die Krankheit, oder was auch immer das ist, schlagartig ausbreitete«, erklärte Rei den anderen, als sie mit den Medikamenten zurückkam. Daisuke hatte derweil das Schiff angehalten und kam runter zu den anderen.

»Wäre es dann nicht besser, wir würden uns von ihr fernhalten, bevor wir uns auch noch anstecken«, schlug ihr Bruder vor.

»Da wir die ganze Zeit zusammen waren, dasselbe getan, getrunken und gegessen haben, werden wir es schon haben, nur dass unser Körper besser damit klarkommt. Dennoch sollten wir ihr vorerst nicht zu nahe kommen, nur für den Fall.« Rei kannte sich von allem am besten mit dem menschlichen Körper und dem Immunsystem aus. Sie hatte zwei Beutel mit Medikamenten in der Hand, den sie an Nobu weitergab, er sollte darin nach Antibiotika suchen. Daisuke sagte sie, dass er frische Tücher und kaltes

Wasser holen sollte. Als Erstes wollte Rei Haruis Temperatur runterbekommen.

»Okay, ich habe alles an Antibiotika rausgesucht, wie viel sollen wir ihr verabreichen?« Nobu kannte sich zwar auch ein wenig mit Medizin aus, doch lange nicht so gut wie Rei. Nach der Schule hatte sie ihre Nase immer noch in etliche Bücher gesteckt, einige davon handelten auch von Medizin.

»Erstmal eine Tablette, und dann vor jedem Essen eine weitere. Wo bleiben denn die Tücher?«

»Hier sind sie schon, plus der Schale mit kaltem Wasser.« Daisuke tauchte das Tuch ein, faltete es, nachdem er es ausgewrungen hatte, ein paarmal und legte es ihr auf den Kopf. Harui konnte inzwischen nur noch flach atmen.

»Das sollte erstmal reichen.«

»Was, denkst du, hat sie?«

»Ich schätze jetzt mal eine einfache Grippe, ich hoffe, es geht ihr wieder gut, wenn wir an Land gehen müssen, sonst haben wir den Vorteil, denn wir jetzt bekommen, wieder verloren, bis es ihr wieder besser geht.«

»Am besten, wir lassen sie erstmal hier an Deck, die frische Luft wird ihr helfen«, meinte Nobu.

»Ich dachte, die Luft hier draußen hatte das alles erst verursacht.« Jinpei machte sich wirklich Sorgen um seine Schwester.

»Ja, weil ihr Körper es nicht kannte und erstmal seine Kräfte darauf verwendet hat anstatt auf die Krankheit in ihr.« Das war die einzige Erklärung, die sich Nobu denken konnte.

»Komm, gehen wir lieber woanders hin.« Umeko nahm Jinpei, der machtlos auf seine Schwester sah, an die Hand, und ging mit ihm auf die andere Seite der Yacht, um ihn ein wenig abzulenken.

»Es wird alles wieder gut, du musst dich nicht verrückt machen.« Zur Hälfte sagte Umeko das auch um sich selbst zu beruhigen. »Rei weiß, was sie macht.«

»Ich fühle mich einfach nur so machtlos. Jedes Mal, wenn sich etwas in unserem Leben ändert, passiert einem von uns etwas Schlimmes. Zuerst wurdest du niedergestochen.«

»Erinnere mich bitte nicht daran.« Sie fiel ihm ins Wort.

»Dann starb Ishikawa, und jetzt wird Harui krank und wir haben nur begrenzte medizinische Mittel.«

»Aber wir sollten auch das Gute daran sehen«, meinte Umeko mit einem schwachen Lächeln.

»Was soll denn daran bitte gut sein?« Jinpei wurde so laut, dass selbst die anderen ihn hören konnten.

»Wenn wir zum Beispiel immer noch zu Fuß unterwegs wären und sie krank geworden wäre. Wir hätten wer weiß wie lange warten müssen, bis sie wieder gesund ist, ohne weiterzukönnen. Aber jetzt hindert es uns nicht daran voranzukommen. Außerdem ist sie hier viel sicherer, als sie es an Land wäre.« Umeko nahm ihn in den Arm, ihr war egal, ob es für ihn unangenehm war, sie wollte ihn in diesem Moment einfach nur trösten. Er wehrte sich nicht, sondern ließ sie machen.

Daisuke ging zurück ans Steuer und setzte das Boot wieder in Bewegung. Bis zum Abend verlief die Reise ruhig und ohne irgendwelche Probleme. Abends dann wurde Harui wieder unter Deck gebracht, wo den ganzen Tag alle Fenster geöffnet waren, weshalb die Luft dort wieder erträglich war. Als beschlossen war, an diesem Tag nicht mehr weiterzufahren, wurde der Anker ausgeworfen, um nicht vom Kurs abzukommen.

Selbst auf offener See vernachlässigten sie nicht ihre Wache. Auch nach Haruis Ausfall wurde an den Schichten einzig eins geändert, Nobu hatte nun allein Wache. Nur einmal verließ er seinen Posten, und das auch nur für fünf Minuten. Zuvor jedoch überzeugte er sich davon, dass weit und breit nichts zu sehen war.

Unter Deck besuchte er die immer noch angeschlagene, jetzt aber friedlich schlummernde Harui. Das Antibiotikum, das sie vor dem Abendessen eingenommen hatte, schien gut zu wirken. Bei der Gelegenheit wechselte er gleich den Umschlag auf ihrer Stirn aus. Ungewollt kam er dabei mit seiner Hand an ihre Stirn und bemerkte sofort, dass sie noch immer stark erhöhte Temperatur hatte.

Nobu machte sich Sorgen, wie es mit ihr weitergehen würde, falls es ihr nicht besser gehen sollte, sobald sie wieder an Land gehen müssen. Er überlegte, ob er es wirklich fertigbringen könnte eine Freundin zurückzulassen. So wie er es damals auch mit Umeko vorhatte, als er plötzlich ein leises Geräusch von Deck hörte.

Nicht dazu im Stande, zu erkennen, worum es sich handelte, machte er sich mit gezückter Waffe auf den Weg an Deck. Dabei hielt er die Waffe so nah am Körper wie möglich. Von Ishikawa hatte er gehört, dass man sie ihm so schwieriger abnehmen konnte. Leise schloss er die Kabinentür hinter sich.

Während er sich am Heck aufhielt, hörte er, wie jemand am Bug weinte. Da er bezweifelte, dass ein Angreifer weinen würde, nahm er an, dass es einer seiner Freunde war. Er senkte seine Waffe, steckte sie aber für den Notfall noch nicht zurück in das Holster an seiner Hüfte. Vorsichtig lugte er um die Ecke und sah Umekos gold-glänzendes Haar im Wind wehen.

Ohne ihn zu bemerken, schaute sie hinaus auf den Mond, der sich auf der ruhigen Wasseroberfläche unscharf spiegelte. Erst als sie hinter sich Schritte auf dem hölzernen Deck hörte, schniefte sie noch einmal und drehte sich dann gemächlich um.

»Na, alles klar?« Nobu wusste, dass sie es niemals zugeben würde, dass es ihr schlecht ginge, wenn er sie fragen würde.

»Alles bestens. Ich konnte nur nicht schlafen und wollte mir den Mond anschauen.«

»Er ist wirklich wunderschön heute Nacht, nicht wahr?« Er lächelte sie an und schaute mit sinnlichem Blick hinauf in den Himmel. Es war eine sternenklare Nacht, nicht die kleinste Wolke war am Himmel. Das, was die beiden zu sehen bekamen, war tatsächlich nur mit einem Wort zu beschreiben: wunderschön.

»Wieso merken wir eigentlich erst jetzt, wie schön unsere Welt doch ist?« Sie lehnte sich an die Reling und blickte ebenfalls hinauf zu den Sternen.

»Seit wann bist du denn so philosophisch?« Verwundert senkte er den Kopf wieder und schaute sie an. Eine einzelne Träne lief ihr genau in dem Moment die Wange runter. Im Schein des Mondes glitzerte sie wie ein kleiner Diamant.

»Ich weiß es auch nicht, irgendwie überkam mich so eine Lust, etwas Hochtrabendes zu sagen.« Beide fingen sie an zu kichern. Umekos Lachen jedoch war verzerrt und ein schlechter Versuch, ihre Traurigkeit zu überspielen. »Ich sollte jetzt wieder unter Deck gehen, es fängt an zu regnen.« Mit ihrer Hand wischte sie die Träne weg.

Als sie an ihm vorbeiging, packte er ihren Unterarm und zog sie zu sich. Sie wusste nicht, wie ihr geschah, als sie sich plötzlich in seiner Umarmung befand.

»Es ist in Ordnung, vor mir brauchst du dich nicht zu verstellen.« Eigentlich wollte er sie nicht dazu zwingen, er konnte es aber nicht mehr ertragen sie so zu sehen.

Wortlos erwiderte sie die Umarmung und presste ihr Gesicht an seine Brust. Nun hielt sie nichts mehr, ihren Gefühlen konnte sie freien Lauf lassen.

Während sie eine Weile weinte, tat er nichts anderes, als sie, ohne ein Wort zu sagen, im Arm zu halten und ihr dabei ganz sanft mit der Hand über den Kopf zu streicheln.

»Danke.« Sanft drückte sie sich mit den Händen von ihm weg.

»Nicht dafür.« Er öffnete seinen Griff, wodurch sie einen kleinen Schritt zurückmachte.

»Ich muss bestimmt schrecklich aussehen.« Ihre Augen waren rot und auch leicht angeschwollen.

»Sieh es positiv.« Skeptisch schaute sie ihn an. »Immerhin hast du kein Make-up drauf.«

»Danke, das ist jetzt wirklich ein Trost.« Sie gab sich keine Mühe dabei ihren Sarkasmus zu verbergen. Gerade einmal eine Sekunde dauerte es, bis die beiden wieder anfingen zu lachen.

»Ich sollte jetzt wirklich wieder ins Bett. Gute Nacht.« Mit einem Lächeln im Gesicht verabschiedete sie sich.

»Gute Nacht.« Besorgt folgte er ihr mit den Augen. Das unverkennbare Geräusch ihrer Schritte auf dem Holzdeck zerriss die Stille auf dem Meer, bis sie unter Deck verschwand.

»Morgen.« Kaum dass Umeko Nobu sah, grüßte sie ihn mit bester Laune, während sie sich gerade in der Kriegerpose beim Yoga befand. Auf Grund der leichten Schwankung des Schiffes war es sogar eine noch bessere Übung für sie.

»Du bist aber gut drauf, ist irgendwas passiert?« Rei merkte sofort, dass sich die beiden anders verhielten.

»Ich habe mir heute Nacht den Sternenhimmel angeschaut, er war einfach wunderschön.«

»War es wirklich der Sternenhimmel, der so schön war, oder doch eher was anderes?« Rei drehte ihren Kopf zu Nobu rüber.

»Was meinst du?« Umeko stellte sich dumm, natürlich wusste sie genau, worauf sie hinauswollte.

»Ach vergiss es.« Rei drehte sich um und ging auf ihren Freund zu, um ihm einen Kuss auf die Wange zu drücken. Jinpei konnte es aber nicht vergessen und schaute sich die beiden genauer an, es schien ihm tatsächlich so, als wäre irgendwas zwischen den beiden vorgefallen. Sie standen sich auf einmal noch besser als zuvor.

»Na du.« Dai sprach extra leise, damit die anderen sie nicht hören konnten. »Weiß jemand, wie es Harui inzwischen geht«, fragte er dann laut in die Runde.

Alle schüttelten den Kopf, an diesem Morgen hat noch niemand nach ihr gesehen. Nobu bot an ihr das Frühstück zu bringen und nach ihr zu sehen.

Mit zwei Portionen ging er zu ihr in die Kabine und setzte sich an ihr Bett.

»Wie geht es den anderen, ich hoffe, ich habe niemanden angesteckt.«

»Denen geht es allen gut. Du brauchst dir keine Sorgen zu machen.« Erneut prüfte er ihre Temperatur, die zum Glück gesunken war. Als sie sich zum Frühstücken aufsetzen wollte, fiel ihr das nasse, mittlerweile warme Tuch mit einem lauten Platschen in den Schoß. Es war durchnässter, als es eigentlich hätte sein sollen, wenn es noch dasselbe war, dass Nobu ihr in der Nacht draufgelegt hatte. Daraus schloss er, dass einer von den anderen in der Nacht nach ihr gesehen hat und dabei auch das Tuch wechselte. Er nahm an, dass es Umeko war.

»Warte.« Nobu legte das Tuch in die Schale mit Wasser. Urplötzlich wurde Harui wieder schwindelig, und hätte Nobu sie nicht am Arm gepackt, wäre sie aus dem Bett gefallen.

»Du solltest am besten deine Hose wechseln, nicht dass sich dein Zustand wieder verschlimmert.« Er bedeckte ihren Schoß mit der Decke. »Ich lass dich jetzt besser wieder allein.« Er legte ihr noch schnell eine Hose zum Wechseln ans Bett und verschwand dann wieder an Deck.

Nachdem sie schnell ihre Hose wechselte, nahm sie das Tablett und begann zu frühstücken.

Daisuke war allein am Steuer, langsam hatte er genug vom immer selben Anblick des Wassers. Ein springender Fisch hier und da, war da schon das Spannendste, was er zu sehen bekam. Umso schöner war die Überraschung, als seine Freundin ihn von hinten umarmte und ihr Gesicht neben seines schob.

»Na, siehst du was Schönes?«

»Jetzt schon.« Mit einem Kuss auf die Wange begrüßte er sie.

»Ist bei dir alles in Ordnung?« Die Sorge in ihrer Stimme war nicht zu überhören.

»Ja, es ist nur ein bisschen langweilig, den ganzen Tag am Steuer zu sitzen.«

»Das meinte ich nicht.« Sie hielt kurz inne. »Ich habe dich gehört, gestern, unter der Dusche.« Kurze Stille. »Tu bitte nicht so, als ob nichts gewesen wäre. Ich habe gehört, wie du geweint hast.« Wieder herrschte kurze Stille.

»Es war nur …« Er suchte nach Worten. »Als ich Ishikawas Kopf in Händen hielt, kam alles wieder hoch …« Er fing ungewollt an zu weinen. »Schlimmer als je zuvor. Die Wut, die Trauer, die Verzweiflung einfach alles, was an jenem Tag passiert ist.« Tröstend nahm seine Freundin ihn in den Arm und drückte ihn ganz fest an sich. Mit der Intention, am liebsten nie wieder loszulassen, legte auch er seine Arme um sie.

»Könnten wir vielleicht einen kleinen Umweg machen?« Nach Momenten der Stille fragte Rei ihren Freund.

»Wo willst du hin?« Noch immer ließ er sie nicht los.

»Zu einer Sandbank, da gibt's was, das uns alle aufmuntern könnte.«

»Okay, hast du auch die Koordinaten davon?« Kaum hatte er das gefragt, ratterte sie ihm die Koordinaten runter. »Das wird ein wenig dauern, sollte aber kein Problem sein.«

Die Sonne stand schon sehr hoch, als sie auf dem Weg zur Sandbank waren, und ohne die Möglichkeit auf Schatten wurde es ganz schnell sehr warm an Deck. Dem wollte Umeko entgegenwirken. Sie ging hoch ans Steuer, wo Rei noch immer mit Daisuke allein war.

»Kommst du mit Rei, ich wollte meinen Bikini anziehen, es ist jetzt doch ziemlich schnell warm geworden.« Mit vorgehaltener Hand schaute sie rüber zu ihrer Freundin.

»Klar.« Und schon verschwanden die beiden unter Deck, wo Harui ganz allein in ihrem Bett saß und versuchte sich auszuruhen.

»Habe ich gerade richtig gehört, die beiden wollen ihre Bikinis anziehen.« Nobu hatte zwar nicht alles mitbekommen, war aber dennoch gespannt.

»Du hast dich nicht verhört.« Daisuke hatte vor Vorfreude schon ein Grinsen im Gesicht. »Das will ich auf keinen Fall verpassen. Jinpei, übernimm mal bitte kurz das Steuer.« Er streckte sich, ohne dabei das Steuer loszulassen, soweit er konnte. Auf keinen Fall wollte er verpassen, wenn die beiden zurückkamen.

»Ich will das aber auch sehen.« Jinpei, der sich sonst nicht traute den Mund aufzumachen oder jemandem zu widersprechen, es sei denn dabei handelte es sich um Nobu, wollte sich den Anblick auf keinen Fall entgehen lassen.

»Dann eben du Nobu.« Daisuke wollte unbedingt runter, um seine Freundin im Bikini zu sehen.

»Das kannst du vergessen, das würde ich nie verpassen. Halt das Schiff einfach mal kurz an, jetzt haben wir doch genug Zeit.« Diesen Befehl ihres Kapitäns führte der Steuermann nur zu gerne aus. Es dauerte keine Minute, bis das Boot stillstand und nur noch von den sanften Wellen des Meeres ein bisschen hin und hergeschaukelt wurde. Da jedoch der Anker ausgeworfen wurde, bestand nicht die Gefahr vom Kurs abzukommen. Während sich das Schiff noch einpendelte, stand Daisuke erwartungsvoll in der Nähe der Tür.

Auf dem Weg nach draußen blieb Rei nochmal kurz am Krankenbett stehen und nahm das Tablett mit. Mit dem leeren Tablett und einem schwarzen Bikinihöschen, zusammen mit einem weißen Bikinioberteil, trat Rei ins Licht der brennenden Sonne zurück an Deck. Dicht gefolgt von Umeko in ihrem weißen Kreuzgurtbikini mit roten Rändern.

»Wow!« Jinpei war der Erste, der ein Wort herausbrachte.

»Macht den Mund zu, bevor ihr noch sabbert.« Die Mädchen kicherten. Umeko und Rei gefiel es im Mittelpunkt der Aufmerksamkeit zu stehen. Rei ging sofort zu Daisuke und fragte ihn:

»Na, wie findest du ihn?« Sie präsentierte sich wie ein Model auf einem Laufsteg, spielerisch wurde ihr Haar von einer leichten Brise mitgenommen.

»Wie schon gesagt, du siehst einfach nur …« Ihm fiel das richtige Wort nicht ein. Er betrachtete weiter ihren schlanken Körper. Noch nie hatte er sie so freizügig gesehen. Ihre Haut war makellos. Genauso wie Umeko hatte sie Bräunungsstreifen an Armen, Beinen und ihrem Ausschnitt.

»Ich glaube das Wort, das du suchst, ist sexy.« Sie wollte nur Bestätigung.

»Das ist eines der Wörter, die mir dazu einfallen.« Er war noch immer erstaunt.

»Das freut mich zu hören.« Ein Kompliment aus seinem Mund war das Einzige, was sie hören wollte.

»Jetzt fehlt nur noch die Schwanzflosse.«

»Wie bitte?« Rei schaute ihn verwirrt an.

»Du hast mich doch vor zwei Tagen gefragt, ob du mal so ein Meerjungfrauenkostüm für mich anziehen sollst.« Mit einem breiten Grinsen erinnerte er sich daran zurück.

»Das hast du dir gemerkt?« Sie hatte gedacht, dass er es überhaupt nicht mitbekommen hatte, da sie in dem Moment von den Satos beobachtet wurden.

»Das würde ich doch niemals vergessen.« Liebevoll küsste er sie auf den Mund.

»Es ist zwar kein Muschelbikini, aber näher als das hier werde ich an eine Meerjungfrau wohl nicht rankommen.« Zusammen gingen sie hoch ans Steuer, wo niemand sie sehen konnte. Sie schmiegte sich an ihn.

»Also mir reicht das völlig aus.« Etwas beeinträchtigt begann Daisuke damit den Anker einzuholen und die Yacht wieder in Bewegung zu versetzen.

Umeko machte sich wiederum einen Spaß daraus Jinpei zu quälen.
»Na gefällt er dir?« Sie kam ihm dabei richtig nahe, für ihn schon unangenehm nahe. Auch ihre blonden Haare wehten verführerisch im Wind. Noch nie hatte er so viel nackte Haut bei einem Mädchen gesehen. Bei jedem ihrer Schritte klimperte ihr goldenes Fußkettchen. Es war das erste Mal, dass sie tagsüber ohne ihre Stiefeletten rumlief. Selbst bei den Satos trug sie im Haus Pantoffeln und im Garten ihre Stiefeletten.
»Ich wünschte, ich hätte doch das Steuer übernommen.« Er bereute die Entscheidung trotz der guten Aussicht, die er nun hatte.
»Was?«
»Ach nichts«, er war froh, dass sie es nicht ganz verstand oder zumindest so tat.
»Sagtest du gerade, du hättest doch lieber das Steuer übernommen?« Sie rückte ihm noch enger auf die Pelle und hielt seinen Arm so fest, dass er genau zwischen ihren Brüsten hing.
»Weißt du eigentlich, was andere Jungs in deinem Alter alles geben würden, um mit dir tauschen zu dürfen, und du gibst es freiwillig ab. Vielleicht sollte ich doch lieber zu Nobu gehen.« Sie meinte es nicht ernst, sondern wollte nur seine Antwort darauf hören.
»Du siehst wirklich gut aus.« Er versuchte sich zu retten, ohne auf alles, was davor gesagt wurde, einzugehen. Doch das verwendete Umeko nur wieder gegen ihn.
»Ach ja, und was sieht so gut aus?« Man konnte ihr wirklich ansehen, dass sie Gefallen daran gefunden hatte ihn zu quälen bzw. aus sich herauszuholen.
»Also der Bikini.« Er konnte gar nicht weiterreden, da Umeko ihn bereits unterbrach.

»Ach, nur der Bikini, willst du damit etwa sagen, dass ich selbst hässlich bin.« Jinpei war so in Bedrängnis, dass er nicht erkannte, dass sie nur mit ihm spielte. Sie schauspielerte das Ganze aber auch sehr überzeugend.

»Was, nein, das habe ich doch gar nicht gesagt. Du hast einen echt großartigen Körper und dein Gesicht ist wirklich schön.« Als er das sagte, hörte sie auf ihn zu piesacken und ließ auch seinen Arm wieder frei.

»Siehst du, geht doch, warum hast du das denn nicht gleich gesagt, freut mich wirklich, dass du das so siehst.« Das aus seinem Mund zu hören, war ihr dann doch ein bisschen peinlich. Nobu kam nah an sein Ohr und flüsterte ihm zu:

»Lass dich doch nicht immer so von ihr ärgern, du hättest einfach mal antworten sollen, dass sie hässlich ist. Glaub mir, das wäre eine richtig gute Show geworden.« Nobu grinste vergnügt.

»Für dich vielleicht, ich möchte mir gar nicht ausmalen, was passiert wäre, wenn ich das gemacht hätte.« Ihm schauderte es vor diesem Gedanken.

»Soll ich es dir dann erzählen?« Nobu ärgerte ihn noch ein bisschen weiter.

»Nein bitte nicht, allein bei dem Gedanken, dass es noch schlimmer hätte werden konnen, bekomme ich Gänsehaut.«

»Hey las Jinpei in Ruhe, ihn zu quälen, ist immer noch meine Aufgabe.« Er war froh, das zu hören, doch als er ihr ins Gesicht sah, hatte sie einen Blick, der sagte: »Und ich habe noch jede Menge auf Lager.« Jinpei gefiel das überhaupt nicht.

»Ach ja, wie geht es eigentlich Harui?«, erkundigte sich Nobu.

»Sie schien ruhig zu schlafen, als wir unten waren.«

»Das ist gut, was sie jetzt am nötigsten hat, sind Schlaf und Ruhe.«

»Sag bloß, du willst sie hier auch noch im Bikini sehen.«

»Spar dir solche Sprüche lieber für Jinpei auf und ja gerne.«

»Könnt ihr bitte aufhören darüber zu reden, wie ihr mich am besten ärgern könnt.« Jinpei gefiel es überhaupt nicht, wie die beiden zusammenarbeiten.

Plötzlich stoppte das Schiff erneut und Rei kam allein von der Brücke. Nobu hörte, wie die Motoren abgeschaltet wurden und der Anker langsam zu Wasser gelassen wird. Ein kleiner Ruck ging durch das gesamte Schiff, als er sich am Meeresboden in irgendeinem Stein verhakt hatte.

»Kann mir mal jemand helfen?«, fragte sie, kaum dass sie vor den anderen stand.

»Klar, was muss gemacht werden?« Nobu bot sofort seine Hilfe an.

»Wir müssten ein bisschen Ausrüstung an Deck schaffen.«

Ein paar Minuten später kamen sie mit Taucherbrillen und Schwimmflossen zurück.

»Die habe ich gefunden, als ich das Schiff ein bisschen untersucht habe. Die haben sogar eine richtige Taucherausrüstung, mit Neoprenanzug und Gasflaschen und dem ganzen Kram, für sechs Leute. Aber das hier reicht für unsere Zwecke vollkommen aus.« Sie überreichte jedem je eine Taucherbrille und ein paar schwarze Schwimmflossen. Für die Jungs hatte sie zuvor auch noch jedem eine Badehose besorgt. Um es einfach zu halten, hatte sie für jeden eine dunkelblaue Hose mitgenommen. »Ich habe Dai gebeten eine Sandbank anzusteuern, in deren Nähe befindet sich ein riesiges Korallenriff. Ich dachte, das könnte die allgemeine Stimmung ein wenig anheben.«

Kapitel 10 Korallenriff

»Von diesem Riff hat mir mein Vater ab und zu erzählt«, erklärte Rei. »Vor meiner Geburt war er hier öfter mit seinen Kollegen tauchen.«

»Dein Vater war ja schon wirklich überall«, merkte Jinpei an.

»Ja, seine Arbeit bringt ihn in alle Ecken der Welt. Ich selbst war aber noch nie hier.« Darüber war sie leicht traurig, da sie es nur zu gerne einmal gesehen hätte.

Daisuke hatte das Schiff auf etwa 300 Meter an die Sandbank gebracht. Er wollte eine Kollision mit ihr oder dem Riff vermeiden, da beides zum Sinken der Yacht führen könnte.

Nach ein wenig Überzeugungsarbeit von Umekos Seite ließ sich auch Jinpei zum Tauchen bewegen. Selbst Nobu, der normal nicht viel vom Schwimmen hielt, wollte sich dieses Spektakel nicht entgehen lassen.

Die Jungs gingen auf die Brücke, um sich umzuziehen, Rei zog derweil schon mal die Schwimmflossen und die Taucherbrille an. Umeko wiederum ging nochmal unter Deck. Sie wollte Harui Bescheid geben, dass sie erstmal eine Weile von Bord gehen würden, um ein Korallenriff zu besichtigen. Sie sollte sich also keine Sorgen machen, wenn ihr niemand antworten würde. Umeko bedauerte es, dass ihre beste Freundin nicht dabei sein konnte, sondern stattdessen das Bett hüten musste.

Wieder einmal fiel Harui auf, wie wunderschön Umeko doch war. Selbst für Harui war es selten ihre beste Freundin im Bikini zu sehen. Umeko hatte schon öfter versucht sie zu überreden, mit an den Strand oder ins Schwimmbad zu gehen. Harui war es aber immer unangenehm so viel Haut zeigen zu müssen, weshalb sie zum Bedauern Umekos immer abgesagt hatte. Das Korallenriff hingegen hätte sie trotzdem gerne gesehen.

Als Umeko zurückkam, kamen die Jungs gerade in Badehose, Taucherbrille und Schwimmflossen an den Füßen die Treppe herunter. Solange sie noch auf der Treppe liefen, sah es aus, als konnten sie ganz normal laufen. Erst als sie auf normalem Boden waren, begann es schwierig zu werden. Sie konnten nicht wie gewöhnlich ihre Knie beim Laufen leicht anwinkeln. Sonst hätten die Flossen auf dem Boden geschleift. Darum konnten sie nur kleine Schritte machen, bei denen sie ihre Beine steifhalten mussten.

Alle zusammen sprangen sie rückwärts ins Wasser. Zu ihrer Überraschung war das Wasser in der Nähe der Sandbank angenehm warm. Am Anfang war es eine Umstellung mit den Flossen zu schwimmen, doch schnell hatten sie sich daran gewöhnt und schwammen schneller als je zuvor.

Für Jinpei und Nobu, die bis zu diesem Zeitpunkt nicht sehr oft bis gar nicht schwimmen waren, waren schon diese 300 Meter anstrengend. Rei, Daisuke und Umeko hingegen waren diesen Sommer so wie jeden Sommer im Schwimmbad, weshalb es für sie nicht sonderlich anstrengend war. Wodurch sie auch als Erstes bei der Bank waren. Umeko war aber meistens nur da, um sich zu präsentieren, deswegen hatte sie auch häufig mit irgendwelchen Jungs Volleyball gespielt. Dennoch war sie auch oft genug einige Runden geschwommen, um nicht schon nach so einer kurzen Entfernung aus der Puste zu kommen.

»Schwimmen ist nochmal anstrengender, als einige Kilometer zu laufen, was?« Daisuke klopfte Nobu, der bereits nach Luft schnappte, auf die Schulter. Daisuke selbst war noch topfit und bewunderte gerade erneut seine Freundin. Ihr Bikini, aber auch der von Umeko waren nun nicht mehr matt, sondern schimmerten leicht im Licht der Sonne. Auch war Reis sonst glattes Haar, ab der Schulter, wegen des Wassers leicht gewellt.

»Ja, ich würde aber nicht sagen, dass es anstrengender ist, als mehrere Kilometer am Tag zu laufen.« Nobu zog sich an Daisukes Schulter hoch. Der heiße Sand knirschte unter seinen Füßen. Trotz der Flossen konnten sie die Hitze, die vom Sand ausging, immer noch spüren. Auf dieses Fleckchen Erde strahlte den ganzen Tag die Sonne von Sonnenaufgang bis Sonnenuntergang, ohne die Chance auf Schatten.

»Lasst uns schnell ins zurück ins Wasser gehen, bevor wir noch gegrillt werden.« Ihre Entscheidung, für die kurze Entfernung der Sandbank ihre Schwimmflossen nicht auszuziehen, bereute sie inzwischen. Schnell watschelten sie auf die andere Seite der Sandbank.

»Und denkt dran, kommt den Korallen auf keinen Fall zu nahe. Sie sind messerscharf und können euch ohne Probleme schneiden.« Rei erinnerte sie noch einmal an das Wichtigste. Erst als alle ihr zunickten, dass sie es auch wirklich verstanden hatten, war sie zufrieden.

Selbst ohne dass sie ins Wasser gehen mussten, konnten sie das farbenfrohe Korallenriff am Grund des Meeres sehen. Etwa 100 Meter vor ihnen war das Wasser kunterbunt gefärbt. Der Beginn des Riffs. Rei ging als Erste, sie ging so lange, bis sie begann im Wasser zu treiben. Sie setzte ihre Taucherbrille auf und ging mit dem Kopf unter Wasser. Mit ihren Füßen brachte sie die Wasseroberfläche in Aufruhr, als sie in Richtung des Ziels schwamm. Daisuke folgte ihr als Erstes, die anderen kamen fast sofort nach. Unter Wasser sahen sie eine wunderbare Konstellation vor sich. Doch noch konnten sie diese nur aus der Ferne erkennen. Je näher sie kamen, desto mehr Fische kamen ihnen entgegen und desto besser konnten sie die einzelnen Abzweigungen der Korallen sehen. Es gab solche, die aussahen wie Pilze, andere waren einfach nur knäuelförmig, wieder andere konnte man für bunte, spitze Steine halten, die aus dem Boden rausragten. Sie erstrahlten in allen Farben des Regenbogens, manche strahlten wirklich, andere waren nur matt in die Farben getaucht.

Die Fische hatten nicht die geringste Scheu vor der Gruppe, neugierig kamen sie auf die Kinder zu, umkreisten und bewunderten sie. Ein riesiger Schwarm umrundete Jinpei, der mit dieser Situation völlig überfordert war. Erschrocken wendeten sich die Fische von ihm ab, als er mit den Beinen schlug, um an der Oberfläche wieder nach Luft zu schnappen. Auch den anderen ging langsam die Luft aus, um die Fische nicht noch mehr aufzuschrecken, passten sie dabei besonders auf.

Kaum dass sie mit ihren Füßen nur noch schwach wedelten, um über Wasser zu bleiben, kamen auch schon die ersten Fische. Sanft drückten sie sich an ihre Beine, Umeko ließ sogar einen erschrockenen Schrei raus.

»Und, habe ich zu viel versprochen?« Rei war zufrieden mit der Entscheidung der Gruppe diesen Ort gezeigt zu haben.

»Nein absolut nicht, ich habe noch nie gesehen, dass Fische sich so nah an Menschen trauen.« Noch immer stießen die Fische ihre Köpfe an Umekos Schenkel.

»Das kommt daher, dass das hier ein unberührtes Fleckchen Natur ist. Fischer dürfen sich diesem Bereich bis auf 5 Kilometer nähern, alles danach wäre strafbar. Durch diese Maßnahmen haben sie nur wenig Kontakt mit Menschen und noch weniger mit solchen, die ihnen schaden wollen. Dadurch sehen sie uns nicht als Bedrohung an, zumindest nicht, bis wir uns ruckartig bewegen.«

»Tschuldige.« Jinpei wusste, dass sie damit auf ihn anspielte.

Einmal noch tauchten sie alle unter, zuerst verschwanden die Fische, als aber nichts weiter passierte, kehrten sie zurück und umkreisten die Kinder erneut. Um ein noch besseres Erlebnis zu haben, verteilten sie sich alle im Riff und gingen jeweils einzeln auf Erkundungstour.

Nach einer halben Stunde sammelten sie sich wieder auf der Sandbank. Jinpei, der als Erstes dort ankam, tanzte kurz von einem auf den anderen Fuß, als die anderen auch schon ankamen.

»Ist dir ein Fisch in die Hose geschwommen?« Umeko konnte sich nur schwer ein Lachen verkneifen, wie sie Jinpei dort so rumhopsen sah.

»Nein, der Sand ist nur so heiß.«

»Warum bist du dann mit deinen Füßen nicht einfach ins Wasser gegangen?« Nobu verstand das Problem nicht wirklich.

»Ich dachte, ihr kommt auch gleich.« Er hüpfte immer noch hin und her. »Können wir jetzt endlich wieder zur Yacht gehen?«

»Klar.« Auch Rei fand es amüsant ihn so zu sehen.

»Das war ein Spaß, oder?« Für Umeko war es zwar nicht das erste Mal, dass sie in einem Korallenriff tauchen war, sie war vor Jahren mal mit ihren Eltern in Amerika. Dort hat sie ein künstlich angelegtes gesehen, extra für Touristen wurde es gezüchtet. Doch gegen eines, das natürlich entstanden war, war es kein Vergleich. Ein weiterer Unterschied zum künstlichen waren die vielen Fische, die um sie herumgewuselt waren. Zwar waren bei dem künstlichen auch Fische, doch die hatten eher Abstand zu den Menschen gehalten. Hier wurde sie von den Fischen gekitzelt.

»Ja, absolut.« Auch alle anderen hatten extremen Spaß gehabt.

»Man hat sich gefühlt …« Mitten im Satz blieb ihre rechte Flosse im Sand stecken und mit einem schrillen Schrei fiel sie fast vornüber, hätte sie sich nicht an Nobu, der vor ihr lief, festgehalten. Sie musste an die Umarmung von letzter Nacht denken und wurde rot. Schnell richtete sie sich wieder auf und zog die Flosse aus dem Sand. Ihr fielen Blicke von der Seite auf. Beim Umdrehen merkte sie, dass es Jinpei war, der die beiden missmutig anschaute. Die anderen schauten die beiden zwar auch an, doch eher belustigt als missmutig.

»Was ist, hätte ich mich lieber an dir festhalten sollen?« Diesmal hatte sie nicht dieses neckische Grinsen, sie schaute ihn einfach nur unvermittelt an.

»Nein, ich habe nur auf den Schrei reagiert.« Als er es sich aber vorstellte, wurde auch er rot und musste sich wegdrehen. Er tat so, als würde er das Wasser, welches im Sonnenlicht wunderschön glitzerte, begutachten. Da es so weit draußen, weg von jeglicher Zivilisation und von allem Müll lag, war das Wasser hier wunderbar klar. Nahe der Sandbank konnte man sogar bis auf den Grund sehen.

»Was wollte ich sagen?« Umeko versuchte sich daran zu erinnern, was sie vor ihrem Sturz eigentlich sagen wollte. »Ach ja, es hat sich angefühlt, als wäre ich eine Meerjungfrau, findest du nicht auch Rei?« Diese konnte ihr nur beipflichten.

Zurück an Deck hinterließ jeder Einzelne eine riesige Pfütze, wo er stand. Das Wasser floss von den Haaren der Mädchen wie bei einem Wasserfall auf das Holzdeck herab.

»Ich geh duschen.« Kaum dass sie zurück auf der Yacht war und die Schwimmflossen von ihren Füßen losgeworden war, ging Umeko unter die Dusche. Ausgetrocknetes und sprödes Haar waren die Auswirkungen von Salzwasser, das war ihr gut genug bewusst. Sie dachte eigentlich, dass es ihr inzwischen egal war, wie sie aussah. Doch ihr Unterbewusstsein drängte sie dazu, unter die Dusche zu springen.

Jinpei hatte es in der Zwischenzeit noch immer nicht geschafft seine Schwimmflossen auszuziehen. Ähnlich wie auf der Sandbank hopste er jetzt auf dem Deck herum. Zu seinem Pech landete er in einer der Pfützen, die von den anderen hinterlassen wurden, und rutschte aus. Dadurch stieß er mit Daisuke zusammen, der ihn auffing und wieder auf die Füße brachte.

»Alles in Ordnung bei dir?«

»Ja, ich bekomm nur diese Dinger nicht mehr ab.« Wieder versuchte er an den Flossen zu ziehen. »Ich glaub, meine sind ein bisschen zu klein.«

»Du kannst sie nicht wie normale Schuhe ausziehen, du musst mit dem einen Fuß seitlich rangehen.« Daisuke wunderte sich, dass Jinpei solche Probleme damit hatte. Er war zwar bei weitem nicht so schlau wie Nobu, dennoch war er einer der besten Schüler seines Jahrgangs. Allerdings basierte seine Lernmethode auf Auswendiglernen, auch bei Sachen wie Naturwissenschaften, die man eigentlich nur verstehen müsste. Tollpatschig jedoch war er schon immer gewesen.

»Verstehe.« Er hatte es zwar schon so probiert, nachdem er es bei den anderen gesehen hatte, doch durch die Flossen vorne war ihm das nicht möglich. Als er es jetzt nochmal probierte, funktionierte es, wenig verwunderlich.

Ganz abseits stand Rei, auch sie kannte um die Auswirkungen von Salzwasser auf Haare. In einer Hand hielt sie eine Strähne, dessen Spitzen sie sich anschaute. Rei hatte zwar schon zu Schulzeiten wenig auf ihr Aussehen geachtet. Zu ihrem Glück konnte man bei ihren Haaren nie erkennen, wenn sie ungepflegt waren. Was vor allem an der Farbe lag, wären sie blond, hätte man es auch bei ihr gesehen. Jetzt, wo sie einen festen Freund hatte, änderte sich ihre Einstellung dazu allerdings. Ihr war klar, dass sie draußen in der Wildnis niemals wirklich gepflegt aussehen würde. Solange sie aber etwas machen konnte, wollte sie es auch tun. Deshalb beschloss sie nach einem heimlichen Blick zu ihrem Freund, direkt nach Umeko unter die Dusche zu hüpfen. Darum ging sie schon mal unter Deck, um alles zusammenzusuchen.

»Ich schau mal nach Harui.« Kaum hatte Nobu es gesagt, verschwand er auch schon unter Deck. Daisuke ging derweil wieder auf die Brücke, lichtete den Anker und startete den Motor. Er wollte schnellstmöglich weiter. Ihren Ausflug hatte er genossen, nicht zuletzt, weil er Rei deshalb im Bikini sehen konnte. Doch hatte er sie ihr aktuell wichtigstes Gut gekostet – Zeit.

Die Zeit, in der die anderen weg waren, hatte Harui genutzt, um sich auszuruhen. Als Nobu die Tür zu ihrer Kabine wieder schloss und den Lichtschalter direkt neben der Tür betätigte, wachte sie allerdings auf. An dem Versuch, sich aufzurichten, wurde sie von Nobu gehindert. Beide fingen gleichzeitig an zu reden.

»Es tut mir leid.«

»Wie geht's dir?« Harui hoffte, dass ihre Entschuldigung angekommen war, und ging auf seine Frage ein.

»Es geht, mir ist immer noch schwindelig und die Kopfschmerzen wollen nicht so ganz weg.« Sie war schon viel kräftiger als noch am Morgen, als er ihr das Frühstück gebracht hat.

»Das liegt an der Luft hier drin, komm raus, wenn du dich dafür bereit fühlst.« Die Fenster, die die ganze Fahrt schon offen waren, brachten nur herzlich wenig, wenn jemand die ganze Zeit in der Kabine war.

»Nobu, kannst du mal kurz an Deck kommen, das solltest du dir anschauen.« Daisuke platzte herein und störte die traute Zweisamkeit. Seit ein paar Minuten erzählte Nobu ihr von dem Korallenriff und den Fischen, die ganz nah einen heranschwammen.

»Ich komm gleich«, rief er Daisuke entgegen. »Willst du mitkommen?«, fragte er Harui leise.

»Ich bleib lieber noch ein bisschen liegen.« Um aufzustehen und rumzulaufen, fühlte sie sich noch nicht wieder fit genug.

»Okay, dann ruh dich aus.« Mit einem liebevollen Lächeln ging Nobu zurück an Deck.

Kapitel 11 Über die Planke

Ganz knapp schaute ein fremdes Schiff über den Horizont hinaus. Doch das reichte aus, um Daisuke in Alarmbereitschaft zu versetzen.

»Was sollen wir machen?«, fragte Jinpei unsicher.

»Es ist noch ziemlich weit weg und solange es nicht unseren Kurs kreuzt, sollten wir es zwar im Auge behalten, aber wir können es ignorieren.«

»Das wird vielleicht schwierig.« Der Steuermann hatte offenbar mehr Informationen als der Kapitän.

»Und wieso?« Doch diese Wissenslücke sollte gefüllt werden.

»So wie ich das sehe, wird es uns dank der Strömung bis auf ein paar Meter ziemlich nahekommen, wenn wir weiter auf unserem Kurs bleiben.«

»Das Schiff sieht zwar nicht nach einer Bedrohung aus, aber man kann ja nie wissen. Ich frage mich aber schon, wer in solchen Zeiten noch auf dem Wasser unterwegs ist?«

»Du meinst außer uns, vielleicht ist ihnen ja der Sprit ausgegangen.« Jinpei zeigte Ihnen, dass es gar nicht mal so abwegig war, wie sie vielleicht dachten. »Immerhin hat man auf dem Wasserweg keine Staus oder so. Außerdem kann man eine gerade Strecke fahren und muss nicht ständig Abzweigungen nehmen.«

»Wie dem auch sei, ich schlage vor, dass wir ein paar Grad nach Backbord abweichen und die Diskrepanz später in sicherer Entfernung wieder ausgleichen.« Nobu hatte gesprochen.

»Du beherrschst die Seefahrersprache ja schon recht gut, wie ich sehe.«

»Jetzt mach einfach.« Nobu war leicht genervt, aktuell wollte er noch weniger in einen Kampf verwickelt werden als sonst. Nicht so lange Harui nicht wieder fit ist. Daisuke verstand es und würde genauso handeln, hätte er das Sagen. Mehrere Minuten vergingen und die fremde Yacht kam immer näher. Nobu ließ sie keine Sekunde aus den Augen. Mit jeder Minute, in der er niemanden, weder an Deck noch am Steuer, sehen konnte, beunruhigte ihn mehr.

Die Kinder hatten bei der ganzen Sache ein komisches Gefühl. Die Vermutung lag nahe, dass alle bereits tot waren oder, was aber eher unwahrscheinlich war, dass sich das Boot von selbst zu Wasser gelassen hat und bis hierher getrieben wurde. Egal was es war, es sah bereits sehr mitgenommen aus.

»Vielleicht ist es ja ein Geisterschiff«, sagte Jinpei halb im Scherz.

»Geisterschiffe gibt es nicht, hoffe ich zumindest.« Daisuke wurde ein wenig flau im Magen, als er das Steuer verließ, um sich das andere Schiff, mit dem Fernglas, kurz genauer anzusehen. Es fühlte sich so an, als wäre alles um sie herum verstummt und als gäbe es nur noch diese beiden Schiffe. Daisuke hatte sich gerade umgedreht und wollte wieder zurück auf seinen Posten. Da hörte er etwas, das sich wie das Knarren einer alten Tür anhörte, gefolgt von einem Heulen. Er wusste, dass es niemals von der Yacht kommen konnte, dafür war sie viel zu weit weg. Doch leider siegte seine Neugier und er musste sich umdrehen.

Eine dürre Gestalt trat aus der Dunkelheit der langsam aufgehenden Tür ins Tageslicht. Von Daisukes sonst so fröhlichen Gemüt war jetzt nur ein kreidebleiches Gesicht übriggeblieben. Wie angewurzelt stand er da, während seine Freunde durch das Fernglas beobachteten, was vor sich ging. Der fremde Mann hatte anscheinend den Motor gehört und kam unter Deck hervor. Als er das Schiff der Jugendlichen sah, fing er wie wild an zu winken. Vermutlich schrie er sogar, doch um das zu hören, war er noch zu weit weg.

»Was sollen wir machen, sie scheinen Hilfe zu brauchen?«, fragte Umeko unsicher darüber, was das Richtige war.

»Wir wollten doch kein Risiko eingehen.« Verunsichert erinnerte Jinpei sie an ihren Plan. Auch Nobu war skeptisch, was das Ganze anging.

»Was würdest du denken, wenn wir das wären und wir sie um Hilfe bitten würden, dann wärst du um jede Hilfe dankbar egal, von wem sie auch kommen mag. Und dieser Mann scheint wirklich dringend Hilfe gebrauchen zu können.« Das konnte Nobu noch nicht ganz überzeugen, war aber schon auf einem guten Weg.

»Und was wenn das nur eine Falle der Tempelritter ist?« Nobu ließ keine Möglichkeit aus.

»Wenn sie wirklich so viele sind, wie wir denken, sollten sie so eine Falle gar nicht nötig haben. Dennoch …« Auch Rei konnte den Gedanken an die Templer nicht loswerden.

»Nur weil die Welt zu einem unmenschlichen Ort wird, müssen wir nicht auch noch das restliche bisschen Menschlichkeit in uns verlieren.« Obwohl Umeko bisher am meisten durch die Templer verloren hatte, konnte das Menschliche in ihr immer noch über ihre Angst siegen. Dennoch war es letztlich Rei, die Nobu eine Entscheidung abrang. Er dachte an die Worte, die Kohán am Vortag noch zu ihnen sagte, sie seien ein Geschenk für die Welt. So jemand lässt doch niemanden im Stich, dachte er sich.

»Na gut, wir helfen ihnen! Dai, ändere den Kurs auf die Yacht.« Doch Dai reagierte nicht, er starrte weiterhin, mit bleichem Gesicht, auf das andere Schiff. Darum wiederholte Nobu es noch einmal mit Nachdruck.

»Dai ändere den Kurs.« Endlich löste sich Dai aus seiner Starre.
»Was?«
»Alles in Ordnung?«
»Ja natürlich.« Er wirkte immer noch abgelenkt.
»Sag bloß, du denkst an das, was Jinpei vorhin sagte.«
»Hast du das gerade etwa nicht gehört?« Er meinte das Knarren der Tür, welches er zuvor gehört hatte.

»Wovon redest du? Ich glaube, dein Geist hat dir nur einen Streich gespielt.«

»Hoffentlich.«

»Gut, dann ändere jetzt endlich den Kurs zu deinem Geisterschiff.« Daisuke, der sonst vor nichts Angst hatte, wurde plötzlich zu einem Angsthasen durch eine einfache Yacht bei der Vorstellung, es sei ein Geisterschiff.

»Aye, Aye Kapitän.« Obwohl ihm unwohl dabei war, diese Richtung einschlagen zu müssen, wollte er das schon immer mal sagen.

»Okay, wir gehen folgendermaßen vor.« Nobu kam hoch ans Steuer. »Du und ich, wir schauen uns das Boot an, während der Rest hierbleibt und aufpasst, dass die da drüben keine Scheiße bauen.« Rei und Umeko waren gerade dabei sich etwas überzuziehen, denn auch nach der Dusche hatte Umeko wieder ihren Bikini angezogen. Für sie war es anders einfach zu warm. Außerdem konnte sie nicht wissen, dass sie auf ein anderes Schiff stoßen würden. Rei hatte bis zu dem Zeitpunkt gar nicht erst die Chance bekommen zu duschen.

»Wenn's sein muss, aber du hast nicht zufällig ein Proton Pack dabei?«

»Leider nein, wir sind hier ja auch nicht bei den Ghostbusters.«

»Ist wohl auch besser so.« Er versuchte ruhig zu wirken.

»Seit wann hast du eigentlich Angst vor Geistern?« Die beiden wussten fast alles übereinander, doch das war selbst für Nobu neu.

»Habe ich eigentlich nicht, aber gerade war die Stimmung einfach perfekt. Es hat sich so angefühlt, als gäbe es nur noch diese beiden Schiffe auf der Welt. Und auf einmal höre ich das Knarren einer alten Tür. Als ich mich dann zu der Yacht da drüben umgedreht habe, kam dieser dürre Mann gerade durch die Tür. Das war mir einfach zu unheimlich.«

»Also ich habe nichts gehört, da hat dir dein Kopf wirklich einen Streich gespielt. Aber es war wirklich gruselig, als der Typ auf einmal nach draußen kam.« Niemals hätte Nobu sich über die Ängste seines Freundes lustig gemacht.

»Bringen wir es einfach hinter uns. Bitte!«

Fünf Minuten später hatte Daisuke es geschafft ihre Yacht nah an die andere zu bringen. Es gab eine kleine Erschütterung, bei welcher zu sehen war, wie geschwächt die Besatzung des anderen Schiffes sein muss. Obwohl keines der Kinder mehr als ein kleines Wackeln wahrgenommen hatte, fiel der Mann zwischen Tür und Angel zu Boden, so geschwächt war er inzwischen.

»Ist bei Ihnen alles in Ordnung?« Nobu hatte die Hand die ganze Zeit an dem Waffenholster und behielt die Umgebung im Auge, Daisuke tat dasselbe. Als er sah, dass es wirklich nur ein geschwächter Mann war, der dort aus der Tür gekommen war, war für ihn wieder alles in Ordnung.

»Nein, uns ist vor Tagen der Sprit ausgegangen und die Lebensmittel werden langsam knapp.« Er hörte in seinem Kopf schon Umekos Stimme, die sagte: »Ich hab's dir doch gesagt.«

»Wir, heißt das, Sie sind nicht allein?« Daisuke wurde nervös. Bei den Tempelrittern wusste er, dass sie mit einem Plan kommen würden. Doch bei Menschen, die verzweifelt sind, kann man nie wissen, wie sie im nächsten Moment reagieren. Ishikawa hatte ihm mal eine Geschichte erzählt, in der er zusammen mit seinen Kameraden in ein Dorf kam. Die Dorfbewohner waren kurz davor zu verhungern, weshalb die Soldaten entschieden ihnen einen Teil ihrer Rationen zu geben. Doch einer der Ersten, denen sie etwas zu essen gaben, griff sie an und biss einem der Soldaten in den Unterarm. Am Ende konnte die Situation entschärft werden. Die Bisswunde blieb an diesem Tag zum Glück die einzige Verletzung.

»Nein, wir sind zu siebt, der Rest ist unter Deck, wir haben kaum noch Kraft. Habt ihr vielleicht etwas zu essen, das ihr uns geben könnt, wenn möglich auch Sprit?«

»Wir schauen mal, was wir entbehren können.«

»Vielen Dank. Seid ihr eigentlich nur Kinder?« Bei der Frage wurden die beiden hellhörig und überprüften, ob sie ihre Waffen leicht aus dem Holster holen konnten.

»Nein, wir haben noch zwei Soldaten bei uns, die schauen sich aber gerade etwas im Maschinenraum an.« Nobu traute dem Mann nicht und log. Auch er kannte die Geschichte von Ishikawa und blieb vorsichtig.

»Ah verstehe, wartet bitte, ich würde gerne meine Freunde holen, die wollen sich sicher auch bei euch bedanken.« Nobu erkannte, dass er die Lüge nicht geschluckt hatte, weshalb er Daisuke vorwarnte.

»Ich trau diesen Leuten nicht, halt lieber deine Waffe bereit.« Ein Nicken von Daisuke bestätigte ihn. Allerdings machten die beiden den Fehler sich zu ihren Freuden umzudrehen und die Tür aus den Augen zu lassen. Sie wollten zurück auf ihr Boot und verschwinden, doch bevor sie wegkonnten, spürten beide etwas in ihrem Rücken, dass sie an ein Messer erinnerte.

»Keine Bewegung, tut mir leid. Ihr müsst mir glauben, wenn ich euch sage, dass wir euch nicht verletzen wollen, aber wir verhungern hier bald.« Der Mann schickte seine Leute auf das andere Schiff. Drei von ihnen blieben bei den anderen Kindern, während eine Frau von ihnen die Kabinen durchsuchte und der andere den Bug genauer unter die Lupe nahm.

Auf einmal erklang ein Schuss und etwas, das entfernt nach einer menschlichen Stimme klang, die etwas schrie, das sich wie: »Hilfe« und »Kommen Sie nicht näher« anhörte. Nobu fiel schlagartig ein, dass Harui noch unter Deck in ihrem Bett war. Nur Sekunden später ertönte ein zweiter Schuss. Nobu nutzte den Augenblick, in dem ihre ungebetenen Gäste nicht aufpassten, und zog seine Waffe. Er war sich zwar nicht sicher, dass Harui die Frau erschossen hatte, aber er hoffte es. Doch er war zu langsam, denn der Mann hinter ihm konnte das Messer noch so tief in seine rechte Schulter stechen, dass es fast vorne wieder rauskam. Augenblicklich durchfuhr ein stechender Schmerz seinen gesamten Körper. Adrenalin ließ ihn trotz der Schmerzen das Leben des Mannes mit einem Kopfschuss von unten beenden. Als der Tote umfiel, zog er das Messer aus der Wunde und vergrößerte sie dabei sogar. Nobu wusste, dass die Stichwunde noch zu einem Problem werden könnte. Das Messer war ein benutztes Küchenmesser, an dem sogar noch Essensreste klebten. Die Person hinter Daisuke hatte noch nie gesehen, wie jemand erschossen wurde. Der Typ stand wie versteinert da, als Daisuke sich mit gezückter Pistole umdrehte und ihm ebenfalls einen Kopfschuss verpasste.

Rei hatte schnell ein übergroßes blaues Shirt und eine Hotpants über den Bikini angezogen. An ihre Waffe jedoch hatte sie nicht gedacht. Allerdings schaffte sie es ihren Angreifer ohne weiteres zu überwältigen und zu Boden zu werfen. Seine einzige Waffe war ein Besenstiel gewesen.

Auch Umeko und Jinpei hatten keine Waffen, weshalb sie mit ihren, eigentlich geschwächten, Eindringlingen nur um deren Waffe ringen konnten. Umekos Gegenüber hatte einen Grillspieß, während Jinpeis einen einfachen Holzknüppel in der Hand hatte. Die beiden hatten richtige Schwierigkeiten damit nicht verletzt zu werden. Bei einer Bewegung übte Umeko genau auf die Stelle ihres Rückens Druck aus, an dem sich die Narbe befand. Daisuke hatte Recht behalten: Ihr Geist hinderte ihren Körper daran diese Stelle zu belasten. Denn sofort bekam sie im ganzen Körper Schmerzen, wodurch sie kurz abgelenkt war, was dem Typ mit dem Grillspieß die Oberhand verschaffte. Doch nicht lange, denn Daisuke und Nobu kamen zurück und erschossen die beiden, ohne ihre Freunde dabei zu treffen. Auf die Schüsse reagierend kam der Kamerad, der vorher am Bug war, zu seinen Kollegen. Doch noch bevor er irgendetwas ausrichten konnte, wurde er von Daisuke erschossen. Der Mann, der von Rei überwältigt wurde, kniete vor Nobu und bettelte ihn um sein Leben an. Er legte sogar seine Hände zusammen und betete zu Gott. Doch genau das war der Auslöser dafür, dass Nobu ihm die Waffe direkt vors Gesicht hielt.

»Grüß deinen Gott von mir und richte ihm aus, dass ich seine Spielchen nicht mitmachen werde.« Als er sah, wie der Mann zu beten begann, musste Nobu an die Templer denken. Seine Wut nahm überhand und erschoss ihn auf der Stelle.

»Was sollte das denn, er hatte sich doch schon ergeben?«, wollte Jinpei ihm schon entgegenwerfen, doch als er sah, dass Nobu wieder diesen besonderen Blick, der an ein schwarzes Loch erinnerte, in den Augen hatte, ließ er es lieber. Er wusste, wenn er so drauf war, konnte jeder der Nächste sein. Ein Klirren weckte Nobu wieder auf, es kam von den Betten.

»Verdammt, Harui« Nobu rannte zu ihr, zwar war er sich sicher, dass die Frau bei ihr tot war, doch konnte er nicht wissen, ob sie selbst nicht auch was abbekommen hat, so wie er. Das Blut tropfte bereits von seiner Hand auf den Boden unter ihm und färbte das helle Holz tropfenweise dunkelrot.

»Warte, wir müssen zuerst deine Wunde behandeln. Ich sehe nach Harui. Rei kümmere dich bitte um ihn.« Daisuke übernahm seine Aufgabe, während Rei das Verbandszeug holte. Sein Blick hatte sich wieder beruhigt.

Die Wunde wurde mit etwas Alkohol desinfiziert. Die Schmerzen, die er in diesem Moment verspürte, waren vier- bis fünfmal so schlimm wie die der eigentlichen Verletzung. Als er endlich stillhalten konnte, wurde eine Salbe aufgetragen, die die Heilung beschleunigen und gleichzeitig die Bakterien in der Verletzung abtöten sollte.

Harui war aus dem Bett gefallen, sonst schien es ihr allerdings gut zu gehen. Da die Frau sie überraschte, griff sie nach der Waffe, die auf dem kleinen Holzschränkchen neben ihr lag. Eigentlich sollte schon der erste Schuss die Frau treffen. Ihre mäßigen Schießkünste und die Angst, einen Menschen zu verletzen, führten zu einem Warnschuss. Das Reh vor ein paar Tagen war tatsächlich nur ein Glückstreffer gewesen. Die Frau schaltete schnell in den Angriffsmodus und versuchte sich die Pistole unter den Nagel zu reißen. Bevor es jedoch dazu kam, löste sich noch ein Schuss. Mit aller ihr noch verbliebenen Kraft stürmte sie auf das Bett zu. Doch sie war zu langsam, ein sauberer Treffer in die Brust beendete das Vorhaben der Frau. Das Küchenmesser fiel klirrend auf den Boden, ihr um ihr Leben kämpfender Körper folgte. Blutspuckend, und mit letzter Kraft verfluchte sie Harui. Nach der Menge Blut, die sie verloren hatte, dauerte es nicht mehr lange, bis ihr Leben beendet war. Selbst nach ihrem Tod trat noch eine Menge Blut aus ihrer Wunde aus.

Noch immer unter Schock, gerade jemanden in Notwehr erschossen zu haben, ging Harui an Deck. Sie wollte wissen, wie diese Frau plötzlich unter Deck auftauchen konnte. Aufgrund ihrer geschwächten körperlichen Verfassung gaben ihre Beine jedoch direkt beim Aufstehen nach, wobei sie eine Lampe zu Boden riss.

»Ich weiß, was du vorhin sagen wolltest. Unter anderen Umständen hätte ich dir vermutlich auch recht gegeben. Aber diese Menschen haben uns angegriffen, weshalb wir ihn nicht bei uns hätten aufnehmen können. Die einzige andere Chance für ihn wäre gewesen ihn wieder zurück auf die Yacht ohne Sprit und Essen zu schicken und ihn dort verhungern zu lassen. Selbst wenn wir ihm etwas mitgegeben hätten, hätte es das Unvermeidliche nur hinausgezögert. Nobu hat seinem Leiden ein Ende gesetzt.« Umeko wollte Jinpei davon abhalten später in eine Diskussion hineinzurennen, die er niemals hätte gewinnen können, doch er gab nicht so leicht nach:

»Heißt das, du hättest ihn auch erschossen?«

»Nein, aber das liegt einfach nur daran, dass ich mich nicht getraut hätte abzudrücken, und nicht, weil es die falsche Entscheidung gewesen wäre«, wollte sich Umeko rechtfertigen.

»Wenn du so denkst, hätten die anderen bestimmt auch so entschieden.« Nobu war erleichtert, dass seine Tat nicht zu unnötigem Streit innerhalb der Gruppe geführt hatte, wenn auch mit ein bisschen Nachhilfe von Umeko. Ob es hinter seinem Rücken zu Streitigkeiten deswegen kommen würde, konnte er jedoch nicht voraussagen. Geschweige denn etwas dagegen unternehmen.

Daisuke kam derweil mit der geschwächten Harui wieder an Deck. Ihr eigenes Leiden vergaß sie jedoch schnell, als sie den verletzten Nobu zu Gesicht bekam. Sie riss sich sofort von Daisuke los und rannte zu ihm.

»Oh mein Gott, was ist passiert?« Sie kniete sich neben ihn und begutachtete, wie Rei ihm gerade einen Verband anlegte.

»Du solltest die Schulter erstmal schonen, besonders da wir sie nicht nähen können, besser du trägst deinen Rucksack nur noch auf einer Schulter, aber erst nachdem wir ihn um ein paar Kilos erleichtert haben.« Der Verband war nun fertig und er hatte eine Armschlinge, die die Last von der Schulter nahm.

»Danke.« Er drehte sich zu Harui, sie erkannte sofort, dass er trotz der schnellen Behandlung viel Blut verloren hatte und daher sehr geschwächt war.

»Irgendwie scheinen wir Messerwunden magisch anzuziehen.« Dieser Versuch, sie aufzuheitern, ging allerdings nach hinten los, denn sie stürzte sich auf ihn, um ihn in den Arm nehmen zu können. Allerdings drückte sie so direkt auf die Wunde, was bei Nobu Schmerzen erzeugte, wegen denen er sie mit seinem gesunden Arm von sich wegdrückte. Natürlich entschuldigte sie sich sofort und wischte sich dabei ein paar Tränen aus dem Gesicht. Sie wollte wissen, was passiert war. Rei klärte sie auf, danach erzählte Harui ihre Geschichte.

Nobu und Daisuke gingen dann auf die Yacht der anderen, um zu überprüfen, ob sie nicht doch noch irgendetwas von Wert dabeihatten. Leider vergebens. Bis auf die Yacht selbst, die nicht mehr lief, hatten sie nichts mehr besessen, demnach auch nichts zu verlieren außer ihrem Leben bei so einem Angriff. Zwei von ihnen hatten das sogar schon vor dem Angriff verloren. Im Vorratslager waren zwei Leichen in Bettlaken eingewickelt, sie hatten es einfach nicht über sich gebracht, sie über Bord zu werfen.

»Wir müssen die Leichen von Bord schaffen.« Nobu wollte sie wegschaffen, solange sie noch warm waren und noch nicht zu stinken angefangen hatten.

»Sollen wir sie einfach ins Wasser werfen?«

»Wir können sie dahinter schaffen.« Er zeigte mit seinem noch funktionierenden Arm auf die Yacht, die schon vier Leichen beherbergte. Erst jetzt fiel ihm auf, dass die Haie bereits um diese kreisten. Auch wenn nur wenig Blut ins Meer geflossen war, hatte es ausgereicht, um ihre extrem empfindlichen Nasen auf den Plan zu rufen. Insgesamt waren die Rückenflossen von 15 Haien zu sehen, vier von ihnen waren schon recht ramponiert. Doch nicht nur die an der Oberfläche warteten auf ihre Beute, unter Wasser war noch etwa ein Dutzend mehr. Die Menge des Blutes war zu groß für ein oder zwei Fische, darum dachten sie, dass es sich für sie alle lohnen könnte. »Ich würde ja wirklich gerne beim Schleppen helfen, aber ich habe da blöderweise so ein Handicap seit neuestem.« Er zeigte auf seine Schulter.

»Wenigstens nimmst du es mit Humor, das ist schonmal ein gutes Zeichen.« Rei konnte nur den Kopf schütteln.

»Wenn du das sagst, Doc.« Ihm gefiel die ganze Situation überhaupt nicht. Mit der Verletzung war er nicht nur geschwächt, sondern konnte sich auch nicht so bewegen, wie er es gewohnt war.

»Das nennt sich wohl Galgenhumor«, sagte Daisuke trocken.

Am Ende packten alle bis auf Harui und Nobu mit an. Nach und nach wurden die Leichen von einer Yacht zur anderen gebracht. Jedes Mal, wenn jemand auf die Schwelle entweder beim Verlassen oder Betreten trat, schwankte das Schiff leicht. Nobu konnte die ganze Aktion zu seinem Leidwesen nur koordinieren. Er fühlte sich das erste Mal in seinem Leben nutzlos. Alles, was er noch tun konnte, war eine Waffe abzufeuern. Allerdings hatte er mit links noch nie gezielt, geschweige denn abgedrückt. Nach nur wenigen Minuten war alles, was am Deck ihres Bootes noch an die Auseinandersetzung erinnerte, die Blutflecken, die sie aber nicht entfernen konnten.

Kapitel 12 Land in Sicht

Die vielen Toten, die nicht von den Templern waren und ihren Weg pflasterten, störten bis auf Jinpei nicht mehr wirklich jemanden. Nur leider hatten sie nicht mehr viel Munition durch die ganzen Auseinandersetzungen. Sowohl Nobu als auch Daisuke hatten beide nicht viel mehr als ein Viertel Magazin, während das der anderen noch unangetastet war. Abgesehen von dem Verbrauch, die schon bei Erhalt der Waffen vorhanden war. Selbst der Revolver mit 6 Schuss von Harui hatte bereits ein Drittel seiner Munition verschossen. Die einzige Waffe, die wirklich mitgenommen war, waren die drei Jagdgewehre. Dank ihrer Jagd auf die Rehe hatten sie inzwischen nur noch zwei Kugeln für die Gewehre. Zu gleichen Teilen aufgeteilt auf Nobu und Daisuke. Rei ging leer aus, trug das Gewehr, aus abschreckenden Gründen, aber immer noch über ihrer Schulter. Dafür hatte sie von allen die einzige Handfeuerwaffe, aus der noch kein einziger Schuss abgefeuert wurde und die noch ein volles, 16 Kugeln enthaltendes, Magazin besaß. Selbstverständlich reichte ihnen im Einzelnen die Munition noch aus, doch sollten sie nochmal alle gleichzeitig in einen Kampf verwickelt werden, könnte es knapp werden.

Nobu, der wegen seiner Verletzung keine andere Tätigkeit ausüben konnte, besann sich dazu die Munition zusammenzutragen und zu planen, wer wie viel bekommen sollte. Insgesamt hatten sie alle zusammen noch 36 Schuss übrig. Es gab drei Kaliber, dreimal Kaliber 22 für Nobu, Daisuke und Rei mit je acht Kugeln. Ebenfalls dreimal, Kaliber 50 Jagdgewehre für ebenfalls Nobu, Daisuke und Rei. Und als Letztes zweimal Kaliber 32 Revolver für Harui und Umeko, mit 4 Schuss für die Erstgenannte und 5 Schuss für die Zweitgenannte. Alles in allem ein guter Vorrat, aber nur wenn sie es nicht mit einer größeren Gruppe, als sie es waren, zu tun bekamen.

Denn schlechte Schützen hieß gleich mehr Materialverbrauch. Bis auf Nobu und Daisuke waren alle komplette Laien, was das Abfeuern einer Waffe anging.

»Hätten wir ausreichend Munition, würde ich ja sagen, wir üben hier auf dem Wasser ein bisschen, aber leider haben wir sowieso schon zu wenig. Also hier eine Erinnerung an alle von euch, schießt nur, wenn die Situation nicht anders zu regeln ist.« Das sagte er schon einmal vor zwei Wochen, doch jetzt nach der Auseinandersetzung wollte er die Warnung noch einmal auffrischen.

»Heißt dass, ich hätte nicht schießen, sondern es anders regeln sollen?« Harui machte sich Vorwürfe, dass sie zwei Kugeln verschwendet hatte, in einer Situation, die vielleicht auch durch Worte hätte geregelt werden können.

»Nein, du hast richtig gehandelt. Diese Typen haben nicht mit sich reden lassen.« Daisuke machte mit der Ansprache weiter:

»Und genau damit so etwas nicht noch einmal vorkommt, werden wir noch eine Weile hier auf dem Wasser bleiben und Nahkampftechniken trainieren.«

»Ist das denn wirklich nötig? Ihr seid es doch immer, die uns predigen, wie kostbar die Zeit momentan ist, können wir da wirklich die Zeit aufbringen zu trainieren?« Jinpei hatte Angst, dass sie am Ende doch vom »Nichts« verschlungen werden.

»Okay, wenn du es für Schwachsinn hältst, bitte, aber wer kann hier schon von sich behaupten, er könne allein auf sich aufpassen.« Die Einzigen, die sich neben Daisuke meldeten, waren Nobu und Rei.

»Auch wenn es für mich momentan auch eher schwierig werden sollte«, ergänzte Nobu.

»Also nochmal einer weniger, auf den wir uns im Ernstfall zu 100 Prozent verlassen können. Und der Rest von euch kann sich nicht einmal gegen ausgehungerte Angreifer zur Wehr setzen. Wie soll es dann bei Plünderern oder noch schlimmer bei den Templern ausgehen? Die sind nicht nur nicht ausgehungert, sondern sogar trainiert.« Die drei, die sich zuvor nicht melden konnten, schauten sich in dem Wissen, dass er recht hatte, an. »Gut, wenn ihr das verstanden habt, können wir ja weitermachen. Ich werde versuchen euch innerhalb eines Tages so viel beizubringen, wie es geht. Ich und auch die anderen erwarten nicht von euch, dass ihr danach so gut seid wie wir, aber ihr solltet besser auf euch aufpassen können. Denn momentan könnte selbst Nobu mit nur einem Arm jeden von euch besiegen.« Umeko wusste zwar, dass Nobu sie normal besiegen könnte, aber mit seiner Verletzung hatte sie daran so ihre Zweifel. Sie hatte selbst ein paar Stunden Kampf- und Selbstverteidigungstraining in ihrem Leben genossen und war sich sicher ihn in seinem angeschlagenen Zustand besiegen zu können. Deshalb wollte sie Beweise sehen und forderte Nobu heraus.

»Wartet mal, das war eigentlich nicht der Sinn.« Rei wollte sie schon aufhalten, bis Daisuke sie davon abhielt.

»Lass sie, das könnte witzig werden.« Rei machte sich Sorgen, dass ihre provisorische Behandlung jetzt an ihre Grenzen stoßen könnte.

Umeko durfte die Angreiferin spielen, während Nobu sich nur verteidigen musste. Sie nahm eine beim Kickboxen typische Kampfhaltung ein. Ihre Hände hielt sie sich schützend vors Gesicht, sodass sie immer noch etwas sehen konnte. Mit den Füßen sprang sie leicht tänzelnd über den Boden und kam dabei näher. Ihr linker Arm holte zum Schlag aus. Noch bevor sie verhindern konnte, dass er nach vorne schnellte, drehte sich Nobu ein bisschen zur Seite. Als sie zuschlug, wich er aus, packte ihren Arm und trat ihr die Füße weg. Sie begann zu taumeln und drohte hinzufallen. Nobu ließ ihren Arm los und packte sie am Nacken, um sie nach unten zu reißen. Auf dem Boden liegend verhinderte er, dass sie ihre Arme noch benutzen konnte, indem er sich daraufstellte. Er beugte sich zu ihr nach unten, hielt ihr einen Finger an die Kehle und sagte:

»Und du wärst tot, wenn das echt wäre. Jetzt überzeugt?« Während es sich für ihn wie in Zeitlupe anfühlte, war es für die anderen nur ein kurzer Augenblick, bis Umeko auf dem Bauch lag. In ihren Augen war Bewunderung, aber auch ein bisschen Furcht zu sehen. Er hatte recht: Wenn er ernst gemacht hätte, wäre es ihm ein Leichtes gewesen, sie zu töten. Das wurde ihr besonders durch seinen Blick klar. Es waren nicht die Augen, die er hatte, wenn er wütend war oder Mordlust versprühte. Sie kannte diese Augen noch aus Miyazaki, als er den Killer ausschaltete. Er machte sich nicht die Mühe, seine Kaltblütigkeit zu verstecken. Sie sollte wissen, dass sie in jeder Sekunde bereit sein sollte sich zu verteidigen. Auch nachdem Nobu von ihr runter war, blieb sie noch einen Moment liegen und ließ die Niederlage auf sich einwirken. Die Zwillinge waren trotz ihres Vorwissens über seine Fähigkeiten erstaunt über die Leistung, die er, mit nur einem Arm, erbrachte.

»Ihr solltet dazu wissen, er war nicht darauf aus sie zu verletzen, sondern nur außer Gefecht zu setzen. Außerdem muss man wohl dazu sagen, dass er selbst mit zwei funktionierenden Armen noch derjenige unter uns mit der wenigsten Erfahrung ist«, stellte Daisuke klar.

»Das war mal wieder der Beweis, dass ihr unsere Senpai seid, ihr seid wirklich in allem besser als wir. Vielen Dank, dass wir eure Kohai sein dürfen.« Jinpei zollte ihnen Respekt, indem er sich vor ihnen verbeugte.

»Also den besten Modegeschmack hier an Bord habe ja wohl immer noch ich.« Die Niederlage im Kampf gestand sie sich ein. Was sie sich aber ganz sicher nicht eingestehen wollte, war, dass die Drei in allem besser sein sollten als sie. »Findest du nicht auch.« Umeko rückte Jinpei wieder einmal unangenehm nahe.

»Äh, ja natürlich.« Er konnte ihr noch immer nicht in die Augen schauen und starrte schnell auf den Boden. Da sie aber so nah an ihm dranstand, blickte er stattdessen aus Versehen auf ihre Brüste. Da sie nur ein weißes T-Shirt und eine Hot-Pants trug, konnte er ihr sogar in den Ausschnitt schauen. Mit hochrotem Kopf wendete er seinen Blick schlagartig hinauf in den Himmel.

Nach wenigen Sekunden, als er merkte, dass sie immer noch da stand, schaute er zu ihr.

»Alles in Ordnung?« Sie kam ihm nochmal näher, was ihn dazu zwang, ihr direkt in ihre wunderschönen, unschuldig dreinblickenden grünen Augen zu sehen.

»Jetzt ärger den Jungen doch nicht schon wieder.« Er tat Daisuke leid.

»Lass sie doch, solange sie die Situation erkennen, in der sie sind und sich auf das Schlimmste vorbereiten, können sie von mir aus machen, was sie wollen.« Die Beziehung der beiden heiterte immer die ganze Gruppe auf, weshalb Nobu es stets guthieß.

»Was auch immer.« Daisuke wollte nicht mehr weiter darüber reden.

»Das nächste Mal liegst du auf dem Boden, verlass dich drauf.« Siegessicher grinste Umeko Nobu an, ihrer Sache war sie sich sehr sicher.

»Rede dir das nur weiter ein, vielleicht träumst du ja irgendwann davon.«

»Na dann wollen wir langsam mal anfangen.« Rei wollte keine Zeit mehr mit Reden verschwenden, und die drei gaben ihr Recht. Sie wollten ebenfalls sofort beginnen. Da sie keine Sportklamotten mehr hatten, mussten sie in den Sachen üben, die sie gerade anhatten. Alle bis auf Umeko, sie ging sich mit Rei nochmal umziehen. Denn ein Bikini eignete sich ihrer Meinung nach nicht wirklich zum Sport, mit Ausnahme von Beachvolleyball und Schwimmen. Daisuke drosselte die Geschwindigkeit des Schiffes, damit sie noch eine Weile auf See bleiben konnten. Nur Nobu hatte wieder nichts zu tun, weshalb er sich zu Daisuke gesellte und ein bisschen mit ihm plauderte.

»Wie geht's deiner Wunde, tut sie immer noch weh?« Es waren zwar erst gut zwei Stunden her, seit es geschehen war, doch Daisuke wusste, dass Nobu Schmerzen gut wegstecken konnte.

»Es geht; bei jeder Bewegung, bei der die rechte Schulter auch nur ein bisschen beansprucht wird, schmerzt es, ist aber auch kein Wunder, es ist ja eben erst passiert.« Auch als er mit Umeko kämpfte, hatte er bei jeder Bewegung Schmerzen.

»Na dann hör auf dich zu bewegen, in der Schule warst du darin ein Meister.« Beide mussten herzhaft lachen.

»Ich hätte nie gedacht, dass ich das mal sage, aber gerade vermisse ich das langweilige, schmerzfreie Leben etwas.«

»Das kommt ganz klar von den Schmerzmitteln.«

»Ich habe nur leider keine intus.« Ein verkrampftes Lächeln zierte seine Lippen. Nobu schaute runter zu den anderen, die durch die Sonne und das Training schon stark schwitzten. »Ob es wirklich eine gute Idee ist, Harui mittrainieren zu lassen? Ihre Verfassung ist immer noch nicht die beste.«

»Rei achtet schon darauf, dass sie es nicht übertreibt.« Daisuke ließ das Steuer los und wendete sich den Sportlern zu. »Aber ich muss schon sagen, der Anblick ist nicht schlecht.« Er meinte Rei, die die Angreiferin für Jinpei und Umeko, welche sie abwehren mussten, spielte. Harui hatte sie eine Übung gegeben, die sie allein ausführen sollte.

»Du liebst sie wirklich.« Nobu freute sich für seinen besten Freund, der schon immer etwas für Rei empfand. Jedoch hatte er immer gedacht, dass Rei auf Nobu stehen würde, weshalb er sein Glück nie bei ihr probiert hatte.

»Natürlich.« Es war schon immer Rei unter allen Mädchen, die seine Aufmerksamkeit auf sich zog. »Aber trotzdem muss ich sagen, dass sie sich geändert hat.«

»Meinst du, dass sie nicht mehr so verschlossen und zurückgezogen ist wie früher in der Schule.«

»Ja, und ich finde es schön, dass sich das geändert hat.« Daisuke schaute noch immer glücklich seiner Freundin dabei zu, wie sie Umeko und Jinpei unterrichtete. Allerdings war sie auch früher schon offen für fast alles gewesen. Zumindest wenn

Daisuke dabei war. Er hatte es schon immer geschafft sie aus sich rauszubekommen.

»Sie stand früher sehr unter Leistungsdruck durch ihre Eltern, doch damit ist jetzt Schluss.«

Daisuke nickte nur stumm und stand auf, um den Kurs wieder zu korrigieren. Auch Nobu stand auf, er wollte in die Küche und das Abendessen vorbereiten. Die Langeweile brachte ihn fast um. Besonders jetzt wo ihr Gespräch beendet war. Allerdings konnte er mit nur einer Hand nicht sehr viel erledigen. Er versuchte seine zweite Hand zumindest beim Schneiden zum Festhalten zu verwenden, doch selbst damit war es schwerer, als er dachte.

»Dai kannst du mal für mich übernehmen, dann könnte ich Nobu in der Küche helfen?«

»Klar!« Er hielt das Schiff vollständig an, ging runter zu den anderen und musste erstmal fragen, was sie schon alles gemacht hatten und einigermaßen beherrschen. Rei ging in der Zeit in die Küche, die aussah wie ein Schlachtfeld.

»Sieht das bei dir immer so aus, wenn du kochst?« Rei machte nur Spaß, dennoch hätte sie nicht gedacht, dass man so viel Unordnung in einer Küche anstellen könnte. Die Töpfe lagen überall verstreut, das Essen war auf der Arbeitsfläche verteilt, nur nicht da, wo es sein sollte.

»Das liegt definitiv an der fehlenden Hand, sonst sieht es besser aus, wenn ich koche.« Er deutete mit einem Küchenmesser auf seine verletzte Schulter.

»Weiß ich doch, wir haben ja schon oft genug zusammen gekocht.« Sie erinnerte sich an den Mittag in dem verlassenen Kaufhaus, in dem sie in einer der Restaurantküchen gemeinsam etwas zubereitet hatten.

»Dann wollen wir doch mal dafür sorgen, dass es wieder so gut schmeckt wie sonst auch.« Er wurde wieder richtig angestachelt.

»Ganz deiner Meinung.« Sie musste aber nochmal kurz raus, denn normalerweise band sie sich beim Kochen immer einen Zopf, doch die Einzige, die Haargummis dabeihatte, war Umeko. Ein paar Minuten später kam sie gut gelaunt mit einem Pferdeschwanz zurück, den sie mit einem pinken Haargummi von Umeko zusammenhielt. In den schwarzen Haaren wirkte er noch viel knalliger.

»Jetzt kann's losgehen.« Und genau das passierte. Es wurden Lebensmittel geschnitten in Streifen und Würfel. Die Küche wurde von Wasserdampf gefüllt. Sie hatten zwar keine komplett frischen Zutaten, doch das Dosengemüse, das sie von dem Ehepaar Sato bekommen hatten, war mindestens genauso gut für sie. Zum Schluss kam etwas heraus, das weder in Konsistenz noch in der Farbe, geschweige denn im Geschmack dem des Dosenessens ähnelte. Mit Ausnahme von vorgestern war es das beste Essen, das sie seit langem hatten.

»Ihr seht ja echt kaputt aus.« Nobu sah jetzt erst, wie sehr das Training die beiden Zwillinge und Umeko mitgenommen hatte. Nicht nur waren sie total ausgelaugt, nein sie hatten auch noch überall am Körper Schrammen. Jedoch brauchte keine Verletzung eine wirkliche Behandlung. Anhand der Schrammen konnte man gut erkennen, wer wie viel Erfolg hatte. Je weniger Beulen, desto mehr Erfolg. Es war auch nur wenig verwunderlich, dass Umeko diejenige mit den wenigsten Schrammen war. Immerhin hatte sie bereits Erfahrung mit Kampfsport. Jinpei hingegen war übersät mit Verletzungen.

»Danke, dass du mich daran erinnerst, wie ich aussehe.« Das war das Letzte, was Umeko in diesem Moment hören wollte. Das weiße Shirt, das sie trug, war komplett durchgeschwitzt und inzwischen fast durchsichtig geworden. Sogar ihr weißer BH war deutlich zu sehen.

»Immer wieder gerne.« Ein ironisches Lächeln zierte seinen Mund.

Sie brauchten einige Zeit länger, um alles aufessen zu können. Ihre Körper schmerzten, weshalb Rei und Daisuke den dreien anboten sie zu massieren, um schlimmeren Schmerzen vorzubeugen. Umeko war natürlich die Erste, die zustimmte. An diesem Abend konnte man noch einige leise Stimmen des Schmerzes von dem Boot vernehmen. Als die Massagen dann jedoch begannen, konnte man nur noch Stimmen des Wohlgefühls vernehmen. Umeko war schon öfter bei Massagen, doch anders als dort wurde kein Massageöl benutzt, wodurch es sich erstmal komisch für sie anfühlte.

Über Nacht hatte das Schiff seinen Anker gesetzt. Gegen Mittag des nächsten Tages sollten sie, falls keine weiteren Zwischenfälle passieren, wieder das Festland erreichen. Aber wie es nun mal mit Zwischenfällen ist, sie tauchen dann auf, wenn man sie am wenigsten gebrauchen kann. Obwohl sie sich tagsüber nur langsam voranbewegten, ging ihnen der Sprit aus. Darum hieß es am späten Abend, schon nach dem Sonnenuntergang den Tank aufzufüllen, was sich als schwieriger herausstellen sollte, als zuerst gedacht. Nicht nur konnten sie mit der spärlichen Beleuchtung eines Handys den Tankdeckel nicht sofort finden, nein um ihn öffnen zu können, brauchte man Werkzeug. Wegen dieses Werkzeuges musste Daisuke extra in die Kabinen und die anderen wecken, da er es mal dort gesehen hatte. Während der ganzen Zeit hielt Nobu Wache.

Am nächsten Morgen wurde das Schiff sofort in Gang gebracht. Um den Muskelkater verheilen zu lassen, wurde in den wenigen Stunden auf ein erneutes Training verzichtet. Denn egal, wie gut ihr Training auch gewesen sein mag, es war völlig umsonst, wenn sie sich nicht bewegen können, um die Früchte ihrer harten Arbeit zu ernten.

Wie vorausgesagt, war schon nach nur wenigen Stunden Land in Sicht. In Wirklichkeit wollten sie das Schiff nicht verlassen, die letzten beiden Tage waren dafür, trotz der kurzen Schlacht, viel zu schön gewesen. Als die Aussicht auf festen Boden jeden erreicht hatte, war Hektik an der Tagesordnung. Wirklich jeder wollte bereit sein sofort von Bord gehen zu können, wenn es so weit war. In Windeseile packten sie alles zusammen, schafften es aber dennoch darauf zu achten nichts zu vergessen. Mit voller Leistung in den Schiffsschrauben brausten sie voraus. Nobu nutzte diese letzte Chance, um sich noch einmal wie ein richtiger Kapitän über den Bug zu beugen und sich mit einem Fuß abstützend in die Brise zu stellen. Mit geschlossenen Augen spürte er, wie die frische Seeluft sein ganzes Gesicht streichelte. Ein paar Wassertropfen prasselten auf seine Haut. Als er die Augen wieder öffnete, waren sie gefüllt mit Zuversicht, der Zuversicht diese Reise zu einem Ende zu bringen.

Nach einer schwachen Kollision mit der Anlegestelle, über die Umeko sich beschwerte, konnten sie alle wieder Fuß auf japanischen Boden setzen. Es war, als wären sie wiedergeboren worden. All die schlimmen Dinge, die ihnen bisher geschahen, ließen sie auf der anderen Seite des Wassers zurück. Sie alle waren andere Menschen, sie waren nun bereit zu töten, wenn es nicht anders ging. Mit einer Ausnahme, Jinpei. Er hielt noch zu sehr an die Regeln einer zivilisierten Welt fest. Das war auch Nobu aufgefallen. Er fand es zwar einerseits gut, dass er noch an den Regeln und Moralvorstellungen der Alten Welt festhalten wollte, auf der anderen Seite hatte er Angst, dass Jinpei die Gruppe mit einer schlechten Entscheidung unnötig in Gefahr bringen könnte. Er fasste den Entschluss, Jinpei noch eine Weile im Auge zu behalten. Denn wie er am Vortag gesehen hatte, war Jinpei selbst jetzt noch nicht willig etwas zu lernen, was Gewalt beinhaltete. In gewisser Weise konnte er ihn verstehen. Sobald Gewalt im Spiel war, konnte es nie einen echten Gewinner geben. Denn wenn man Gewalt anwendet, verliert man unwillkürlich, ob nun sein Leben oder einen Teil seiner Menschlichkeit. Doch Menschlichkeit war etwas, das ihnen den Tod hätte bringen können. Besonders im Kampf gegen die Tempelritter, die völlig auf Menschlichkeit und Moral verzichteten.

KAPITEL 13 HINTERHALT

Hikari hatte etwas mit allen anderen Städten gemeinsam, die sie in den letzten Tagen gesehen hatten. Innerhalb weniger Tage wurde sie eine Geisterstadt. Und auch die sechs Schüler waren nur auf der Durchreise mit demselben Ziel wie alle anderen auch, Tokio, der einzig angeblich sicheren Stadt in ganz Japan.

»Hallo Papa.« Sie wurde richtig ruhig und schaute auf das Meer und seine Wellen hinaus. Außer an der Anlegestelle waren an der kompletten Küste Wellenbrecher in Zweierreihen aufgestellt.

»Rei.« Ihr Vater war sehr erfreut mal wieder von seiner Tochter zu hören. »Wie geht es dir? Wo seid ihr gerade? Wann kommt ihr hier an?« Er hatte wie immer jede Menge Fragen an sie und konnte sich nicht damit zurückhalten sie zu stellen. Für sie jedoch war es kein Problem sich allen hektisch gestellten Fragen zu stellen.

»Mir geht es gut, du musst dir wirklich keine Sorgen machen. Wir sind gerade in Hikari angekommen.«

»In Hikari, wart ihr vor ein paar Tagen nicht erst in der Nähe von Kamioka?«

»Ja, es ist einiges passiert. Wir haben in Tsukumi ein altes Ehepaar getroffen, das uns sehr geholfen hat. Sie haben uns sogar ihre Yacht überlassen. Damit konnten wir eine Strecke von fast zwei Wochen in gerade mal drei Tagen zurücklegen.« Sie überlegte, ob sie ihm auch von dem Zwischenfall mit dem anderen Schiff erzählen sollte. Entschied sich jedoch dagegen, da sie ihm nicht noch mehr Sorgen machen wollte.

»Das ist ja wirklich nett gewesen, haben sie irgendetwas dafür als Gegenleistung erwartet?« Er wollte nicht glauben, dass sie, in solchen Zeiten, so viel Hilfe umsonst bekommen haben.

»Wir sollten nur eine Nachricht an ihre Kinder weitergeben, wenn wir in Tokio angekommen sind«, erklärte sie.

»Das ist alles, andere hätten in dieser Zeit vieles verlangt.« Er war erstaunt, dass es noch so bodenständige Menschen gab. In den letzten Tagen hatte er in Tokio kaum noch solch eine Herzensgüte zu Gesicht bekommen. Jeder fing wegen einer einfachen Schale Reis einen Streit an. Das Militär und die Polizei kamen kaum noch mit dem Streitschlichten hinterher.

»Sie wussten wohl, dass sie bald sterben würden und das war das Einzige, was ihnen noch auf dem Herzen lag.« Rei telefonierte danach noch eine ganze Weile mit ihrem Vater. Währenddessen suchte Nobu zusammen mit Daisuke ihre Route für die nächsten Tage heraus.

»Kommst du?« Daisuke hatte sich bis auf ein paar Schritte von der Seite an seine auf einem Wellenbrecher sitzende Freundin herangeschlichen.

»Ja, ich bin gleich da.« Sie hatte ihn allerdings schon früh bemerkt, sich aber nicht davon ablenken lassen.

»War das etwa der Freund, den du erwähnt hast?«, fragte ihre Mutter.

»Mama, seit wann hörst du zu?«

»Schon von Anfang an, also sag, ist er es?« Sie ließ nicht locker.

»Ja, er ist es, aber jetzt müssen wir wieder los.«

»Stell ihn uns auf jeden Fall vor.« Ohne ein weiteres Wort legte Rei auf und steckte das ausgeschaltete Handy zurück in die Tasche.

»Alles in Ordnung?«

»Ja alles bestens.« Sie dachte daran, dass er ihre Eltern überhaupt nicht kennenlernen konnte, da sich die beiden erst nach ihrem Umzug in ihre eigene Wohnung begegnet waren. In diesem Moment kamen ihr alle peinlichen Angewohnheiten in den Sinn, die ihre Eltern hatten. Ihr Vater zum Beispiel hatte die Angewohnheit, sobald er ein Insekt sah, seinem Gegenüber alles darüber zu erzählen. Er liebte seinen Job über alles.

»Sag mal, was würdest du eigentlich von mir denken, wenn du meine Eltern kennenlernen würdest und sie sich dabei blamieren?« Ihr waren nur wenige Dinge unangenehm, doch ahnte sie nicht, dass das einmal dazugehören würde.

»Da es deine Eltern und nicht du selbst bist, würde ich immer noch dasselbe von dir denken. Wieso fragst du?«

»Ach nur so. Da bin ich aber erleichtert.« Sie wollte ihm nicht die Wahrheit sagen, da sie dachte, dass er dadurch womöglich ihre Eltern nicht kennenlernen möchte.

Der erste Eindruck schien richtig zu sein, diese Stadt war genauso verlassen wie alle anderen auch. Wie in den anderen Städten auch war es in Hikari zu kleineren Auseinandersetzungen mit der Polizei gekommen. Nach dem Gefecht auf hoher See fanden sie es sicherer mit der Hand an der Waffe durch die Straßen zu laufen. In der Gegend war es einfach zu ruhig. Von allen früher üblichen Geräuschen war nichts mehr zu hören. Weder das Bellen irgendwelcher Hunde noch der Motorenlärm. Ein Rascheln war zu hören, doch das reichte inzwischen bereits aus, um alle in Alarmbereitschaft zu versetzen. Sofort zückten sie ihre Waffen und stellten sich mit dem Rücken zueinander in einem Kreis auf. So bewegten sie sich angespannt von der Stelle des Geräusches weg. Auf einen weiteren Kampf konnten sie verzichten. Nobu, der noch genauer hinhörte als seine Freunde, konnte ein leises Winseln wahrnehmen.

»Halt!« Kaum hatte er das Wort ausgesprochen, stand alles still.

»Was ist?« Nobu wies auf das Winseln hin. Er ließ seine Freunde zurück und ging allein, um es sich genauer anzusehen. Vorsichtig näherte er sich, konnte aber nichts erkennen. Er blieb noch einmal stehen, schloss die Augen und horchte erneut nach dem Winseln. Endlich konnte er es einer Richtung zuordnen. Nach ein paar Meter konnte er endlich die Silhouette eines geschwächten Hundes hinter einer geschlossenen Glastür erkennen. Beim Anblick des völlig abgemagerten Geschöpfs wurde ihm sofort unwohl.

»Wie kann jemand seinen Hund einfach so zum Verhungern zurücklassen?«, dachte sich Nobu. Als er sich nähern wollte, spitzte das Tier seine Ohren und drehte seinen Kopf in Nobus Richtung. Aus Mitleid nahm Nobu einen Stein in die Hand und warf ihn gegen die Tür, die klirrend in tausende Stücke zersprang. Nun gehörte auch diese Tür zu den etlichen aufgebrochenen, die sie davor bereits gesehen hatten. Erschöpft und hungernd stapfte der Hund, darauf achtend nicht auf das Glas zu treten, nach draußen und ging auf Nobu zu. Dieser legte etwas von dem übrigen Rehfleisch, das er als Notration dabeihatte, auf einen Pappteller und ging weg.

»Ich hoffe, er läuft mir nicht nach. Wenn Harui ihn sieht, wird sie ihm helfen wollen und Umeko wird sie auch noch dabei unterstützen. Am Ende müssten wir noch mehr von unseren begrenzten Vorräten mit ihm teilen. Darauf kann ich gerne verzichten.«

»Hast du was entdeckt? Was war dieses laute Scheppern?« Harui war besorgt um was auch immer da gewinselt hatte.

»Da war ein Hund in einem Haus eingesperrt. Ich habe ihn befreit, danach ist er sofort weggerannt.« Er hoffte zumindest, dass er wegrennen würde, sobald er das Fleisch aufgegessen hat.

»Gut.« Harui war sichtlich erleichtert.

Etwa eine halbe Stunde später kamen sie bei einem kleinen Einkaufsladen vorbei, an dem Rei stehen blieb.

»Was hast du?« Daisuke bemerkte es und kurz darauf blieb auch der Rest der Gruppe stehen.

»Siehst du denn diese Schönheit nicht?«

»Ich glaube nicht, dass das jetzt die Zeit dafür ist, aber ja, ich sehe sie direkt vor mir.« Er dachte, sie wollte nur ein Kompliment von ihm hören.

»Nein, das meinte ich nicht, aber danke.« Sie war komplett abgelenkt und wirkte so, als hätte sie ihm überhaupt nicht zugehört. Sie ging langsam auf den Parkplatz des Ladens. Dort stand eine Kawasaki Z900 in Schwarz.

»Die sieht echt cool aus.« Auch Daisuke und Umeko zollten ihr Respekt. Gemeinsam gingen sie auf den Parkplatz zu und holten Rei im Nu ein.

»Ich wusste gar nicht, dass du Motorrad fahren kannst.« Nobu hatte kein Interesse daran ein Motorrad zu besitzen, geschweige denn zu fahren. Neben dem Motorrad standen noch zwei weitere Wagen auf dem Platz. Nobu wurde vorsichtiger.

»Kann ich auch nicht, zumindest noch nicht so gut. Ich habe vor kurzem mit dem Führerschein dafür angefangen und hatte bis jetzt auch nur zwei Fahrstunden.« Sie würde nur zu gerne Motorrad fahren dürfen. Schon nach zwei Fahrstunden konnte sie ziemlich gut Motorrad fahren. Ihr Fahrlehrer hätte ihr gerne bereits den Führerschein ausgestellt, doch das wäre illegal gewesen.

»Heißt das, du würdest lieber Motorrad statt Auto fahren?«

»Natürlich.« Einfach, weil sie das Leder des Sitzes unter ihrem Hintern vermisst hatte, schwang sie sich auf das Gefährt. Sie wackelte ein bisschen herum, um die richtige Position zu finden. Ihre Hände schmiegte sie um die Griffe. Das Schwarz vom Leder des Sitzes und vom Lack der Karosserie schien mit dem schwarz ihrer am Morgen frisch gewaschenen Haare zu verschmelzen. Diesen Anblick genoss Daisuke und stellte sie sich sogar in einem schwarzen Biker-Outfit vor.

»Ich würde sie gerne mal anschmeißen und damit um den Block fahren.« Mit enttäuschtem Blick stieg sie wieder ab.

»Kannst du nur leider nicht.« Selbst wenn sie könnte, hätten sie dafür wohl kaum Zeit.

»Ja leider.« Sie wirkte noch enttäuschter. »Aber findet ihr es nicht auch komisch, dass die Kawasaki hier einfach so rumsteht und so aussieht, als würde sie täglich gewaschen werden?« Außer Nobu, der es schon vorher merkwürdig fand, wurden auch die anderen langsam skeptisch. Die Reaktion darauf folgte sofort, auf einmal erklangen aus dem Einkaufsladen Schüsse nach draußen und trafen die Kawasaki sowie Rei´s Rücken.

»REI!« Daisuke sah nur noch seine Freundin, die auf dem Boden lag, aus ihrem Rucksack lief eine rote Flüssigkeit aus, die immer mehr wurde. Er dachte keine Sekunde länger nach, sondern wollte nur noch seine Freundin in Sicherheit bringen. Während die anderen bereits hinter den Autos in Deckung gegangen waren, rannte er unter Beschuss die wenigen Meter zu ihr rüber und schleifte sie hinter das Bike, hinter dem er versuchte, sich mit ihr zu verschanzen.

Er rief mehrmals ihren Namen, bekam jedoch keine Antwort. Schutz hatten sie durch das Bike nur wenig. Da er mit seinem Rücken dagegenlehnte, spürte er jeden einzelnen Einschuss. Es war nur eine Frage der Zeit, bis auch getroffen werden würde.

»Nobu, Feuerschutz.« Mehr musste er nicht sagen, schon hatte Nobu sich noch eine dritte Waffe neben seiner 22er und dem Gewehr um seine Schulter geschnappt. Zuerst feuerte er mit der 22er auf den Eingangsbereich. Da er das erste Mal mit der linken Hand feuerte, konnte er nicht gut zielen. Es gab aber auch nicht wirklich etwas, worauf er zielen konnte. Die Sonne spiegelte sich in dem Teil der gläsernen Front, die noch vorhanden war, außerdem war es im Inneren des Ladens stockfinster. Darum feuerte er einfach auf den Eingangsbereich in der Hoffnung, dass ihre Kontrahenten aufhören würden auf sie zu schießen und stattdessen in Deckung gehen würden.

Die acht Kugeln seiner 22er, die er noch hatte, waren für seinen Geschmack viel zu schnell verbraucht. Er ließ sie fallen und zog Haruis Revolver aus seinem Hosenbund. Währenddessen verschwand Daisuke aus dem Blickfeld der anderen Schützen. Auch Nobu hatte sich währenddessen bewegt; nachdem er seinen Rucksack abgeworfen hatte, schaffte er es sich bis zum Motorrad vorzukämpfen. Als er sich dahinter in Deckung begab, knallte er mit der Schulter gegen das Fahrzeug und konnte nicht anders als kurz aufzustöhnen.

Anders als sein bester Freund hatte Nobu es geschafft die Ruhe zu bewahren, auch als der Beschuss wieder einsetzte. Noch immer regungslos neben ihm lag Rei. Daisuke hatte sie völlig hinter der Kawasaki verstecken können. Als er sich das »Blut« genauer ansah, stellte er fest, dass es nur der Saft von eingelegten Tomaten, aus ihrem Rucksack, war, den man im ersten Moment für Blut halten konnte. Sicherheitshalber überprüfte er auch noch ihren Puls, der glücklicherweise vorhanden war, sie hatte nur das Bewusstsein aufgrund der Schüsse auf ihren Rücken verloren. Nachdem sichergestellt war, dass es ihr weitestgehend gut ging, schnappte er sich ihre Waffe mit weiteren acht Schuss. Der Beschuss der gegnerischen Seite dauerte weiter an. Dennoch konnte er ruhig bleiben.

Auf einmal hörten die Einschläge auf das Motorrad auf, obwohl noch weiter gefeuert wurde. Vorsichtig wagte Nobu sich aus seiner Deckung. Im Laden konnte er immer noch das Mündungsfeuer sehen. Doch schossen sie nicht nach draußen, sondern auf etwas, das mit ihnen da drin war. Die verschiedenen Mündungsfeuer wurden weniger, die Schreie und das Scheppern umfallender Regale dafür umso lauter.

Kurze Zeit herrschte Stille, weshalb sich Nobu nach kurzem Blick ins Innere um das Mädchen neben sich kümmerte. Erst jetzt kam eine Silhouette mit einer Pistole in der Hand auf Nobu zu. Umeko, die derweil die Einzige hinter den Autos mit einer Waffe war, dachte, dass Nobu von Reis Untersuchung abgelenkt war und nicht bemerkte, wie die Person sich ihm näherte. Die Einzige, die jetzt handeln konnte, war ihrer Meinung nach sie selbst. Der Gedanke, Nobu zu warnen, kam ihr gar nicht erst. Wie es ihr vor kurzem beigebracht wurde, zog sie ihre Waffe und zielte auf die Silhouette. Nach kurzem Zögern betätigte sie den Abzug. Eine Kugel verließ mit 350 Metern die Sekunde die Kammer und kam im Lauf zu einer Drehung. Da es ihr erster, jemals abgefeuerter Schuss war, wurden ihre Arme von dem Rückstoß nach oben gerissen, wodurch die Flugbahn der Kugel leicht verschoben wurde.

Die Silhouette wurde in der rechten Schulter getroffen und ging mit einem Stöhnen zu Boden. Jetzt reagierte auch Nobu, doch richtete er seine Waffe nicht in den Laden, sondern in Umekos Richtung. Verwirrt schaute er seine Freunde an. Besonders ins Auge fiel ihm dabei Umeko, die immer noch unter Schock stand und den rauchenden Revolver in der Hand hielt. Sofort rannte er durch die zerschossene Glastür in den Laden hinein, wobei er versuchte, im Dunkeln nach dem Angeschossenen zu suchen. Im Inneren roch es stark nach verbranntem Schwarzpulver, und auf dem Boden trat er bei fast jedem Schritt auf eine leere Patronenhülse, die wiederum eine andere anstieß. Manche von ihnen stoppten in eine Pfütze voll Blut. Überall lagen Leichen und zerschossene Lebensmittel herum. Endlich hatte er gefunden, wonach er suchte.

Mit einem in der Schulter angeschossenen Daisuke kam er wieder ans Tageslicht. Von dem Arm tropfte Blut auf den Boden und hinterließ eine Blutspur auf seinem Weg. Sofort kamen auch die anderen angerannt.

»Sucht alles Verbandszeug aus euren Taschen. Auch wenn es nur ein Streifschuss ist, sollten wir die Blutung schnell stoppen.«

»War ich das etwa?« Umeko stand unter Schock und hatte immer noch ihre Waffe in der Hand. Nobu kam mit ruhiger Stimme näher und nahm ihr den Revolver aus der Hand, um sie in aller Ruhe in den Arm nehmen zu können.

»Alles gut! Alles, was du getan hast, war auf eine anscheinende Gefahr zu reagieren.« Sie hingegen fing sogar an ihn anzuschreien.

»Aber doch nur, weil du einfach nicht reagiert hast!«

»Weil ich wusste, dass es Daisuke und kein Angreifer war.« Er nahm sie noch fester in den Arm.

»Du hast keine Schuld, ich hatte ja auch ne Waffe in der Hand.« Daisuke konnte sich ohne Probleme wieder aufrichten, er musste sich nur kräftig mit der Hand die Wunde halten, um die Blutung zu verringern.

»Alles in Ordnung?« Nobu ließ Umeko los und drehte sich zu seinem besten Freund.

»Kein Problem, ist nur ne Fleischwunde.« Er nahm die Hand weg, so dass man die Wunde sehen konnte. Etwas Fleisch des Oberarms fehlte. Stattdessen war dort eine klaffende Wunde. Sie verarzteten die Wunde und waren erleichtert, dass es allen gut ging. Umeko hingegen fing an zu weinen. Das erste Mal, dass sie eine Waffe abfeuerte und direkt traf es einen ihrer Freunde.

»Wie geht es Rei?« Daisuke war der Einzige, der sich in dem ganzen Trubel noch an sie erinnerte. Sie lag immer noch bewusstlos hinter der Kawasaki – in Sicherheit. Sie eilten sofort hin, nur um festzustellen, dass sie drei riesige Blutergüsse an ihrem Rücken hatte. Ihr Rucksack hatte wie eine schusssichere Weste gewirkt und die Kugeln aufgehalten. Dabei wurden jedoch die Dosen im Inneren stellenweise komplett zerfetzt. Der Rucksack war nicht mehr zu gebrauchen. Auf Nobus Befehl leerte Harui den Rucksack aus, um den Schaden an ihren Sachen festzustellen. Nachdem sie den Reißverschluss öffnete, drehte sie die Tasche um und ließ einfach alles herauspurzeln. Ihr Handy, ihre Klamotten sowie eine Trinkflasche wurden durchlöchert. Ihre Klamotten waren nicht wirklich schlimm, da Löcher in Kleidung manchmal sogar stylisch aussahen. Auch die Trinkflasche war nicht weiter tragisch, da sie einen ganzen Laden voll mit Flaschen direkt vor sich hatten. Das Schlimmste für sie würde wohl das Handy sein, mit dem sie ihren Vater noch am Morgen angerufen hatte.

Daisuke legte sie auf die Seite und schüttete ihr sogar eine Flasche Wasser ins Gesicht. Jedoch vergebens, sie blieb weiterhin regungslos liegen und hatte jetzt einen nassen Kopf. Daisuke gab sich selbst die Schuld, da er die Falle, falls es wirklich eine war, nicht früher erkannt hatte und sie in Sicherheit bringen konnte. Nobu machte den Vorschlag, dass sie sich in einem der Häuser verschanzen. Daisuke und auch alle anderen fanden es angesichts der Lage angemessen. Die Rucksäcke von ihm und Rei überließ er den Kleinen aus dem 2. Jahr. Er wollte unbedingt Rei in Sicherheit bringen, um zumindest ein bisschen seine Schuld zu begleichen. Durch ihr Gewicht gepaart mit der Wunde an dem Oberarm fühlte es sich für ihn so an, als würde sein Arm abgerissen werden. Doch er hielt es aus und schluckte den Schmerz runter, das war er ihr schuldig.

Sie mussten eine ganze Weile suchen, bis sie etwas gefunden hatten, in das sie in ihrer aktuellen Lage auch ohne Probleme reinkommen konnten. Sie trafen am Rand der Stadt dann auf die geöffnete, aber menschenleere Feuerwache. Der einzigen Eingänge waren das Rolltor und die kleine Tür zwei Meter daneben. Eine Hintertür gab es nicht.

Schnell machten sie es sich im Aufenthaltsraum im ersten Stock gemütlich, nachdem sie die Tür verriegelt hatten. Überall an den Wänden des Aufenthaltsraumes hingen Bilder der Gruppen, die einmal im Jahr aufgenommen wurden. Direkt über der Tür hingen noch alte Schwarz-Weiß-Aufnahmen, die zeigten, wie alt diese Wache, trotz ihrer modernen Ausrüstung, bereits war.

Da Umeko anbot auf einem alten ranzigen Sessel Platz zu nehmen, reichten die drei Sofas für alle. Nobu dachte sich, dass sie es aus Sühne machte, da sie sich noch immer die Schuld dafür gab, dass Daisuke verletzt wurde. Rei wurde auf eines der Sofas gelegt und die anderen teilten sich die verbliebenen zwei.

»Wir sollten sie lieber auf den Bauch legen. So schmerzen die Blutergüsse nicht so stark, wenn sie wieder aufwacht.« Nobu merkte, dass Daisuke sich hilflos fühlte.

»Aber vorher nehme ich ihr die Kette ab.« Während Nobu sie aufrecht hielt, legte Daisuke seine Hände um ihren Hals und löste den Verschluss der Sichelmondhalskette. Die Kette legte er auf den Tisch, der in der Mitte des Raumes zwischen allen Sofas stand.

Danach wurde sie auf den Bauch gelegt. Ihren Kopf drehten sie dabei auf die Seite.

»Du musst das nicht machen«, sagte Nobu zu Umeko, als Daisuke noch damit beschäftigt war sich um Rei zu kümmern.

»Was meinst du?« Sie tat so, als wüsste sie nicht, wovon er redete.

»Davon, dass du versuchst deine Schuld zu begleichen, indem du deine Ansprüche runterschraubst.«

»Ich möchte mich nur an das Leben in Tokio gewöhnen, das uns demnächst blüht.« Sie wirkte sehr überzeugend und auch wenn er wusste, dass sie einen anderen Grund hatte, ließ er sie machen. Denn insgeheim hatte er selbst auch nicht die Lust in dem unbequem wirkenden Sessel zu schlafen. Doch der Schock, auf Daisuke geschossen zu haben, saß immer noch tief. Auch wenn sie selbst es nicht merkte, Nobu und auch alle anderen taten es. Sie zitterte noch immer am ganzen Körper, wenngleich sie versuchte ruhig zu wirken.

Kapitel 14 Feuerwache

»Wie geht es ihr?« Nobu war besorgt, Rei war noch immer noch nicht aufgewacht. Inzwischen waren sie nur noch zu dritt.

»Man könnte denken, sie würde schlafen, aber sie will einfach nicht aufwachen.« Daisuke war mit Abstand derjenige, der sich nicht nur die meisten Sorgen, sondern auch die meisten Vorwürfe machte. Er wischte ihr die langen pechschwarzen Haare aus dem Gesicht, um ihre wunderschönen geschlossenen Augen wieder sehen zu können.

»Ich hätte die Falle früher wittern müssen.«

»Das hätten wir alle, und wir sollten froh sein, dass niemand gestorben ist.« Nobu versuchte ihn zu beruhigen.

»Wenn sie aber nicht schnell aufwacht, werden wir alle sterben und dem Nichts zum Opfer fallen.« Daisuke wollte aber nicht beruhigt werden.

»Können wir kurz über etwas anderes reden?«

»Bitte, ich brauch unbedingt eine Ablenkung.«

»Kannst du später bitte mal mit Umeko sprechen, sie macht sich die ganze Zeit Vorwürfe, weil sie dich angeschossen hat. Sie tut zwar so, als würde es ihr nichts ausmachen, aber man sieht ihr an, dass es nicht so ist. Ich habe bereits versucht ihr zu erklären, dass du ihr nicht böse bist, aber ich schätze, sie muss es direkt aus deinem Mund hören.« Nobu machte sich um alle aus der Gruppe Sorgen, doch um die beiden Mädchen im Moment am meisten.

»Natürlich, auch wenn sie noch unter Schock stehen wird.«

»Genau darum sollst du mal mit ihr reden. Denn sonst wird sie eine Waffe immer damit in Verbindung bringen einem Freund geschadet zu haben.« Daisuke wusste, wovon er sprach, und versprach ihm sich darum zu kümmern. Erst dann wollte er wissen, wo die drei aus dem 2. Jahr sich im Moment aufhielten.

»Die sehen sich hier ein bisschen um und durchsuchen alles nach Verwertbarem.« Daisuke nickte und schaute der untergehenden Sonne dabei zu, wie sie langsam hinter dem Horizont verschwand, während er weiterhin Reis Hand in der seinen hielt.

Die anderen kamen wieder zurück, doch leider mit leeren Händen. Sie hatten in die wenigen Räume der Feuerwache durchsucht. Doch zu ihrem Pech wurden die Konserven, die dort gelagert wurden, falls eine Naturkatastrophe den Zugang zu neuen Lebensmitteln versperrte, bereits von den Feuerwehrleuten mit nach Tokio genommen, um der Bevölkerung dort zu helfen. Mit viel Erfolg hatte Nobu aber auch nicht gerechnet. Ihm war klar, dass alle Orte, in denen viele Lebensmittel gelagert wurden, entweder bereits geplündert oder für die Versorgung in der Safe-Zone gebraucht wurden. Da nirgendwo Einbruchspuren zu sehen waren, vermutete er, dass sie in Tokio waren, womit er auch recht hatte. Aus diesem Grund gab es auch keinen Grund die Feuerwache zu verschließen.

»Wurden ihre Eltern bereits informiert?« Harui brach als Erste das Schweigen und sprach ein unangenehmes Thema an.

»Also wenn du die Nummer ihres Vaters nicht im Kopf hast, wird das schwierig.« Nobu hielt das zerschossene Handy in die Luft. Harui fühlte sich schuldig, ein solches Thema angesprochen zu haben.

Während des Abendessens wurde seit langer Zeit mal wieder geschwiegen. Nobu wusste wieso. Die drei, die in der Vergangenheit öfter als Helden für Umeko und die Zwillinge fungiert hatten, waren alle nicht voll einsatzbereit. Da war zum einen Daisuke, der seinen rechten Arm zurzeit nicht komplett nutzen konnte, was noch das Harmloseste war. Dann gab es da noch Nobu, dessen komplette rechte Schulter auf unbestimmte Zeit unbrauchbar war. Zu guter Letzt und am schlimmsten für die ganze Gruppe war die noch immer bewusstlose Rei, an der momentan alles hing.

»Wir werden die Schichten ändern«, verkündete Nobu. »Ab heute werden Harui und Jinpei zusammen die erste Schicht übernehmen, während ich dann allein die zweite mache. Die letzte werden dann Umeko und Daisuke übernehmen.« Er wollte Daisuke die Chance geben in Ruhe mit Umeko reden zu können.

»Was, warum darf ich denn keine allein machen?« Umeko wollte sich nicht eingestehen, dass sie nicht in der geistigen Verfassung war, allein Wache zu halten. Sie ließ allerdings auch nicht mit sich reden.

»Weil ich es so entschieden habe, Ende.« Nobu jedoch ließ noch weniger mit sich reden.

Umeko wusste genau, dass mehr dahintersteckte, als es den Anschein hatte. Nur kamen in ihr, allein beim Anblick von Daisuke, die ganzen Schuldgefühle wieder hoch.

Ihre Wachen fingen sie am einzigen Eingang der Feuerwache, dem großen Tor, an. Dieses wurde über die Nacht geschlossen. Tagsüber wuselte immer jemand am Tor herum. Nachts konnten sie aber nicht nur das Tor im Auge behalten, sondern mussten auch das restliche Gebäude kontrollieren.

Kurz war es still, als die beiden ihre Schicht begannen, dann fingen beide, aus dem Nichts, gleichzeitig an zu reden. Doch Umeko ließ ihm den Vortritt.

»Du musst dir keine Schuld für meine Verletzung geben.«

»Aber ich war es doch, der dich angeschossen hat, es war nicht Nobu oder sonst jemand, ich war es.« Sie hatte Mühe sich zusammenzureißen.

»Du hast nur versucht deine Freunde zu beschützen, die aus deiner Sicht nicht sehen konnten, dass Gefahr für sie drohte. Außerdem hast du mich nur gestreift.«

»Wenn ich aber weiter rechts getroffen hätte, hättest du sterben können.«

»Aber das hast du nicht. Also mach dir keine Sorgen.« Er gab ihr keinerlei Schuld an dem, was ihm passiert war. Es hätte in seinen Augen genauso gut durch einen der Typen in dem Laden passiert sein können. Umeko wollte noch weiter reden, doch wurde abgewürgt. »Wenn du dir um jemanden Sorgen machen willst, dann um Rei. Sie kann es viel mehr gebrauchen als ich.« Noch nie hatte Umeko ihn so verwundbar wie an diesem Tag gesehen. Umeko wusste nicht, was sie sagen sollte.

Am nächsten Morgen schien noch alles genauso wie am Abend zuvor. Nobus Schulter schmerzte noch immer, ohne Schmerzmittel würde das auch noch eine Weile andauern. Rei war noch immer bewusstlos. Nur Daisuke war aus irgendeinem Grund verschwunden. Selbst nachdem er eine Weile auf ihn gewartet hatte, tauchte er immer noch nicht wieder auf. Er war nirgendwo, weder auf dem Klo noch in der Küche noch sonst irgendwo im Feuerwehrhaus.

»Wo zum Teufel ist Daisuke?« Nobu hatte zuvor mit ihm zusammen die Regel aufgestellt, dass niemand sich von der Gruppe entfernen soll, ohne vorher Bescheid zu geben.

»Er sagte nur, er müsste schnell was erledigen und ich dachte, er meinte, er muss aufs Klo.« Als Jinpei ihm das sagte, kochte in ihm die Wut noch stärker auf als die Sorge um ihn. Nach kurzer Überlegung konnte er sich jedoch gut vorstellen, wo Daisuke stecken könnte. Harui kam gerade aus der eingebauten Küche und klinkte sich in das Gespräch ein.

»Eine Frühstücksration fehlt, denkst du, dass er sie sich genommen hat und irgendwo hingegangen ist.«

»Hätte ich ihn vielleicht aufhalten sollen?« Jinpei fühlte sich schuldig und war bereit ihn zu suchen.

»Nein, alles gut, ich kann mir gut vorstellen, wo er ist. Harui, kannst du mir mein Frühstück geben? Ich werde zu ihm gehen.« Harui eilte in die Küche, um seine Ration zu besorgen und überreichte sie ihm, voller Stolz sie hinbekommen zu haben. Nobu schnappte es ihr aus der Hand, bevor er sofort zu dem Laden, an dem sie gestern ihre kleine Schießerei hatten, losrannte. Umeko und den Zwillingen hatte er noch schnell gesagt, dass sie das Tor schließen sollen, wenn er draußen war. Nobu vermutete, dass Daisuke sich die Szene, in der seine Welt aus den Fugen geraten war, noch einmal vor Augen halten wollte.

Daisuke wanderte derweil durch die Gänge des kleinen Ladens, wo die Geräusche zwischen normalem Hall, dem Platschen der Füße in den Blutpfützen und dem vereinzelten Klirren der auf dem Boden herumliegenden Patronenhülsen wechselte. Da die Leichen erst seit gestern dort lagen, war der Geruch der Verwesung zu ignorieren. Die Wut, erst zu spät etwas getan zu haben, kochte in ihm auf. Das erste Regal, das ihm in die Hände kam, wurde von ihm mit aller Kraft umgeschmissen. Dabei zersprangen die Gläser, welche darin gelagert waren. Der Dominoeffekt sorgte dafür, dass weitere Regale umfielen. Die Wut schwappte schnell zu Trauer um, weshalb er sich setzen musste und sein Gesicht in den Händen vergrub.

»Warum habe ich nicht früher gemerkt, dass das Motorrad eine Falle war?« Ob er mit sich selbst redete oder mit den Leichen, war ihm selbst nicht klar. »Was hattet ihr überhaupt davon, am Ende seid nur ihr gestorben.« Er konnte in der ganzen Aktion keinen Sinn erkennen. Eine Patronenhülse rollte gegen sein Knie.

»Es war keine Falle.« Er zog sofort seine Waffe und als er seinen Arm ausstreckte, schmerzte seine Wunde. Erleichtert atmete er auf, vor ihm stand Nobu. Er schaute mit ernstem Blick auf ihn herab, in seiner linken Hand hielt er eine kleine Tüte.

»Was meinst du damit, dass es keine Falle war?« Verwirrt ließ Daisuke die Waffe sinken.

»Ich habe darüber nachgedacht und bin zu der Erkenntnis gekommen, dass wir nur zur falschen Zeit am falschen Ort waren. Sie waren vermutlich nur auf einer Besorgungstour.« Mitleidig schaute er runter auf die Leichen.

»Aber warum waren sie dann so stark bewaffnet?«

»Bestimmt hatten sie schon mal mit Plünderern und Dieben zu tun. Sie dachten wohl, wir wollten das Motorrad und die Autos stehlen.«

»All das wegen eines Missverständnisses.« Verzweiflung lag in seiner Stimme. Er ließ den Kopf sinken und seine Haare verdeckten sein Gesicht. »Ich kann das alles nicht mehr.« Vor Nobu brauchte er sein Schluchzen nicht verstecken.

»Ich kann dich sehr gut verstehen. Auch für mich wird das alles zu viel, aber dir geht das alles noch mal viel näher.« Er beugte sich zu ihm runter und fasste ihm behutsam auf die Schulter. »Ich wünschte, ich könnte dir helfen, es irgendwie erträglicher zu machen, aber das kann ich leider nicht.«

»Ich weiß und ich will es auch gar nicht anders. Jeder sollte seine Dämonen allein besiegen. Trotzdem würde ich jede Hilfe annehmen, wenn Rei dadurch endlich aufwachen würde. Aber sieh uns an, was machen wir hier nur?« Daisuke hob seinen Kopf und sein Blick ließ pure Verzweiflung erkennen.

»Wir gehen nach Tokio und überwinden dabei jede Hürde, um unsere Freunde zu beschützen«, sagte Nobu entschlossen.

»Nein, wir sind nur eine Bande von Schülern, die die Starken spielen.« Er wusste genau, was sie bereits alles geleistet hatten, doch war ihm ihre Ohnmacht in diesem Augenblick näher als je zuvor.

»Denk daran, was wir bereits alles geschafft haben, allein hier kannst du erkennen, dass wir uns auf gar keinen Fall vor den Erwachsenen verstecken müssen. Eher umgekehrt.« Nobu begann sich zu drehen und wies auf die herumliegenden Leichen in dem Raum hin.

Nun hatte auch Daisuke einen Teil seiner Entschlossenheit zurück. Nobu grinste entschlossen zurück, bevor er die Tüte mit dem Essen hochhielt.

»Hast du schon gefrühstückt?«

»Nein, noch nicht.« Er wirkte wieder so wie noch am Morgen des Vortags, voller Entschlossenheit, zusammen mit Rei ein neues Leben in Tokio zu beginnen. Doch im Inneren wusste Nobu, dass das größtenteils nur gespielt war, um die anderen nicht zu verunsichern. Für Nobu musste er so eine Farce jedoch nicht spielen, immerhin kannten die beiden sich bereits ihr halbes Leben lang. Doch er wollte sich schon mal darauf einstellen den anderen etwas vorzumachen.

Um zu frühstücken, verließen sie den Laden, in dem es leicht nach verwesenden Leichen roch. Ein Geruch, den keiner von den beiden während des Essens in der Nase haben wollte.

Noch immer standen das zerschossene Bike sowie die durchsiebten Autos auf dem Parkplatz. Sie lehnten sich an die Motorhaube eines Nissan 280 ZX, während sie ihre mitgebrachte Nahrung verspeisten. Früher hätten sie in einer solchen Situation zusammen gelacht. Doch jetzt war alles anders, sie hatten nichts mehr, über das es sich zu lachen lohnte.

Gemeinsam schauten sie sich noch einmal in dem bislang noch unerforschten Laden um. Zuerst schleppten sie alle Leichen raus auf den Parkplatz, wo sie sie einfach aufeinanderstapelten. Jede Leiche mussten sie zu zweit nehmen, da keiner der beiden seine volle Kraft hatte. Zum Glück hatte der Verwesungsgeruch noch nicht begonnen stark zu werden. Vergebens untersuchten sie jeden nach weiteren Waffen, doch bis auf die leeren Handfeuerwaffen hatte keiner von ihnen irgendetwas bei sich. Doch selbst ohne die Toten war der Laden nicht sehr aufgeräumt, überall waren Blutlachen, in denen Patronenhülsen sowie Lebensmittel schwammen. Doch nicht nur Spuren der Toten waren zu sehen. Auch die umgeschmissenen Regale und teilweise verschimmelten Lebensmittel. Das Obst und Gemüse, das noch vor wenigen Wochen frisch war, hatte einen grünen Flaum angesetzt.

»Hier sind echt keine Fertiggerichte mehr.« Daisuke schmiss einen angefressenen Apfel auf die Seite. »Offensichtlich haben diese Typen da draußen hier schon alles aufgegessen.« Da jedoch keine Essensreste irgendwo herumlagen, war Nobu sich sicher, dass sie irgendwo noch ein weiteres Versteck haben müssten. Sein Verdacht, dass sie nur auf Beutezug waren, festigte sich immer mehr. Ihm fiel auf, dass womöglich noch Freunde von ihnen übrig sein könnten, die sie früher oder später angreifen würden. Im Moment hatten sie aber weder die nötige Energie noch die passende Ausrüstung, um nach ihnen zu suchen.

Mit leeren Händen kehrten sie zurück in die unverschlossene Feuerwache. Einzig das geschlossene Rolltor hielt Fremde vom Eindringen ab. Jedoch konnte es einfach nach oben geschoben werden. Als sie die Tür öffneten, erwartete sie eine schöne Überraschung. Rei war gerade dabei aufzustehen. Sofort stürmte Daisuke auf sie zu, um sie zu stützen.

»Rei, du solltest besser sitzen bleiben.« Er versuchte sie wieder auf das Sofa zu setzen.

»Was ist passiert?« Sie wirkte noch sehr schwach und wusste nicht wieso.

»Auf dich wurde geschossen und solltest dich besser nicht mit dem Rücken irgendwo anlehnen«, erklärte Nobu ihr.

»Das würde erklären, wieso mir alles wehtut.« Nicht nur ihr Rücken tat weh, sondern auch der Rest ihres Körpers, besonders ihr Kopf hämmerte. Mit dem war sie immerhin auf dem Boden des Parkplatzes aufgeschlagen. Dennoch versuchte sie erneut aufzustehen.

»Wie lang war ich weg?«

»Du sollst doch sitzen bleiben.« Gemeinsam mit Daisuke brachte Nobu sie dazu endlich auf ihrem Hintern sitzen zu bleiben.

»Du hast einen halben Tag geschlafen, und bevor du fragst, wir haben uns in einer Feuerwache versteckt.« Nobu brachte sie auf den neuesten Stand.

»Das wäre meine nächste Frage gewesen. Jetzt, wo ich wach bin, können wir ja wieder weiter.« Um den anderen nicht zur Last zu fallen, wollte sie direkt weiterlaufen. Nobu konnte das nicht mit ansehen und tippte ihr nur ganz leicht auf einen der lilafarbenen Blutergüsse auf ihrem Rücken. Sie schrie kurz auf und drückte ihren Rücken in der Hoffnung auf Entkommen nach vorne. Doch das machte alles nur schlimmer, nun wurde ihr ganzer Körper von Schmerzen durchzogen. Es fühlte sich so an, als würde sie am ganzen Körper einen heftigen Stromschlag bekommen.

»Solange du so reagierst, bist du noch lange nicht bereit weiterzulaufen.« Rei wusste, dass er recht hatte, doch wollte sie nicht daran schuld sein, dass alle zu spät kommen würden. Erst als die Schmerzen nachgelassen hatten, konnte sie sich richtig in dem Raum umsehen. Ihre Augen blieben an dem verbundenen Oberarm ihres Freundes hängen.

»Was ist passiert?« Sie stellte dieselbe Frage wie schon zuvor bei sich.

»Ich wurde gestern bei der Schießerei verletzt.« Er wollte nicht offenbaren, dass er von Umeko angeschossen wurde, da er wusste, dass sie sich wieder sofort Gedanken machen würde. »Aber kümmere dich nicht darum, es ist nur ein Streifschuss.« Dennoch konnte er in Umekos Gesicht wieder die Schuld aufkommen sehen. Jetzt als Rei, die das Ganze gestern überhaupt nicht mitbekam, danach fragte, wirkte es so, als hätte sie ihn einfach aus heiterem Himmel und ohne Grund verletzt. Sie war schon kurz davor die Wahrheit zu sagen, wurde dann jedoch von Nobu unterbrochen.

»Wie du also siehst, sind momentan ziemlich viele von uns angeschlagen, weshalb es nicht sinnvoll wäre, jetzt weiterzugehen.«

»Dabei hatten wir doch endlich einen Vorsprung.« Rei machte sich aus Sicht der anderen unbegründete Vorwürfe.

»Den holen wir einfach wieder raus, wenn es uns allen wieder besser geht.« Nobu sah sehr optimistisch in die Zukunft, als Anführer musste er das auch. Wenn er das nicht täte, würde der Rest der Gruppe auch noch den letzten Funken Hoffnung verlieren.

Später erzählte Umeko Rei in einem Moment, in dem sie weitestgehend unter sich waren, die gesamte Geschichte. Alles, was Rei dazu sagen konnte, hatte sie bereits von den anderen gehört.

»Du musst dir dafür nicht die Schuld geben, du hast nur eine Gefahr gesehen und gehandelt, um deine Freunde zu beschützen.«

»Weißt du, dass dein Freund genau dasselbe gesagt hat.« Sie fand es interessant, wie die beiden sich so ähnlich sein konnten. Nicht nur hatten sie die gleichen Gedankengänge, sondern taten auch das Gleiche. Schnell entstand eine peinliche Stille, die genauso schnell wieder verschwand, als die anderen in voller Montur den Raum betraten.

»Gehen wir etwa doch schon weiter?« Rei versuchte trotz stechender Schmerzen aufzustehen, wurde aber sofort von Nobu abgewürgt.

»Nein, die anderen werden nur mal schauen, ob sie irgendwo das Versteck der Typen aus dem Laden finden können. Wie wir alle gesehen haben, besitzen sie Munition. Nach der Schießerei mit ihnen können wir die gut gebrauchen.«

»Etwa nur ihr vier, was ist mit mir?«, wollte Umeko wissen.

»Falsch, ihr vier.« Er deutete auf Umeko und die anderen drei hinter ihm. »Ich werde mit Rei hier auf euch warten.« Umekos Augen funkelten bei der Hoffnung endlich aus der Feuerwache herauszukommen. Rei konnte gut verstehen, wieso sie zurückgelassen wird. Sie wäre den anderen nur ein Klotz am Bein und ganz sicher keine Hilfe.

»Könntet ihr uns kurz allein lassen?« Daisuke wollte einen Moment unter vier Augen mit seiner Freundin haben. Sofort schmiss Nobu die anderen raus, ehe er die Tür hinter sich schloss.

»Ich habe dir noch gar nicht gesagt, wie froh ich bin, dass du wieder wach bist.« Daisuke setzte sich vor Reis Knie. Wegen ihres Rückens konnte sie nur auf der Couch sitzen, jedoch tat es ihr weh, wenn sich jemand neben sie setzte und dadurch die Couchkissen ins Schwanken gerieten. Daisuke hatte seinen Kopf gesenkt und wagte es nicht ihr ins Gesicht zu schauen, stattdessen streifte er mit der Hand über ihren nackten Oberschenkel. »Es tut mir leid, ich hätte früher bemerken müssen, dass etwas nicht stimmt, ich hätte …«

»Dich trifft keine Schuld, es war meine Schuld, nicht die von jemand anderem, und schon gar nicht deine. Ich hätte mich nicht auf das Motorrad setzen dürfen.« Sie hob seinen Kopf mit der Hand an. »Vielmehr danke ich dir, dass du dir solche Sorgen um mich gemacht hast.« Verliebt schaute sie ihm in die Augen. »Ich liebe dich.«

»Ich liebe dich auch.« Daisuke stand auf und gab ihr dabei einen innigen Kuss, es schmerzte von ihr abzulassen. »Wir werden vor dem Abendessen zurück sein, egal ob wir was finden oder nicht, du musst dir also keine Sorgen machen.« Gerade als er losgehen wollte, hielt sie ihn an der Hand zurück.

»Versprich mir, dass du dich nicht unnötig in Gefahr bringst und heute Abend unversehrt zurückkommst.« Nie hatte sie ernster geschaut.

»Versprochen.« Er drückte ihr noch einen Kuss auf die Lippen.

Kapitel 15 Getrennt

Zusammen mit den Zwillingen und Umeko hatte Daisuke nach dem Schließen des großen Tores die Basis durch die kleine Tür verlassen. Um Leuten, die auf ihrer Reise vor dem Wetter Schutz suchten, behilflich zu sein, hatte der Leiter der Wache die Schlüssel im Eingangsbereich deponiert.

»Solange die anderen weg sind, können wir ja mal deinen Rucksack durchgehen und schauen, was alles beschädigt wurde und was wir mitnehmen sollten, wenn wir weitergehen.« Nobu deutete mit einer Hand auf den in der Ecke liegenden, zerschossenen Rucksack. Zusammen mit den anderen hatte er am Laden bereits die Konserven und Ähnliches aussortiert, die zerstört wurden. Nur ihre persönlichen Sachen hatten sie nicht angefasst.

»Heißt das, wir wollen doch schon bald weiter?« Sie war verwirrt, da er zuvor noch etwas anderes gesagt hatte.

»Wir können hier nicht ewig warten. Das Problem ist nur, dass die anderen schon viel von meinem Zeug tragen. Da sollen sie nicht auch noch von dir überladen werden.«

»Wie geht es eigentlich deiner Schulter?« Ihr fiel erst jetzt wieder ein, dass es nur zwei Tage her war, dass er ein Messer in seiner rechten Schulter stecken hatte und seitdem regelmäßig Antibiotika nehmen musste.

»Solange ich sie nicht zu stark belaste, geht es.« Sie machten sich daran den Rucksack einfach über dem Boden zu entleeren. Die noch intakten Dosen knallten auf den Boden, während die Klamotten schon fast heraussegelten.

»Du hattest wirklich Glück«, merkte Nobu erneut an.

»Meine Sachen aber nicht.« Sie schaute auf eines der zerschossenen Shirts, das sie mit ihren Händen vor sich in der Luft ausbreitete.

»Manche bezahlen für solche Löcher in den Klamotten viel Geld.« Ein Versuch sie aufzuheitern.

»Jaja und ich bekomm sie umsonst, willst du das damit sagen?« Lächelnd stimmte Nobu ihr zu. Rei merkte an, dass sie darauf auch gerne hätte verzichten können. Zu ihrem Glück hatten die Holzfällerhemden überlebt, zwei kleine Löcher in dem dunkelblauen waren alles. Einzig der Saft der eingelegten Tomaten, von dem sie jetzt trieften, störte sie. Später wollte sie die Hemden in der Küchenspüle waschen, in der Hoffnung sie danach wieder anziehen zu können.

»Du solltest deinem Rucksack wirklich dankbar sein.« Er zeigte ihr die schmerzhafte Alternative: eine Dose, aus der scharfe Metallspitzen ragten. Wenn so einer in ihren Rücken eingedrungen wäre, hätte sie sterben können, die Chance auf eine Operation hatten sie nämlich nicht mehr.

Sie sortierten alles aus, was nicht mehr zu gebrauchen war. Mit ihrem zerstörten Handy in der Hand fiel ihr ein, dass ihre Eltern noch gar nichts von der Schießerei gehört hatten. Sie wollte sofort das Smartphone von Nobu, um sie anzurufen. Das Nummernfeld erinnerte sie jedoch daran, dass sie die Nummer ihrer Eltern gar nicht auswendig kannte. Sie verfluchte, dass man eine Nummer einfach unter einem Namen einspeichern konnte, wodurch niemand sie mehr auswendig lernen musste. Aufgeben war allerdings noch keine Option für sie.

»Du hast nicht zufällig die Nummer meiner Eltern eingespeichert?« Voller Hoffnung schaute sie zu ihm rüber, doch sein Kopf schüttelte sich nur verneinend. Mit fallen gelassenen Armen machte sie sich Gedanken darüber, dass auch ihr Vater nun keine Chance mehr hatte sie über neue Wendungen in Tokio zu informieren. Nobu wollte versuchen sie auf andere Gedanken zu bringen, indem er sie dazu brachte die Taschen der anderen neu zu sortieren, so dass all ihre Sachen reinpassen könnten. Die der Mädchen übernahm Rei, die der Jungs dementsprechend Nobu. Leider sah es damit sehr knapp aus, alle Rucksäcke waren schon bis zum Bersten mit den Konserven aus der Yacht gefüllt. Wenn sie ihre Sachen noch irgendwo unterbringen wollten, bräuchten sie einen neuen Rucksack für sie, denn ihr alter war definitiv unbrauchbar.

Zeitgleich gingen die anderen vier durch die Straßen, auf der Suche nach dem echten Versteck der Ladenschützen ... Wenn es das überhaupt gab. Der Einzige, der wirklich dieser Meinung war, war immerhin Nobu. Doch die anderen, bis auf Jinpei, vertrauten ihm so sehr, dass sie diesem Gefühl nachgingen. Außerdem brauchten sie etwas, um der Langeweile, die in der Feuerwache herrschte, zu entfliehen, bis es Rei wieder besser ging. Anfangs noch hatten sie auch die Häuser mit aufgebrochenen Türen durchsucht, in der Hoffnung etwas zu finden. Schnell aber merkten sie, dass bereits alle Häuser geplündert wurden. In zwei der Häuser wurden sogar Safes gewaltsam geöffnet. Daisuke nahm an, dass es sich bei den Tätern um die Ladenschützen handeln musste. Weiter nahm er an, dass diese eine kriminelle Vergangenheit hatten. Häuser mit geöffneten Türen beachteten sie nicht weiter. Es würde wenig Sinn machen sich in einem offenstehenden Gebäude zu verschanzen, so Daisukes Meinung. Zu ihrer Verwunderung gab es davon im Laufe des Tages mehr, als sie vermutet hatten. Alles von Wert, sowohl materiellem als auch emotionalem, war verloren, als die Leute ihre Häuser endgültig aufgeben mussten. Darum hätte man annehmen können, dass es einige gab, die ihre Häuser unverschlossen zurückließen. Doch Fehlanzeige, bei fast allen Häusern waren Einbruchspuren zu erkennen. Manche Häuser, deren Türen zu stabil waren, hatten zerbrochene Fenster im Erdgeschoss.
 Jinpei andererseits verstand nicht, wieso sie diese Häuser ausgelassen hatten, immerhin hatten sie sich auch in der Feuerwache, einem leicht zugänglichen Gebäude, verschanzt. Daisuke erklärte ihm dann, dass sie keine andere Wahl hatten. Sie brauchten einen leicht zugänglichen Ort mit medizinischer Versorgung. Während

er den anderen erklärte, dass dafür nicht viele Orte in Frage kamen, hielt er eine Hand immer an der Pistole mit ihren 8 Schuss. Zusammen mit Umekos Revolver mit 4 Schuss und Nobus 22er war sie die einzige Schusswaffe, die sie noch hatten. Mit einem Messer war jedoch auch weiterhin jeder bewaffnet. Ergänzend erklärte er ihnen noch, dass Nobu davon ausging, dass diese Typen aus Hikari kamen und daher wissen sollten, wo man sich am besten verstecken konnte.

»Wäre es dann nicht besser, wenn wir nicht über die offene Straße laufen, sondern durch Seitengassen?« Harui hatte Angst vor einem weiteren Überraschungsangriff. Den hätten sie diesmal auf jeden Fall verloren. Doch zu ihrem Leidwesen weigerte sich Daisuke, da er davon überzeugt war, dass er einen Hinterhalt diesmal besser aufspüren könnte. Er wollte sich selbst beweisen, dass er in dem Moment des Angriffs nur von seiner Freundin abgelenkt war, was ihm nicht wieder passieren würde. Außerdem ging er davon aus, dass sie mehr Erfahrung mit Hinterhalten hatten, noch dazu war er sich sicher, dass bei den Schützen im Laden keine Erfahrung vorhanden war. Der Versuch, sein Selbstbewusstsein zu steigern, funktionierte gut, bis Jinpei ihn unterbrach.

»Wäre es nicht viel besser, wenn wir versuchen eine friedliche Lösung anzustreben.«

»Friedlich? Das hätten sie haben können, wenn sie uns einfach in Ruhe gelassen hätten. Das alles war ihre Schuld und jetzt müssen sie mit den Konsequenzen zurechtkommen.« Er hatte die bewusstlose Rei vor sich, der er nicht helfen konnte. Doch er war der Einzige, der Rache wollte, die anderen sahen es genauso wie Jinpei und waren eher auf eine friedlichere Lösung aus. Doch die beiden Mädchen waren bereit sich zu wehren, wenn es nötig werden würde. Umeko überprüfte daraufhin, ob ihre Waffe noch immer in ihrem Halfter um die Hüfte war. Als sie dann den kalten Holzgriff spürte, schossen ihr sofort die Bilder ihres verwundeten Freundes in den Kopf, weshalb sie ihre Hand wegzog und zuerst zur Waffe an ihrer Hüfte und dann an Daisukes verbundenen Arm schaute. Nun war sie sich nicht mehr so sicher, ob sie sich verteidigen könnte, wenn es notwendig werden würde.

Plötzlich drehte sich Daisuke um, umschlang die drei mit seinen Armen und zog sie in eine kleine Nebengasse. Dort wollten die anderen wissen, was los sei. Alles, was er tat, war sich mit dem Zeigefinger auf die geschlossenen Lippen zu tippen. Dabei zog er mit seiner anderen Hand seine Waffe. Sie verstanden, was er von ihnen wollte, sie sollten leise sein und ihre Waffen ziehen. Bis auf Jinpei hatten alle ihre eigenen Schusswaffen. Darum hatte er Nobus 22er bekommen, in der noch 4 Schuss übrig waren. Sogar Harui sollte ihren leeren Revolver mitnehmen, im Notfall könnte er immer noch als Abschreckung genutzt werden. Die Angreifer wüssten immerhin nicht, dass er ungeladen war. Zuerst gab es einen riesigen Aufstand in der Feuerwache, da die anderen der Meinung waren, dass so weder Nobu noch Rei bewaffnet waren.

Um zu beweisen, dass sie unrecht hatten, warf Nobu eines der Messer an die Wand hinter Umeko. Es ging so nah an ihrem Gesicht vorbei, dass dabei sogar ein paar Ihrer Haare abgeschnitten wurden, die dann auf den Boden segelten. Erschrocken drehte sie sich langsam um und entdeckte das Messer, das sie nur knapp verfehlt hatte. Sie wusste genau, dass er getroffen hätte, wenn er es so gewollt hätte. Genauso war ihr klar, dass sie tot gewesen wäre, hätte das Messer sie erwischt. Das erinnerte sie daran, wie sie das erste Mal auf die Tempelritter getroffen war und dabei durch ein geworfenes Messer am Rücken fast tödlich verletzt wurde. Mit ernster Mimik und Stimme erklärte Nobu ihnen:

»Wir können auf uns aufpassen, macht euch da mal keine Sorgen.« Mit Blick auf das Messer stimmte ihm nun auch diejenigen zu, die vorher anderer Meinung waren, zu.

Als alle ruhig und gewappnet waren, nahm Daisuke die Hand von seinem Mund. Mit einem kräftigen Sprung schaffte er es seine Hände auf die Mauer setzen. Trotz schmerzender Schulter zog er sich so weit nach oben, dass er gerade drüberschauen konnte. Ein Mann kam genau in dem Augenblick aus der Haustür getaumelt. Schon beim ersten Blick war das, was Daisuke am meisten aufgefallen war, der tiefe Schnitt durch seine Kehle, der seinen kompletten Körper mit Blut überströmte. Bevor er zusammenbrach, schaute er noch in Daisukes Richtung, ob er ihn jedoch bemerkt hatte, war unwahrscheinlich. Schon bevor er auf dem Boden aufschlug, war er tot. Es war erstaunlich, dass er überhaupt noch genug Lebenswillen in sich hatte, um aus dem Haus zu kommen.

Nach kurzer Zeit, in der er darauf wartete, dass noch andere das Haus verließen, sprang er herunter. Er wusste nicht, wie er seinen Freunden erklären sollte, was er gerade sah.

Gemeinsam schlichen sie sich an der Mauer entlang, zum offen stehenden Tor. Dort konnten sie etwas, auf den ersten Blick noch Harmloses, sehen. Abgesehen von der Leiche natürlich. Ein ganz normaler Vorgarten, in dem die Blumen und Sträucher schon eine Weile nicht mehr gepflegt wurden. Als sie sich dem Haus näherten, überprüfte Daisuke sicherheitshalber den Puls des Mannes, er war tatsächlich tot. Das Blut, das er dadurch an die Finger bekam, wischte Dai am Rücken des Toten ab. Erst als sie sich noch weiter dem Haus näherten, sahen sie ein ihnen nur zu bekanntes Symbol, das in roter Farbe an die Tür gemalt wurde. Bei genauerem Hinsehen jedoch entpuppte sich das angeblich mit roter Farbe gemalte Symbol auf der Haustür als ein mit frischem Blut gemaltes Templerkreuz. Es erschien ihnen wie in einem Horrorfilm, das Blut war frisch und lief noch immer dem Boden entgegen.

»Das erinnert irgendwie alles an …« Umeko musste es gar nicht aussprechen, allen war klar, an wen sie dachte. Die aufgeschlitzte Kehle, das mit Blut gezeichnete Templerkreuz, all das deutete auf die Tempelritter als Täter hin. Die Gelassenheit der vergangenen

Tage verflog, die Angst, verfolgt zu werden, kam dafür noch stärker zurück. Schon jetzt hatten der Tote und die Haustür ihre abschreckende Wirkung erfolgreich erfüllt. Dennoch wollte Daisuke sich das Innere des Hauses einmal näher anschauen.

Anfänglich hatten die anderen zu viel Angst davor das Haus zu betreten. Die Munition, die sie dort drin vielleicht fanden, war jedoch viel zu wichtig, da ihre bald aufgebraucht war. Daisuke musste den anderen deshalb ausmalen, was passieren könnte, wenn sie zu dritt auf offenem Gelände warteten. Danach erschien ihnen das Haus doch als die bessere und vor allem sicherere Variante. Im Eingangsbereich wollten sie aus reiner Gewohnheit schon fast ihre Schuhe auszuziehen. Doch das riesige Kreuz neben ihnen hielt sie davon ab. Der Fluchtreflex schaltete alle anderen Reflexe und Gewohnheiten ab.

»Hier der Plan, wir teilen uns in zwei Gruppen auf. Umeko du gehst mit mir, wir werden uns hier unten umsehen. Ihr beide geht in den ersten Stock. Sollte irgendwas sein, schreit. Schießen nur, wenn es nicht anders geht.« Das sagte er nicht, um Munition zu sparen, sondern einfach, weil er selbst die Möglichkeit haben möchte sie zu töten. Auch wenn ihnen unwohl dabei war, ohne Daisuke zu gehen, nahmen die Zwillinge all ihren Mut zusammen und betraten die ersten Stufen, der Treppe, die in das Obergeschoss führte.

Bis auf ein paar blutverschmierte Handabdrücke hier und da an den Wänden und eine Blutspur, die nur von dem Mann im Vorgarten stammen konnte, wirkte es wie eine ganz normale Wohnung. Die Spur zog sich vom Wohnzimmer bis hin zur Leiche.

Das Bild einer einigermaßen normalen Wohnung änderte sich schlagartig, als sie das Wohnzimmer betraten. Dort lagen fünf Leichen in einer Blutlache. Vier saßen auf dem Sofa, eine weitere Frauenleiche lag direkt gegenüber der Tür. Auch hier waren die Wände voller Blut. Auf dem kleinen Tisch in der Mitte konnte Daisuke neben Alkohol und Drogen die Pläne der Feuerwache erkennen, als er näherkam. Daisukes Vermutung, dass es sich hierbei um Vorbestrafte handelte, bestätigte sich in diesem Moment. Falls diese sechs wirklich von den Tempelrittern umgebracht wurden, musste Daisuke sich bei ihnen bedanken. Ohne sie hätten sie gegen Leute mit Heimvorteil kämpfen müssen. Doch genau das war für ihn unverständlich, warum sollten die Tempelritter ihnen einen Gefallen tun. War es vielleicht nur Zufall oder wollten sie ihre Beute nicht mit anderen teilen? Was auch immer der Grund gewesen sein mag, Daisuke war froh, dass er sich nicht mehr um die Typen kümmern musste. Die Freude hielt jedoch nur bis zu dem Moment, als er realisierte, dass sie es jetzt doch wieder mit den Templern zu tun hatten. Zuversicht gewann er, als er die Packungen mit Munition sah, die an allen vier Ecken des Planes standen. Er las die Beschreibung auf den Kartons genau. Nur in einem von ihnen war Munition für eine Kaliber 22 Waffe, insgesamt noch 20 Schuss. Die anderen Schachteln konnte er ignorieren, da ihnen dafür die nötigen Waffen fehlten. Die Waffen der Leute im Laden hatte er bereits untersucht, daher wusste er, dass ihre passten nicht zu der Munition. Zwar hatte er die Hoffnung, sie bei den Toten zu finden, doch Fehlanzeige. Keiner von ihnen war bewaffnet. Alles, was er herausfand, war, dass sie anders als der Kollege vor der Haustür sofort tot war. Entweder hatte er Glück gehabt oder sein Schnitt war extra nicht so tief wie der der anderen gewesen. Daisuke vermutete Zweiteres. Er kam zu dem Schluss, dass er als Abschreckung dienen sollte.

Bei der weiteren Suche kam er zu der Frau, die in einem dunkelblauen Samtkleid tot an der Wohnzimmerwand lehnte. Ein ähnliches Kleid hatte Umeko von ihrem Vater vor etwa einem Jahr geschenkt bekommen. Je älter sie wurde, desto mehr wurde sie auf Partys in reicheren Kreisen eingeladen. Für diese Anlässe schenkte er ihr ein blutrotes, knöchellanges Samtkleid.

Die Frau an der Zimmerwand hatte gerade eine Stripeinlage für die Männer veranstaltet. Neben ihr standen ein Paar schwarzer

High-Heels sowie eine schwarze Strumpfhose. Was Daisuke jedoch am meisten verwunderte, war, dass die Frau eigentlich die Erste hätte sein müssen, die die Templer bemerkte. Hinter ihr gab es nur ein intaktes, geschlossenes Fenster. Somit war der einzige Weg in den Raum direkt ihr gegenüber. Dennoch hatte sie keine Anstalten gemacht zu fliehen, sie hatte anscheinend nur Augen für die vier Männer auf den Couches gehabt.

Alles, was er finden konnte, war ein Zettel, auf dem nur zwei Wörter und eine Signatur standen.

»Gern geschehen.« Wieder gezeichnet mit dem Templerkreuz, wie auch schon auf der Haustür. Nun bestand kein Zweifel mehr, sie wurden noch immer von dieser Organisation verfolgt. »Wie haben die Tempelritter es geschafft uns zu verfolgen?« Er konnte es sich nicht erklären, wie sie trotz der Seereise ihre Spur nicht verwischen konnten. Vor allem da er weit und breit kein anderes Schiff, außer der einen Yacht, auf der sie alle getötet hatten, gesehen hatte.

Als endlich jemand das Wort Tempelritter aussprach, sah Umeko nicht mehr die fünf Fremden vor sich, sondern ihre fünf Freunde, wie sie mit aufgeschlitzten Kehlen dalagen, ohne die Chance sich wehren zu können. Nur sie stand noch –panisch und ihre Hände voller Blut. Wieder hatte nur sie überlebt, wie damals bei ihr zuhause. Auch als sie sich umdrehte, konnte sie das Blut an ihren Händen und den Wänden immer noch sehen. Selbst Blinzeln hat nicht mehr geholfen.

»Alles in Ordnung?« Daisuke legte seine Hand auf ihre Schulter. Sie erschreckte mit einem lauten Schrei. Denn sie sah nicht den lebendigen Daisuke vor sich, sondern eine Version von ihm, die blutunterlaufene Augen hatte und eine Schusswunde im Kopf.

»Wieso hast du das getan?« Der Tote packte sie nun an beiden Schultern. Sein Griff wurde immer fester. Sie sah rüber zu den nun nur noch vier Leichen und war sich sicher, dass diese Szene real wäre.

»WIESO?« Er schrie sie erneut an. Sie hatte Angst und nahm ihre Waffe aus dem Holster. Doch noch bevor sie diese auf den

Angreifer richten konnte, warf er sie zu Boden. Sie kämpfte weiterhin um ihr Leben, wobei sich ein Schuss löste. Dieser traf den Angreifer im Bauch, woraufhin er nach hinten fiel.

Erst als sie sich mit den Händen die Augen rieb, konnte sie wieder das sehen, was wirklich vor ihr war. Nämlich ein noch lebendiger, aber erneut von ihr angeschossener Daisuke. Erfüllt von Angst, ließ sie die Waffe aus ihrer Hand gleiten. Sie selbst fiel auch nach hinten um, auf dem Boden versuchte sie rückwärts wegzuschleichen. Daisuke war währenddessen damit beschäftigt mit einer Hand die Blutung zu stoppen.

Endlich trafen auch die Zwillinge mit gezückten Waffen ein. Sie teilten sich auf und kümmerten sie je um einen der beiden. Jinpei stürmte zu dem Verletzten. Kurz von den Toten angewidert, griff er nach einem der Kissen auf der Couch und presste es auf die Wunde.

Währenddessen versorgte Harui ihre beste Freundin mit psychischem Beistand. Als erste Tat schob sie den Revolver rüber zu den Jungs. Danach umarmte sie sie, um sie zu beruhigen. Umeko hatte Tränen in den Augen und konnte nicht anders, als mit all ihrer Kraft die Umarmung zu erwidern.

»Es ist alles gut.« Harui gab nicht auf und versuchte sie weiter zu beruhigen. Als plötzlich der Druck nachließ, bemerkte sie, dass Umeko das Bewusstsein verloren hatte. Nachdem sie sie sanft ablegte, ging sie hinüber zu ihrem Bruder.

»Was ist hier passiert?« Sie nahm keine Rücksicht auf die Verletzung.

Daisuke erzählte ihr alles aus seiner Sicht.

Umeko hatte sich urplötzlich komisch verhalten, weshalb er zu ihr rüberging. Als er seine Hand auf ihre Schulter legte, fing sie an zu schreien. Danach packte er sie an den Schultern, um sie zu beruhigen. Anstatt sich zu beruhigen, griff sie nach ihrer Waffe und zielte auf ihn. Schnell warf er sie zu Boden und versuchte ihr den Revolver abzunehmen. Doch noch bevor das geschehen konnte, hatte sich bereits ein Schuss gelöst.

Zum Glück ging es ihm gut, da der Schuss keinen großen Schaden bei ihm angerichtet hatte. Jinpei suchte schnell nach dem Bad und kam mit einem Verband und einer Salbe zurück. Nachdem Daisuke verarztet wurde, wirkte er geschwächt, weshalb sich eine Frage stellte. Wie sollten sie wieder zurück in die Feuerwache gelangen? Selbst zu zweit würden sie es nicht schaffen, Umeko und Daisuke zurück zu Feuerwache zu tragen. Darum fassten sie den Entschluss dort zu bleiben, bis Umeko aufwachte und Daisuke wieder von allein laufen konnte. Sie wussten nur nicht, wie lange es dauern würde. Aus diesem Grund rief Daisuke Nobu an.

»Was gibt's?« Nobu wollte, dass er sich kurz fasste, da sein Akku nicht mehr lange halten würde.

»Wir haben hier ein kleines Problem und kommen heute vielleicht nicht mehr zurück, macht euch aber bitte keine Sorgen. Wir sind hier auf einen riesigen Vorrat an Nahrungsmittel gestoßen. Verhungern werden wir also erstmal nicht.« Schon ein kleiner Lacher löste bei Daisuke riesige Schmerzen aus. Doch es stimmte, das Haus war bis oben hin gefüllt mit Essen und Trinken, das sie aus der ganzen Stadt zusammengesucht hatten.

Nobu brauchte gar nicht nachzufragen, was passiert war, er konnte an der Atmung und dem kurzen Aufstöhnen erkennen, dass er verletzt war. Auch die Frage, ob er helfen konnte, brauchte er nicht zu stellen, da ihm versichert wurde, dass alles in bester Ordnung war. In dieser Hinsicht würde Daisuke ihn niemals anlügen. Es sei denn, er wurde dazu gezwungen.

»Rei hat gerade gefragt, was dein Lieblingsessen ist.« Rei, die neben ihm saß, schaute ihn verwirrt an, da sie diese Frage nie gestellt hatte.

»Pizza, aber das müsstet ihr doch beide wissen.« Kurz war er verwirrt, da er sowohl mit Nobu als auch Rei schon öfter Pizza essen war und er mehrfach dabei erwähnt hatte, dass es nichts gibt, das er lieber essen würde. Doch als er kurz nachdachte, erkannte er, dass es eine Kontrollfrage war, ob er zu etwas gezwungen wurde.

»Gut, dann sehen wir uns morgen?«

»Vermutlich, ich werde mein Handy abschalten, du brauchst also nicht versuchen mich oder einen der anderen anzurufen. Ihr könnt euch heute Abend entspannen, ihr könnt sogar auf die Nachtwache verzichten.« Diese Worte machten Nobu dann doch ein bisschen stutzig und ließen ihn nachfragen.

»Wieso denn das?«

»Vertrau mir, ich weiß aus sicherer Quelle, dass weder euch noch uns heute etwas passieren wird.« Daisuke wollte nicht erwähnen, dass sie wieder mal auf die Tempelritter getroffen sind. Nobu wusste, dass er diesen Worten glauben konnte, und hatte gar kein Interesse daran zu wissen, wer diese sichere Quelle war.

»Okay.« Mit diesen letzten Worten machten beide ihre Mobiltelefone aus. Nobu nutzte die Gelegenheit und kramte das verknotete Ladekabel aus der Tasche und versuchte sein Handy zu laden. Er wunderte sich kurz darüber, dass es immer noch Strom gab. Andererseits fiel ihm aber auch kein Grund ein, wieso dem nicht so sein sollte. Es hatte keinen Sinn die Kraftwerke abzuschalten, da es sie bald ohnehin nicht mehr gab.

»Was ist denn passiert?« Rei machte sich Sorgen, da er etwas von morgen gesagt hatte.

»Die anderen scheinen Schwierigkeiten gehabt zu haben.« Er wollte eigentlich noch erwähnen, dass es ihnen gut ging, doch dazu kam er nicht. Denn Rei wollte los, um ihnen zu helfen, und hörte ihm schon gar nicht mehr zu.

»Und warum sitzen wir dann noch hier, anstatt ihnen zu helfen?« Sie dachte an das Versprechen, das sie ihm am Vormittag abgerungen hatte.

»Weil es ihnen allen gut geht und wir uns keine Sorgen machen müssen.« Er legte seine freie Hand auf ihre Schulter und schaute ihr tief in die Augen. Sie setzte sich wieder hin und versuchte sich zu beruhigen. »Was noch besser ist, wir müssen heute keine Nachtwache halten und können endlich mal wieder durchschlafen.« Rei schaute nun genauso verwirrt wie bei der Frage mit dem Lieblingsessen ein paar Minuten zuvor.

»Wieso denkst du das?«

»Ich habe da ne sichere Quelle.« Er wiederholte gerade das, was ihm auch gesagt wurde, und nicht mehr.

»Und du bist sicher, dass wir dieser Quelle vertrauen können?«

»Ja keine Sorge. Außerdem haben sie einen riesigen Vorrat an Lebensmitteln gefunden.« In Wirklichkeit hatte er selbst Probleme damit eine ruhige Nacht zu erwarten.

»Na wenn das so ist, können wir beide heute Abend ja mal wieder etwas Leckeres zaubern, auch wenn es diesmal nur für uns beide ist.« Mit einer Hand strich sie sich die Haare zurück hinters Ohr. Nobu stimmte ihr zu und freute sich schon auf das leckere Abendessen, das ihn erwartete.

Kapitel 16 Lügen

»Bist du dir sicher, dass ich sie haben sollte?« Harui schaute den Revolver in ihrer Hand an.

»Nachdem sie mich jetzt schon zum zweiten Mal damit angeschossen hat, ja ich bin mir verdammt sicher.« Daisuke lag komplett fertig auf dem Sofa. Für ihn war Umeko nicht in der Lage, mit der Verantwortung einer Pistole umzugehen.

»Und wie soll sie sich dann verteidigen?« Jetzt hatte sie Umekos Revolver mit immerhin noch 3 Schuss in der Hand.

»Sie ist doch immer bei uns, also muss sie sich doch gar nicht verteidigen. Außerdem bekommt sie deinen leeren Revolver. Damit kann sie zumindest drohen und sich Zeit verschaffen.«

»Da hast du natürlich recht.« Sie machte sich dennoch weiter Sorgen um ihre Sicherheit.

Am Abend wachte Umeko wieder auf. Harui stürmte sofort zu ihr und half ihr beim Aufrichten. Dabei schwang ihr Kopf mit genug Schwung nach vorne, damit ihr Haarreif herunterfallen konnte. Langsam fielen ihr Strähne für Strähne die blonden Haare ins Gesicht. Harui wollte sie ihr aus dem Gesicht wischen, wobei sie bemerkte, dass ihr Gesicht kreidebleich war. Sie wüsste nur zu gerne, was für diese Gesichtsfarbe verantwortlich war.

»Was ist passiert, und warum tun meine Schultern so weh?« Das Einzige, was von ihrer Fantasie echt war, war der starke Griff von Daisuke, der sogar einen leichten Bluterguss auf ihren Schultern hinterlassen hatte.

»Das wüsste ich auch gerne. Du hast die Toten gesehen und bist durchgedreht. Als ich versucht habe dich zu beruhigen, hast du mir in den Bauch geschossen.« Langsam kehrten die Bilder wieder zurück. Es waren immer noch die falschen, die nur in ihrem Kopf existierten. »Ich hoffe, du verstehst, dass ich deine Waffe an Harui übergeben habe. Du hast mich jetzt zum zweiten Mal angeschossen, dabei würde ich es gerne belassen.« Ihm waren in diesem Moment ihre Gefühle völlig egal, da er seinen Standpunkt klarmachen wollte.

»Natürlich verstehe ich das. Ich würde es dir gerne erklären, doch ich weiß selbst nicht, was ich da gesehen habe.« Hätte er es nicht getan, hätte sie spätestens jetzt freiwillig ihre Waffe abgegeben. Sie war geplagt von Schuldgefühlen, die größer waren als jemals zuvor. Sie wusste, dass nichts, das sie tun konnte, das, was sie getan hatte, je wieder hätte gutmachen können.

»Gehen wir jetzt wieder zurück, wo sie wieder wach geworden ist?«, wollte Harui wissen.

»Nein, es wird bald dunkel und in meinem Zustand würde ich nur ungern da draußen im Dunkeln rumlaufen.« Die anderen wussten, dass sie im Moment keinen Zeitdruck hatten, und befürworteten seinen Vorschlag. Vor allem, da es für ihn besser war, wenn er sich ausruhte und sich nicht zu viel bewegte. Immerhin hatte er einiges an Blut verloren, bevor die Zwillinge mit seiner Hilfe die Wunde versorgen konnten.

»Aber seht es so, heute müssen wir seit langem mal wieder keine Wache halten, sondern können durchschlafen.« Alle Anwesenden schauten ihn nur verwirrt an.

»Wieso bist du dir da so sicher?«

»Ich weiß, dass wir heute nicht angegriffen werden.« Nachdem sie wussten, dass die Templer in der Stadt waren, konnten sie nicht verstehen, wie er behaupten konnte, sie seien in Sicherheit. Zeitgleich dachten sie sich aber auch, er hätte seine Gründe so zu denken. Außerdem hatte niemand von ihnen etwas gegen eine Mütze voll Schlaf einzuwenden. In den letzten Tagen war einfach zu viel passiert, dass sogar die Ereignisse der ersten Woche ihrer Reise in den Schatten stellte.

In dem Haus gab es nicht mehr viele Vorräte, doch Besseres kannten sie in der letzten Zeit sowieso nicht. Da der eigentliche Plan war, auf jeden Fall am Abend zurück zu sein, hatten sie ihre Rucksäcke und einen Großteil ihrer Vorräte in der Feuerwache zurückgelassen. Der Grund, weshalb sie nicht einfach die Viertelstunde aufwendeten, um zur Wache zurückzukehren, war Daisuke, in seinem geschwächten Zustand konnte er nicht mal aufrecht stehen. Darüber hinaus waren die Zwillinge sowie Umeko zu schwach, um ihn den ganzen Weg tragen zu können.

Zu ihrem Glück funktionierte die Küche, vor allem der Herd, noch einwandfrei. Um den Inhalt der Dosen zu erhitzen, kippten sie es in einen Topf und stellten diesen auf eine der Herdplatten. Richtige Teller waren sie nach einer halben Woche wieder gewohnt. Bei den Papptellern, die sie die meiste Zeit über verwendeten, mussten sie aufpassen, dass sie beim Essen nicht plötzlich wegklappten, oder durchweichten. Wodurch das gesamte Essen entweder auf den Beinen der Person, die davon aß, oder noch schlimmer auf dem Boden verteilt wurde. Vor allem am Anfang war das ein großes Problem.

Harui und Jinpei kannten schon lange nichts anderes mehr als Pappteller. Jedes Mal, wenn sie früher bei Freunden waren und dort gegessen hatten, waren sie unendlich dankbar. Jinpei, der, wenn er bei Freunden war, meistens bei Daisuke war, bekam dort fast das exakt selbe Essen. Die Atmosphäre allerdings war wesentlich entspannter und freundlicher.

Umeko hingegen ließ Harui von hervorragenden Köchen verköstigen; noch dazu war das Ambiente in den Restaurants, die sie besuchten, aber auch bei ihr Zuhause im Vergleich zu ihrer eigenen Wohnung einfach nur wunderbar. Beide wollten die Zeit, die sie bei ihren Freunden verbrachten, immer so weit wie möglich herauszögern. Doch jedes Mal, wenn das Wochenende oder die Ferien vorbei waren und sie wieder in die Schule mussten, hieß es für sie gleichzeitig, dass sie zurück in dieses Höllenloch einer Wohnung mussten.

Das Essen gab Daisuke ein Stück seiner verlorenen Kraft wieder. Auch Umeko bekam dadurch zum einen wieder eine gesündere Gesichtsfarbe, zum anderen verbesserte sich ihre Laune. Doch die Ereignisse der vergangenen Tage nagten noch immer hart an ihr.

Während die anderen alle mehr oder weniger ruhig schlafen konnten, war der Einzige, der im Esszimmer saß und nicht schlafen konnte, derjenige, der als Einziger davon überzeugt war, dass sie nichts zu befürchten hatten. Die Schmerzen in seinem Bauch und in seiner Schulter hielten ihn davon ab einzuschlafen. In seinen Händen spielte er mit einem zur Hälfte gefülltem Wasserglas herum. Er dachte darüber nach, wie es mit Umeko weitergehen sollte. So, wie es jetzt um sie stand, würde sie eine Auseinandersetzung mit einer anderen Person nicht gewinnen können. Weder mental noch körperlich, er befürchtete, dass sie ihre Waffe womöglich nie wieder wird ziehen können. Genau aus dem Grund wollte er sie nicht einfach aussetzen. Und an das, was Nobu mit den anderen Leuten, die ihm oder der Gruppe gefährlich wurden, machen würde, wollte er gar nicht erst denken. In erster Linie war sie immer noch eine gute Freundin für ihn. In zweiter Linie war sie jemand, der Hilfe brauchte. Er hatte in den letzten Wochen gelernt, dass sich die Bedingungen, die es zu erfüllen galt, um zu überleben, geändert hatten, dazu gehörte nun auch, andere Menschen, wenn nötig, töten zu können. Das konnte sie aktuell nicht mehr. Allerdings war Umeko für ihn eine gute Freundin, auch nachdem sie ihn zweimal fast getötet hatte, er wollte deshalb weiterhin versuchen ihr zu helfen. Nur wusste er nicht, wie Nobu dazu stand, als Anführer war es seine Aufgabe, jedwede Gefahr für die Gruppe zu erkennen und schnellstmöglich zu eliminieren. Die Frage war nur, ob Umeko für ihn als Gefahr zählte. Ohne Waffe war sie nicht mehr als eine 16-jährige Mitschülerin. Dennoch blieb auch weiterhin ihr labiler Geisteszustand, der in Zukunft zu einer Gefahr werden könnte. Aus irgendeinem Grund kam ihm in diesem Moment die Diskussion zwischen Jinpei und Nobu in den Kopf. Damals hielt er zu Nobu, als er Jinpei mit nichts weiter als dem Nötigsten in die Wildnis schicken wollte. Zwar hatte damals Jinpei von sich aus beschlossen die Gruppe zu verlassen, doch war Daisuke damals auf der Seite seines besten Freundes. Diesmal würde er niemals auf diese Seite wechseln. Er würde alles tun, damit Umeko bleiben konnte. Anders als Jinpei hatte Umeko aber auch nie etwas gegen Nobu gesagt oder ihn und seine Entscheidungen schlechtgeredet. Auch wenn sie ihre Bedenken immer mit allen geteilt hatte, blieb sie doch auf Nobus Seite. Er schämte und hasste sich dafür, dass er einen Unterschied zwischen Umeko und Jinpei, der für ihn wie ein kleiner Bruder war, machte.

»Was würdest du machen?« Er fragte sich, wie Rei in dieser Situation wohl entscheiden würde.

»Bei was?« Daisuke schreckte hoch und ließ das Glas auf den blanken Holztisch fallen. Es blieb ganz, doch der gesamte Inhalt ergoss sich über den Tisch sowie seine Hose und den Boden. Er drehte sich in die Richtung, aus der die Stimme kam, und sah Harui, die sich hinter dem Türrahmen versteckte.

Er dachte sich: »Das soll reichen.« Und nachdem er das verschüttete Wasser wieder aufwischte, stellte er ihr die Frage, die er sich selbst schon seit Minuten vergeblich stellte: »Wie soll es mit Umeko weitergehen?« Harui wusste, dass es nicht nur bei der abgenommenen Waffe bleiben konnte, zumindest nicht, wenn Nobu davon erfahren würde. Sie konnte spüren, dass er schwer damit zu kämpfen hatte. Auch ihr war klar, dass es nie wieder so wie früher werden würde, nicht nach dem Vorfall von heute Mittag. Doch Umeko war immer noch ihre beste Freundin und diese wollte sie nicht verlieren. Sie wusste, dass sie das zum Teil schon hatte und auch, dass das Verlorene nie wieder zurückkehren wird. Sie würden nie wieder vergnügt durch die Einkaufszeile schlendern und sich irgendwelche Klamotten anschauen. Nein, diese Zeiten waren ein für alle Mal vorbei. Doch sie war noch nicht bereit das zuzugeben, noch immer hoffte sie, dass alles zumindest zum Teil zur Normalität zur Normalität zurückkehren könnte.

»Ich glaube kaum, dass es in unserer Hand liegt, Nobu wird darüber entscheiden müssen, sobald er davon hört.« Sie war sich sicher über diese Worte.

»Ich kann mir auch vorstellen, dass Umeko seiner Meinung sein wird und freiwillig die Gruppe verlassen wird.« Doch er wollte nicht, dass sie in solch gefährlichen Zeiten allein durch Japan streifte.

»Und wie hast du vor das zu verhindern?« Sie schaute ihn fragend an und hoffte, dass ihm die Lösung einfiel.

»Das Einzige, was mir einfällt, ist, dass wir ihm gar nichts von dem Vorfall heute erzählen.« Er konnte kaum glauben, dass er diese Idee wirklich hatte.

»Meinst du das ernst?«

»Ja, ich weiß, ihn anzulügen, wird nicht einfach, aber das ist die einzige Lösung, die ich sehe.«

»Und wie erklären wir dann deine neue Schusswunde?« Harui war nicht gerade überzeugt davon Nobu anzulügen.

»Wir sollten so dicht an der Wahrheit bleiben wie nur möglich. Wir werden ihm erzählen, dass wir dieses Haus mit den Toten und der Nachricht der Tempelritter gefunden haben. Umeko ist umgekippt, als sie die ganzen Toten auf dem Boden gesehen hatte. Die Schusswunde erklären wir damit, dass ich mir das Haus im Vorhinein allein anschauen wollte, als ich das Templerkreuz an der Tür sah. Doch kaum dass ich zu Haustür kam, öffnete sie sich und ein Mann mit aufgeschlitzter Kehle kam mit letzter Kraft heraus und schoss auf mich. Danach fiel er einfach tot um, ohne dass ich etwas machen musste.«

»Das heißt also, wir erzählen ihm bei allem die Wahrheit, außer bei dem Fakt, wer dich verwundet hat?« Er nickte zustimmend.

Auch wenn es den beiden schwerfallen würde Nobu anzulügen, würden sie es schaffen. Das Problem in dieser Rechnung waren also Jinpei und Umeko. Wobei auch Jinpei bei seiner Beziehung mit Umeko leicht davon zu überzeugen sein würde. Doch Umeko machte sich schon bei der letzten Schusswunde die ganze Zeit Vorwürfe. Sie wussten beide, dass es nicht einfach werden würde, sie davon zu überzeugen, zu lügen. Besonders dann nicht, wenn sie selbst davon überzeugt war, dass es am besten wäre, wenn sie die Gruppe verlassen würde.

»Was wäre, wenn wir Jinpei bitten, morgen mal mit ihr zu reden?« Auch für dieses Problem dachte Daisuke eine Lösung gefunden zu haben.

»Mein Bruder, wieso das denn?« Sie war verwirrt, da sie nicht wusste, dass sich die beiden mittlerweile näherstanden als zuvor. Es gab zwar genug Zeichen dafür, doch sie hatte immer nur Augen für Nobu, der ihre Gefühle, wie sie genau wusste, nicht erwiderte. Zwar sagte er ihr, dass sie zusammen sein konnten, wenn sie alle in Tokio angekommen sind, doch wusste sie genau, dass er das nur sagte, weil er die Hoffnung in ihr hochhalten wollte, in Tokio würde alles besser werden.

»Du musst wissen, dass die beiden sich näherstehen, als du vielleicht ahnst.« Er wusste nicht, ob er über diesen Fakt glücklich oder doch eher besorgt sein sollte. Denn würde Umeko die Gruppe wirklich verlassen, aus egal welchem Grund, würde Jinpei Nobu auf ewig hassen, da er ihm für alles Schlechte die Schuld gab.

»Meinst du etwa, dass die beiden zusammen sind.«

»Nein das jetzt nicht, aber sie sind auch keine normalen Freunde mehr.«

»Oh, ich verstehe.« Sie wirkte traurig. In ihren Augen war sie die Einzige, die in Sachen Liebe nicht weiter war als zuvor. Jeder andere hatte seit Beginn der Apokalypse Fortschritte gemacht. Alle, nur sie nicht, sie war noch auf dem Stand von zuvor und so wie es aussah, würde es auch so bleiben.

»Aber selbst wenn das so ist, glaubst du, er würde das hinbekommen?« Obwohl oder gerade weil er ihr Bruder war, bezweifelte sie, dass er es schaffen würde.

»Er muss sich nur mal zusammenreißen und seinen Mut zusammennehmen. Ich denke, das bekommt er hin, wenn wir ihm die Situation erklären.« Er musste es einfach schaffen, sonst würde sie Nobu trotz der Konsequenzen die Wahrheit erzählen.

Noch vor Sonnenaufgang war Daisuke am nächsten Morgen wieder wach. Obwohl er noch etwas verschlafen war, zückte er seine Waffe nach einem kurzen Blick auf den Küchentisch. Dort standen zwei Packungen Antibiotika sowie neue Verbände für Daisuke und Nobu. Wieder lag ein Zettel dabei, diesmal war darauf aber nur das Templerkreuz zu sehen, ohne eine weitere Nachricht. Daisuke verstand inzwischen die Welt nicht mehr, das war nun schon das dritte Mal, dass die Templer ihnen geholfen hatten. Zumindest wenn man die Lebensmittel bei der Kreuzigung mitzählte. Er steckte seine Waffe wieder weg, sah sich aber noch einmal vorsichtig in der Küche um. Fand jedoch weiter nichts Auffälliges.

Schon kurz nach dem Sonnenaufgang waren alle wach. So konnte Daisuke seine Idee seinen Freunden erklären. Auch wenn es so schien, als hätte Umeko es verstanden, zog er Jinpei schnell zur Seite, als sie den Raum verlassen hatte. Er bat ihn einmal unter vier Augen mit ihr zu reden und ihr die Wichtigkeit, Nobu zu belügen, noch mal zu erklären. Er verstand seine Sorge und machte sich direkt daran, mit Umeko zu sprechen. Sie hatte sich nach der Teambesprechung ins Bad im ersten Stock zurückgezogen, um sich dort etwas frisch zu machen. Jinpei wollte schon anklopfen, hielt aber noch kurz inne. Ihm fiel auf, dass er sich erst überlegen sollte, was er zu ihr sagen würde. Die Tür wurde geöffnet und Umeko kam mit nassen Haaren heraus. Sie war gerade dabei ihre klatschnassen, leicht gewellten Haare mit einem Handtuch abzutrocknen. Sie hatte sich vorsichtshalber das Shirt ausgezogen. Sie wollte nicht, dass es durchnässt wurde, als sie es jetzt allerdings wieder angezogen hatte, war es bereits klatschnass, wodurch es fast durchsichtig war. Dadurch konnte Jinpei ihren weißen BH sehen. Sein Gesicht wurde schlagartig rot.

»Was gibt's?« Jinpei merkte sofort, dass irgendetwas nicht stimmte. Er hatte erwartet, dass sie ihn sofort damit aufziehen würde, und war verwundert, als das nicht passierte. Das war der Moment, in dem ihm klar wurde, dass er auf jeden Fall mit ihr reden musste.

»Ist bei dir alles in Ordnung?« Er war immer noch verlegen, doch musste er diese Frage einfach stellen.

»Klar, machst du dir etwa Sorgen, dass ich es nicht schaffe zu lügen?« Sie blieb ruhig und trocknete ihr Haar weiter ab.

»Eher das Gegenteil, ich bin der Meinung, dass du lieber die Wahrheit sagen solltest.« Sie hörte auf, ihre Haare zu trocknen, und schaute ihn verwundert an. Besonders von ihm hatte sie erwartet, dass er sie bittet zu lügen.

»Wieso?«

»Weil ich sehen kann, dass die Schuld dich auffrisst.« Sie schaute ihn sowohl verwirrt als auch dankbar an. »Hey, ist ...« er wurde unterbrochen, als sie das Handtuch fallen ließ und ihn umarmte, wobei sie ihn umwarf und gegen die Wand hinter ihm schmiss. Der Flur war gerade breit genug, dass zwei Leute ohne Probleme nebeneinander laufen konnten. Ihre nassen Haare gepaart mit ihrer Körperwärme sorgten dafür, dass sein Shirt blitzartig durchnässte und seinen Brustkorb plus Bauch erwärmten. Sie vergrub ihr Gesicht in seiner Brust, was ihn noch nervöser machte.

»Ja, du hast recht, wenn es das ist, was du hören willst. Ich will die Wahrheit sagen.« Sie verstärke ihre Umarmung und vergrub sich noch mehr in seiner Brust. Er war damit überfordert, diese unangenehme Situation zu überstehen, und wusste nicht, was er sagen sollte. Doch Umeko fing auf einmal an ihm eine Geschichte zu erzählen.

Vor Jahren hatte ihr Vater ein Gespräch mit ihrer Mutter, das sie durch Zufall mitanhörte. Sie konnte sich noch so genau daran erinnern, weil sie ihren Vater nie wieder so am Boden gesehen hatte. Es ging darum, ob man als Arzt Mörder und andere Verbrecher dieselbe Behandlung wie allen gesetzestreuen Bürgern zukommen lassen soll. An diesem Tag hatte ihr Vater einen Autofahrer behandelt, der laut Aussagen der Polizei zuvor betrunken ein kleines Mädchen überfahren hatte. Als er es ihr erzählte, konnte seine Hand nicht aufhören zu zittern, er malte sich die ganze Zeit aus, was gewesen wäre, wenn dieser Mann Umeko, seinen kleinen Engel, überfahren hätte. Denn wie Umeko später herausfand, war das tote Mädchen genauso alt wie sie. An diesem Abend stellte er die Sake-Flasche nur weg, um sich eine neue aufzumachen, so viel hatte er in seinem ganzen Leben, nicht mal während seines Studiums, getrunken.

Immer wieder fragte er sich und seine Frau, ob es richtig sei, dass ein kleines unschuldiges Mädchen sterben musste, während ihr Mörder, durch ihn, weiterleben durfte. Er begann sogar den hippokratischen Eid zu hinterfragen. Umekos Mutter konnte sich nur zu gut vorstellen, was er durchmachen musste. Sie versuchte ihm deshalb so gut wie möglich zuzureden.

Als Umekos Vater am nächsten Tag mit starkem Kater, aber dennoch in der Lage zu arbeiten, nach diesem Patienten schaute, traf er dabei auf seine Frau und ihre beiden Söhne. Alle waren sie überglücklich, dass der Vater noch am Leben war. Als die Kinder dabei waren mit ihrem Vater zu reden, erzählte seine Frau Umekos Vater, wie es zu dem Unfall kam. Am Vortag hatte ihr Mann seinen Job verloren und war den ganzen Tag auf der Suche nach einem neuen.

Am Abend ging er dann in eine Kneipe, wo er versuchte seinen Kummer im Alkohol zu ertränken.

Auch wenn der Fahrer am Ende für ein paar Jahre wegen fahrlässiger Tötung ins Gefängnis musste, waren alle mehr als glücklich, dass er noch am Leben war. Nachdem er das alles erlebte, war er zwar traurig, dass ein kleines Mädchen gestorben war. Im selben Atemzug war er aber auch froh, dass er es schaffte ein Leben zu retten, sodass nicht zwei Familien um einen geliebten Menschen trauern mussten.

Gespannt hörte Jinpei der Geschichte zu, dabei schaffte er es sogar den Fakt zu vergessen, dass Umeko gerade auf ihm saß und ihn umarmte.

»Dann sag mir doch einfach die Wahrheit, und Nobu lügst du dann an. Einverstanden?« Noch immer schaute er an die Decke, um sich weiter zu beruhigen.

»Denkst du wirklich, dass das reicht?« Sie schaute zu ihm auf und starrte ihn besorgt an.

»Du könntest es doch wenigstens versuchen.« Auch jetzt hielt er seine Augen starr an die Decke gerichtet.

»Na gut.« Sie fing an die ganze Geschichte des Tages ab dem Zeitpunkt zu erzählen, an dem sie sich getrennt hatten.

»Zuerst habe ich nur die blutigen Handabdrücke an der Wand gesehen und auch als wir die Toten im Wohnzimmer entdeckt hatten, war noch alles gut. Es begann erst, als Daisuke den Zettel mit den Worten ‚Gern geschehen' gefunden und vorgelesen hatte. Auf einmal sah ich in den Gesichtern dieser Toten euch alle. Dich, Harui, Nobu, Rei und auch Daisuke. Nur ich fehlte, ich stand neben euch und hatte jede Menge Blut an den Händen. Ich wollte mich wegdrehen, doch das Blut an den Händen blieb. Als ich die Augen schloss, packte mich plötzlich eine Hand an der Schulter.« Ihre Stimme begann zu zittern. »Als ich mich umdrehte, stand Daisuke mit einer Schusswunde im Kopf vor mir und schaute mich mit seinen toten, leblosen Augen an. Er fragte mich, wieso ich es getan habe.« Ihre Stimme zitterte immer mehr, und Jinpei wollte sie beruhigen, doch er wusste nicht, was er tun sollte.

»Wären jetzt doch nur Nobu, Rei oder Daisuke hier, die wüssten, was zu tun ist«, dachte er sich.

»Auf einmal packte er mich mit beiden Händen und schrie erneut: ‚Wieso?' Auch ich fragte mich wieso. Wieso war ich die Einzige, die überlebt hatte? Wieso habe ich auf Daisuke geschossen?« Sie packte Jinpeis T-Shirt und ballte ihre Hände zu Fäusten. Sie vergrub erneut ihr Gesicht an seiner Brust und weinte. Er nahm ihre Hand und wartete darauf, dass sich ihr Griff lockerte. Es dauerte noch ein paar Sekunden, doch dann legte sie die flache Hand auf die zerknitterte Stelle. Seine Hand verweilte weiterhin auf der ihren. Er bemerkte, dass ihre Haut nicht mehr so zart und weich war wie zuvor. Sie fühlte sich zwar immer noch besser an als seine, doch es war anders. Auch das war für ihn ein Anzeichen, dass etwas nicht stimmte, weshalb er noch fester zupackte. Sie spürte, dass sie nicht allein war, und erzählte weiter:

»Als sein Griff immer fester wurde, zog ich meine Waffe. Es fühlte sich einfach zu real an. Ich sehe immer noch die Abdrücke an den Schultern.« Sie dachte, die würde sie sich genauso einbilden wie das Blut, das an ihren Händen haftete, doch Jinpei beruhigte sie.

»Ich sehe sie auch, also müssen sie echt sein.« Er hatte Mühe, sich auf ihre Schultern zu konzentrieren und nicht tiefer abzurutschen und ihr auf die Brüste zu schauen.

»Was, wirklich? Das heißt, dass ich mir das wenigstens nicht eingebildet habe.« Ein verstörtes Lächeln bahnte sich den Weg in ihr Gesicht.

»Ist das jetzt gut oder nicht?« Sie zuckte nur mit den Schultern und erzählte weiter.

»Danach wurde ich zu Boden geworfen, das Einzige, was ich noch tun konnte, war einen Schuss abzugeben. Danach kann ich mich an nichts mehr erinnern. Was davon jetzt wirklich passiert ist und was ich mir nur eingebildet habe, weiß ich nicht. Zumindest wenn man den Schuss nicht mitzählt. Der ist auf jeden Fall passiert.«

»Dass du an den Schultern gepackt wurdest, ist auch wirklich passiert.«

»Danke.« Ihre Augen wurden feucht. Jinpei konnte genau sehen, dass sie den Schock immer noch nicht überwunden hatte. Doch es half ihr merklich, einmal darüber gesprochen zu haben.

»Wofür, ich habe doch nur zugehört, das hätte jeder andere genauso machen können.«

»Aber ich bin froh, dass du es warst. Und ich bin froh, dass du einfach so bist, wie du bist. Bitte bleib immer so.« Jinpei war wieder verlegen und blieb erstmal still.

Die Erste, die sich wieder bewegte, war Umeko. Sie stand auf und machte weiter damit, ihre Haare trockenzureiben. Jinpei stand auf und ging zurück zu den anderen. Ein paar Minuten später folgte sie ihm mit größtenteils trockenen Haaren. Das war für alle der Beginn der »Heimkehr« zurück in die Feuerwache. Denn auch Daisuke war an dem Morgen wieder fit genug, um gehen zu können.

Kapitel 17 Erwischt

Es war noch sehr früh am Morgen, 7 Uhr, die Sonne war gerade erst komplett hinter dem Horizont hervorgekommen, als die vier nach einer Viertelstunde an der Feuerwache ankamen. Mit dem Ersatzschlüssel kamen sie durch die verschlossene Eingangstür in ihr eigentliches gemeinsames Schlafquartier. Dort sahen sie etwas sehr Interessantes. Rei hatte Nobu im Arm, während sie gemeinsam eng aneinandergepresst auf dem Sofa schliefen. Daisuke schaute die beiden sprachlos an. Beide wachten etwa zeitgleich auf und schauten genauso sprachlos hoch zu Daisuke. Ihre Schläfrigkeit war wie weggeblasen. Sie schreckten auf und entfernten sich ein paar Zentimeter voneinander. Während Umeko diese Show gerne weiterverfolgt hätte, war Harui der Meinung, dass die drei den Raum lieber verlassen sollten. Die Älteren sollten es ihrer Meinung nach unter sich klären. Sie nahm die anderen beiden am Oberarm und zog sie aus dem Raum.

Nobu, Daisuke und Rei warteten, nachdem die Tür geschlossen wurde, noch kurz, bevor sie zu lachen begannen.

»Ihr habt die sichere Zweisamkeit ja offensichtlich genossen.«

»Seine Schulter hatte wieder geschmerzt und ich wollte sie ihm nur massieren, dann sind wir wohl irgendwie eingeschlafen.« Rei versuchte sich zu rechtfertigen. Mit einer Handbewegung deutete ihr Freund an, dass alles in Ordnung war.

»Alles gut, ihr müsst euch nicht rechtfertigen, ich weiß, dass nichts weiter passiert ist.« Als das geklärt war, änderte Nobu das lockere Thema zu einem ernsteren.

»Was ist bei euch passiert?«

»Wir haben tatsächlich das Versteck dieser Typen gefunden. Doch jemand ist uns zuvorgekommen.«

»Und wer?«

»Die Tempelritter«, antwortete Daisuke mit ernster Miene.

»Was, ich dachte, die hätten wir endlich abgehängt?« Rei konnte nicht glauben, was sie gerade gehört hatte.

»Anscheinend ist ihre Organisation wirklich größer, als wir vermutet haben. Leider hat einer von den Typen ihren Angriff noch überlebt und konnte aus dem Haus entkommen. Dabei sind wir auf ihn getroffen, mit letzter Kraft hat er noch einen Schuss abgeben können.« Er hatte zwar ein schlechtes Gewissen wegen der Lüge, doch war er sich sicher, dass es nicht anders gehen würde. Er hob sein Shirt an, um ihnen die Wunde zu zeigen. Rei sprang auf und schritt trotz der anhaltenden Schmerzen in ihrem Rücken auf ihn zu und untersuchte die notdürftig zusammengeflickte Wunde.

»Wir müssen dir einen neuen Verband anlegen.«

»Das kann warten.«

»Nein, kann es nicht, du magst das vielleicht gut wegstecken können, aber wenn es nicht richtig behandelt wird, könnte es sich entzünden und dich umbringen.« Daisuke war erstaunt darüber, dass sie so ernst war und sie ihn sogar angeschrien hatte. Sie brachte ihn dazu sich auf das Sofa zu legen, sein T-Shirt auszuziehen und sich schon mal den Verband abzunehmen. Geblutet hatte die Wunde nicht mehr, doch verheilt war sie auch noch lange nicht. Sein eigentlich durchtrainierter Körper war mittlerweile recht abgemagert. Das Essen reichte nicht mehr, um seinen muskulösen Körperbau aufrechtzuerhalten. Besonders jetzt nicht, wo sein Körper alle Nährstoffe dazu verwendete, um seine beiden Wunden zu heilen. Er erzählte weiter.

»Als wir dann im Haus waren, lagen im Wohnzimmer fünf Leichen. Allen wurden die Kehlen aufgeschlitzt. Und das hier habe ich bei einem der Toten gefunden.« Er kramte den Zettel aus seiner Hosentasche und reichte ihn Nobu. Rei konnte nur einen flüchtigen Blick darauf werfen, als sie mit dem Verbandsmaterial in der Hand zurückkam. Doch konnte sie genau sehen, von wem er stammte.

»Was soll das bedeuten?« Nobu schaute angestrengt auf den Zettel so, als ob er nach einer verborgenen Botschaft suchen würde.

»Ich habe wirklich keine Ahnung, aber ich hoffe, du verstehst jetzt, wieso ich sagte, dass wir uns heute Nacht keine Sorgen machen müssen, angegriffen zu werden.«

»Na ja irgendwie schon, auch wenn ich selbst diesen Schluss nicht unbedingt aus den Worten gezogen hätte.« Er faltete den Zettel zweimal und verstaute ihn in der Außentasche seines Rucksacks.

»So das dürfte reichen.« Daisuke gab Rei einen Kuss auf den Mund als Dank dafür, dass sie seine Wunde gepflegt hatte.

»Danke. Wie geht es deinem Rücken?«

»Es geht, wenn ich mich nicht zu viel bewege, bemerke ich es überhaupt nicht.« Doch gerade beim Verarzten verspürte sie starke Schmerzen.

»Meiner Schulter geht es übrigens auch wieder besser. Danke der Nachfrage«, sagte Nobu ironisch.

»Äh, ja klar.« Alle mussten lachen. Es ging ihm besser, die Wunde war mittlerweile schon gut verheilt. Vielleicht noch ein bis zwei Tage. Nach der Erkenntnis, dass die Templer ihnen noch immer auf den Fersen waren, wollten sie nicht länger als wirklich nötig in der Stadt bleiben.

»Habt ihr wenigstes etwas Brauchbares finden können?«, fragte Rei, deren Rücken immer stärker schmerzte, entkräftet.

»Nicht viel, aber es sollte ein Weilchen reichen.« Er nahm die Schachtel mit der Munition, das Antibiotika und die Verbände aus einer Tüte hervor.

»Die Einzigen, die wir gebrauchen konnten. Es sind nur zwanzig Patronen, aber besser als nichts.«

»Damit haben wenigstens wir wieder genug Munition, sollte sie erforderlich werden.« Nobu machte sich sofort daran die Munition auf die drei Waffen mit Kaliber 22 zu verteilen.

»Komm mal mit.« Daisuke witterte seine Chance und zerrte Rei an ihrem Arm aus dem Zimmer. Sie folgte ihm, ohne etwas zu sagen, da sie darauf gespannt war, was er vorhatte. Draußen vor der Tür stießen sie auf den Rest der Gruppe, dem Daisuke sagte, er solle reingehen und Nobu helfen die Kugeln aufzuteilen.

Er ging mit ihr raus aus der Feuerwache und um sicherzugehen, dass sie niemand beobachtet, sogar noch eine Straße weiter und einmal um die Ecke.

»Hey, was ist denn los?« Von zwei Meter hohen Mauern und noch höheren Häusern umringt wollte Rei dann doch wissen, was er vorhatte.

»Du musst mir versprechen, dass du das, was ich dir jetzt sage, niemandem und damit meine ich auch niemandem, ganz besonders nicht Nobu, jemals sagen darfst. Versprichst du mir das?« Daisuke schaute sie erwartungsvoll an. Sie wusste nicht, was sie sagen sollte, und nickte einfach zustimmend. Daraufhin begann er damit ihr die Wahrheit zu erzählen.

»Die Wahrheit ist, ich wurde nicht von einem dieser Typen angeschossen.«

»Und von wem dann?« Sie schaute ihn erwartungsvoll an. Er schluckte und überlegte, ob es wirklich eine gute Idee war ihr die Wahrheit zu sagen. Bevor er weiter erzählte, streichelte er noch einmal durch ihr tiefschwarzes Haar.

»Es war Umeko, sie war in dem Moment nicht ganz klar, es schien fast so, als wäre sie mit ihren Gedanken ganz woanders.« Rei brauchte erstmal kurz, um das gerade Gehörte zu verdauen, kam dann aber mit einer klaren Antwort heraus.

»Wieso hast du uns da drinnen angelogen?«

»Dich wollte ich doch gar nicht anlügen, darum erzähle ich dir jetzt ja auch, wie es wirklich war. Ich wollte einfach nicht, dass Nobu es erfährt.« Es tat ihm sichtlich leid, sie, wenn auch nur kurz, angelogen zu haben.

»Du hattest Angst davor, was er für Konsequenzen ziehen würde.« Er nickte beschämt. »Ich dachte, ihr würdet euch mehr vertrauen. Du solltest ihm auch die Wahrheit erzählen.«

»Aber ...« Er versuchte ihr zu widersprechen.

»Wenn du es nicht machst, mache ich es.« Sie ging zurück zur Feuerwache. Bis Daisuke sie am Arm packte und sie aufhielt.

»Warte, ich kann dich ja verstehen. Aber denk doch mal darüber nach, was das für Umeko bedeuten könnte. Falls du es vergessen haben solltest. Vor einiger Zeit war er sogar bereit Jinpei aus der Gruppe zu werfen und ihm seinem Schicksal und damit dem Tod auszuliefern. Und dass nur weil Jinpei nicht verstehen konnte, wieso Nobu einige Entscheidungen getroffen hatte. Und das ist kein wirklicher Grund. Aber Umeko hat mich jetzt schon zum zweiten Mal angeschossen. Wenn das kein Grund ist, weiß ich auch nicht.«

»Denkst du wirklich, dass er nach allem, was wir durchgemacht haben, sie einfach so rauswirft. Wenn du das glaubst, dann kennst du ihn schlechter als gedacht.« Sie schaute ihn ernst an.

»Ich werde mit ihm reden.« Sie lächelte und gab ihm einen Kuss auf die Wange. Er blieb dort stehen, während Rei dabei war Nobu zu holen.

Beim Warten sah er etwas im Augenwinkel auf ihn zukommen und drehte sich um. Direkt neben ihm auf einer Mauer landete ein Adler. Geduldig schaute ihm dieser in seine dunkelblauen Augen, drehte seinen Kopf von der einen zur anderen Seite. Schlussendlich schaute er auf seinen rechten Fuß, an welchem ein kleines, schwarzes Rohr befestigt war. Dieses wollte Daisuke bereits an sich nehmen, als plötzlich Nobu um die Ecke kam.

»Rei hat gesagt, du willst mit mir sprechen.« Verwirrt schaute Nobu zwischen dem Adler und seinem besten Freund hin und her.

»Der Adler ist einfach aus dem Nichts aufgetaucht«, meinte Dai sofort. »Er hat ein Nachrichtenrohr an seinem Fuß.«

»Dann nimm es schon ab«, forderte Nobu ungeduldig. Doch kaum dass er es abgenommen hatte, flog der Adler wieder los. Nobu versuchte noch ihm zu folgen. Doch schon nach der ersten Kurve, um die er ging, war der Adler genauso spurlos verschwunden, wie er aufgetaucht war. Zurück bei seinem Freund wollte er sofort wissen, was im Nachrichtenrohr steckte.

»Ich muss dir zuerst was erzählen«, sagte Daisuke aus heiterem Himmel, ohne das Nachrichtenrohr geöffnet zu haben.

»Ach ja, und was könnte wichtiger sein als dieser Adler?« Nobu wusste, was er sagen wollte.

»Es geht darum, was ich gerade eben gesagt habe.« Daisuke fiel es schwer mit seinem besten Freund zu sprechen. Das erste Mal in seinem Leben stotterte er.

»Es war nicht die ganze Wahrheit, richtig?« Daisuke dachte sich, dass Rei vielleicht bereits etwas ausgeplaudert hatte.

»Hat Rei es dir etwa schon erzählt?«

»Nein, sie hat nur gesagt, dass du mit mir reden willst.«

»Woher weißt du es dann?«

»Ich kenne dich schon lange genug, um zu wissen, wie du dich verhältst, wenn du lügst, auch wenn du mir gegenüber noch nie gelogen hast. Weshalb ich mir doch die Frage stelle, wieso jetzt.«

»Es geht darum, wer mich wirklich angeschossen hat. Es war nicht einer von denen.«

»Umeko?« Und wieder konnte sich Daisuke nicht erklären, woher er wusste, dass sie es war.

»Woher?«, war alles, was er vor Erstaunen rausbrachte.

»Wenn der Rest deiner Geschichte stimmte, gab es keinen Grund seine Waffe zu ziehen. Und jeder der anderen beiden würde sich schuldig fühlen, wäre einer von ihnen es gewesen. Doch davon abgesehen, dass sie sich alle komisch verhalten haben, haben sie in meiner Gegenwart keine derartigen Schuldgefühle gezeigt.« Nobu konnte seine Freunde inzwischen ziemlich gut lesen. »Da sie mich anlügen mussten, ist verständlich, wieso sie sich so verhalten haben. Doch Umeko fühlt sich noch schuldiger als gestern. Verdammt, sie konnte gerade eben die Waffen nicht einmal anschauen, ohne in so eine Art Schockzustand zu verfallen. Sie hat sogar das Zimmer verlassen und sich im Büro des Feuerwehrkapitäns eingesperrt.«

Daisuke war überrascht, dass er in so kurzer Zeit mit den wenigen Hinweisen diesen Schluss ziehen konnte. Nobu schaute Daisuke an, der seinen Kopf vor Scham gen Boden senkte. »Ich konnte mir schon denken wieso, auch wenn ich es etwas übertrieben finde. Also was steckt jetzt in dem Rohr?« Er öffnete das Rohr und nahm einen schmalen Zettel und ein gefaltetes Stück Papier heraus.

»Jetzt mach es nicht so spannend, was steht drauf?« Zuerst wollte Nobu wissen, was auf dem schmalen Zettel stand. Doch Daisuke konnte ihm diese Frage nicht beantworten, stattdessen überreichte er ihm das Papier. Nobu las, was darauf stand. Als Reaktion zog er sofort seine Waffe und suchte die Umgebung ab. Sein bester Freund wollte es ihm schon gleichtun, stellte aber fest, dass er seine Pistole drinnen hatte liegen lassen. Der Zettel fiel derweil auf den Boden.

»Das achte Gebot lautet: Du sollst nicht lügen«, war darauf gedruckt.

»Diese Typen lieben es wohl uns Nachrichten zukommen zu lassen. Doch dieses Psychospielchen werden sie nicht gewinnen. Aber die Frage blieb trotzdem. Woher zum Teufel wussten die davon? Das sieht nicht so aus, als wäre es in großer Eile geschrieben worden«, war alles, was sich Nobu dabei dachte. »Wir müssen sofort hier weg. Wir haben die Taschen schon abreisebereit gemacht.« Nobu eilte zurück zur Feuerwache. Daisuke kam derweil der Gedanke, dass sie das Haus, in dem er zusammen mit den anderen die letzte Nacht verbracht hatte, verwanzt hatten, nachdem sie alle umgebracht hatten. So konnten sie ihren Plan, Nobu zu belügen, mitanhören und diesen kleinen Trick vorbereiten.

»Was ist eigentlich mit dem anderen Zettel?« Den hatte Nobu fast schon wieder vergessen.

»Hier.« Daisuke überreichte ihm das zusammengefaltete Stück, das er einsteckte, während sie zur Feuerwache rannten.

»Wir müssen hier weg. Sofort.« Nobu brauchte keine weiteren Erklärungen abzugeben, als er in den Aufenthaltsraum der Feuerwache reingestürmt kam. Rei zog trotz der Schmerzen den leichten Rucksack auf und war sofort abreisebereit. Auch der Rest der Gruppe war so weit. Umeko war wieder aus dem Büro gekommen. Ihre Augen waren leicht gerötet, so als hätte sie geweint, in der Hand hielt sie etwas, doch niemand hatte Zeit darauf zu achten. Danach dauerte es keine fünf Minuten, bis sie hätten aufbrechen können, doch Nobu wollte noch warten. Da er wusste, dass sie beobachtet werden, hätte es seiner Ansicht nach wenig Sinn ein befestigtes Gebäude gegen die Offenheit des Waldes zu tauschen. Zumindest nicht ohne den Versuch zu starten, ihre Verfolger zu verlangsamen.

Soweit er wusste, wussten die damaligen Verfolger nichts davon, dass sie sich in der Kanalisation versteckt hatten. Sie wollten alles genau so machen wie damals. Sie hatten Glück, denn die Feuerwache war direkt mit der Kanalisation verbunden, und das sogar im Gebäude selbst. In der Halle, in der normal die Einsatzfahrzeuge geparkt wurden, befand sich in der Mitte ein Kanaldeckel. Von draußen konnte man dort nicht hineinsehen. Es gab keine Fenster, die diesen Bereich des Gebäudes abdeckten. Der einzige Weg rein oder raus bestand durch das Haupttor, das sie die ganze Zeit verschlossen hielten. Sie würden auch die Fenster im Rest des Gebäudes durch die Rollladen und Vorhänge von außen undurchsichtig machen. Mit mehreren Zeitschaltuhren, von denen Nobu einige in der Küche sowie dem Aufenthaltsraum gesehen hatte, wollten sie in den Wohn- und Kochbereichen zu unterschiedlichen Zeiten das Licht an- und wieder ausmachen.

Daisuke hatte jedoch eine noch bessere Methode, in der Halle, in der früher die Feuerwehrfahrzeuge geparkt waren, befand sich der Sicherungskasten für die Wache. Daisuke hatte schon beim Vorbeigehen gesehen, dass darin eine große Zeitschaltuhr eingebaut wurde. Allerdings war sie ausgeschaltet worden nach der Verkündung des »Nichts«. Da sie dennoch ganz normal Strom nutzen konnten, ging er davon aus, dass, sobald die Uhr ausgeschaltet war, der Strom jederzeit floss. Sie mussten sie also nur wieder einschalten und ihre gewünschten Zeiten einstellen. So konnten sie den Eindruck erwecken, es sei noch jemand im Gebäude. In Wirklichkeit hatten sie das Gebäude zu diesem Zeitpunkt aber schon längst verlassen.

Zwar dachte Nobu, dass von Umeko ein Einspruch kommen würde, da sie sich schon das letzte Mal beschwert hatte, als sie in die Kanalisation musste. Es kam zwar ein Einspruch, doch der stammte von Jinpei, und er hatte auch nichts damit zu tun, dass sie in die Kanalisation mussten, sondern mit etwas komplett anderem.

»Diese Typen werden doch irgendwann dahinterkommen, dass wir weg sind, dann werden sie sich auf die Suche nach uns machen. Noch dazu wissen sie genau, welches Ziel wir haben und vermutlich auch, welchen Weg wir dorthin nehmen werden.« Auch Nobu sah das so, doch er hoffte, dass sie zumindest einen halben Tag Vorsprung aufbauen könnten, bevor sie auffliegen. Außerdem war es für sie nichts Neues verfolgt zu werden, nur dass sie jetzt besser vorbereitet waren, während ihre Verfolger dieselben wie schon beim letzten Mal waren. Da niemand einen besseren Plan hatte, wie sie ihnen ohne einen Kampf entkommen konnten, waren alle einverstanden damit, es so zu machen wie vorgeschlagen. Das Einzige, was sie noch machen mussten, war herauszufinden, wie sie verstecken können, dass sie in die Kanalisation verschwunden sind. Das würde nicht einfach werden, immerhin befand sich der Kanaldeckel mitten in der Halle. Nobu jedoch wollte lieber Vorsprung aufbauen, anstatt sich den Kopf darüber zu zerbrechen, wie sie ihre Methode zur Flucht verschleiern konnten. Sofern das überhaupt nötig war, denn vielleicht waren diese Templer gar nicht so schlau, wie sie den Eindruck machten. Außerdem war es seiner Meinung nach nur verständlich, die Fenster zu verdecken, wenn man wusste, dass man beobachtet wurde.

Auch das Problem der fehlenden Schatten war schnell gelöst. In dem Raum, in dem sie schliefen und aßen, gab es Rollläden, mit denen kam nur ganz wenig Licht nach draußen, weshalb man nicht erkennen konnte, ob jemand durchs Zimmer lief. Einzig die Küche war noch ein Problem. Den dort würden zumindest Umrisse zu sehen sein, sollte es draußen dunkel werden, während drinnen alles ausgeleuchtet wurde. Leider hatten sie keine Zeit, einen Probelauf zu veranstalten. Ihnen blieb nichts anderes, als darauf zu hoffen, dass der Schein möglichst lange hielt.

Kaum waren die Vorbereitungen abgeschlossen, stiegen sie einer nach dem anderen runter in die Kanalisation. Nobu ging noch einmal sicher, dass alles glattlaufen würde und sie nichts vergessen hatten. Er prüfte die Fenster, die Zeitschaltuhr sowie das Tor

Im Aufenthaltsraum legte er die Schlinge, die um seinen Arm und Hals gelegt war, ab und bewegte unter starken Schmerzen den linken Arm. Da bis auf die Schmerzen nichts geschah, hob er die Schlinge, die ihn in den letzten zwei Tagen überall hin verfolgt hatte, auf und packte sie in seinen Rucksack. Die zwei Tage Schonzeit taten ihm zwar gut, reichten aber noch nicht aus, damit er wieder völlig fit war. Da aber gerade in diesem Moment seine Freunde Mut brauchten, strapazierte er seine Willenskraft, um Stärke zu demonstrieren.

Noch immer hatte er den zweiten Zettel, den der Adler bei sich hatte, in seiner Hosentasche. Er holte ihn raus und faltete ihn auf. Es war ein Foto, darauf zu sehen war, wie er mit Harui Schach bei den Satos spielte. Auf der Rückseite standen sogar gleich zwei Nachrichten: »Besser spät als nie.« Diesen weiteren Schlag musste er erst einmal verdauen. Sie alle hatten sich bei den Satos sicher und geborgen gefühlt. Nachricht Nummer zwei: »Dem Ehepaar Sato wurde kein Haar gekrümmt, sie haben wahre Nächstenliebe gezeigt.« Auch wenn er nicht sichergehen konnte, dass es der Wahrheit entsprach, wollte er hoffen, dass es ihnen gut ging.

Erst als er sich bereit fühlte, den Schmerz in seiner Schulter ohne eine Reaktion wegzustecken, ging er unter die Erde. Als Letzter war es seine Aufgabe den Deckel zu schließen.

Das Erste, was ihm auffiel, war der beißende Gestank dort unten, an den er sich jedoch recht schnell gewöhnen konnte. Die letzten Sprossen der Leiter sprang er hinunter, wodurch er mit einem lauten Platschen in irgendeiner Flüssigkeit landete. Angewidert sprangen seine Freunde ein gutes Stück zurück. Was allen sogar in der Dunkelheit sofort auffiel, war die fehlende Armschlinge.

»Wo ist deine Armschlinge?«, fragte die Person, die ihn nach dem Vorfall auch zusammengeflickt hatte und allgemein als Ärztin innerhalb der Gruppe fungierte.

»Die habe ich abgelegt. Keine Sorge, meiner Schulter geht es wieder so weit gut.« Rei konnte ihn nicht dazu zwingen seinen Arm zu schonen, sie konnte aber darauf beharren, dass er die Schulter so gut schonen sollte, wie er konnte. In einem genervten Ton sagte er dann letztendlich:

»Ja, Frau Doktor.« Rei kam sich verarscht vor und zog ein schmollendes Gesicht. Die anderen um sie herum lachten.

»Dasselbe gilt übrigens auch für dich.« Mit ernster Miene deutete sie auf ihren Freund und ermahnte ihn. Anders als Nobu salutierte er.

»Jawohl!« Auch darauf fingen wieder alle an zu lachen, diesmal sogar Rei.

»Dann sollten wir jetzt los und uns beeilen.« Er hatte kaum zu Ende gesprochen, schon waren sie unterwegs.

»Pass du aber bitte auch auf dich auf«, sagte Daisuke in einem ruhigen Moment zu seiner Freundin.

»Werde ich, keine Sorge.« Sie seufzte, bevor sie weitersprach. »Ich hoffe einfach, dass alles gut geht und wir heil aus der Sache rauskommen.«

»Das ist schon nicht mehr möglich.« Er dachte an Ishikawa.
»Oh, so habe ich das nicht gemeint, ich … Es tut mir leid.«
»Schon gut, ich weiß genau, was du gemeint hast. Ich wollte dir nur die ernste Miene aus dem Gesicht nehmen.« Er lächelte sie an und sie lächelte zurück.

Kapitel 18 Verrückt

Das einzige Licht, das sich einen Weg durch die Wolken aus stinkigen Gasen bahnen konnte, stammte von den ab und zu auftauchenden Kanaldeckeln, die das Licht in Streifen in die Kanalisation warfen.

Am Abend, als das Licht von oben schwächer wurde, konnten sie ganz schwach eine Lichtquelle um eine Ecke vor sich erkennen. Da sie mal stärker und mal schwächer wurde, war sich Nobu ziemlich sicher, dass es sich dabei um ein Feuer handeln musste. Er wunderte sich, wieso es unter der Erde jemanden gab, der ein Feuer legen sollte. Er hatte sogar schon vermutet, dass ihre Verfolger dort vorne bereits auf sie warteten, bis er, als sie der Quelle immer näherkamen, eine Stimme hören konnte. Diese schien sich mit jemandem zu unterhalten, der Gesprächspartner war allerdings nicht zu hören. Nobu konnte nicht verstehen, was gesagt wurde, ihm war jedoch bewusst, dass sie vorsichtig sein mussten. Besonders da es erforderlich war, an dem Feuer vorbeizulaufen, um unter der Erde weiterzukommen. Gleichzeitig fragte er sich, ob ihre Ablenkung in der Feuerwache immer noch Bestand hatte oder ob ihre Verfolger bereits wieder nach ihnen suchten. Natürlich hoffte er Ersteres, jede Sekunde, die sie näher an Tokio waren, ohne dass die Tempelritter hinter ihnen her waren, konnte entscheidend sein.

An die Wand links von ihnen wurde deutlich die Silhouette eines Menschen projiziert. Es ließ sich allerdings nicht erkennen, ob es sich dabei um eine Frau oder doch um einen Mann handelte. Nobu jedoch war sich sicher, dass sich die Stimme wie die eines Mannes anhörte, und das bereitete ihm Sorgen. Sie hatten für seinen Geschmack in letzter Zeit genug Probleme mit Männern gehabt. Seinen Freunden brauchte er gar nicht zu sagen, dass sie die Waffen ziehen sollten. Bis auf Umeko, die ihre Waffe abgeben musste, waren alle bereit zu schießen, sollte Gefahr drohen.

Alle bis auf Jinpei vielleicht, er war immer noch nicht bereit auf Menschen zu schießen. Er würde eher das gesamte Magazin in den Himmel schießen und zig Warnschüsse abgeben, bevor er einem Menschen auch nur ein Haar krümmen würde. Doch die Alternative, die die Waffe hätte bekommen können, war eine gleichaltrige Schülerin, die jedes Mal, wenn sie eine Waffe anfasste, in eine Art Schockzustand geriet. In diesem Fall wollte er einfach glauben, dass ein Warnschuss genug war, um in Frieden gelassen zu werden. Noch mehr als alle anderen wünschte er sich, dass sie überhaupt keine Gewalt brauchen würden, war aber jederzeit dazu bereit welche anzuwenden.

Als sie immer näher kamen, bemerkte er, dass in Wirklichkeit nur eine Person gesprochen hatte. Diese hatte sogar Pausen gelassen, als würde er einer Antwort lauschen, auf die er dann wiederum antwortete. Manche davon wurden sogar geschrien, was manche der Schüler zusammenzucken ließen.

»Wollen wir nicht lieber hier raus«, fragte Harui ängstlich.

»Was ist dir lieber, ein Verrückter hier unten oder eine unbekannte Anzahl von Killern da oben«, gab Nobu zurück. Sie sagte nichts mehr dazu.

Die Gruppe kam immer näher.

»Ist das wirklich so eine gute Idee, ich finde, wir sollten zumindest vorher mal darüber reden.« Rei hielt Nobu am Arm zurück, allerdings am Verletzten, so dass er leichte Schmerzen verspürte.

»Was sollte es da schon zu bereden geben? Wir gehen dahin, vorher können wir die Situation sowieso nicht einschätzen.«

»Ich finde, sie hat Recht. Jemand, der hier unten ein Feuer macht, kann nicht so schlau sein. Dazu kommt noch, dass der Typ offenbar Selbstgespräche führt. Mit dem kann doch irgendwas nicht stimmen.« Daisuke gab Rei Recht.

»Okay, dann fangt an darüber zu reden«, gab Nobu genervt zurück. Er fand, dass das Einzige, was sie tun konnten, um die Gefahr zu verringern, eine gezückte Waffe war.

»Wäre es nicht viel schlauer erstmal jemanden vorzuschicken, der die Lage abcheckt. Nur weil wir nur einen Schatten sehen, heißt das nicht, dass es auch wirklich nur einer ist.«

»Na gut, ich gehe.« Nobu wollte einfach nur weiter.

Also schritt er allein, nur mit seiner treuen 22er bewaffnet, nach vorne. Der Rauch wurde langsam dichter, das Licht immer heller, die Stimme wurde immer lauter. Er war weiterhin der Meinung, dass es nur einer war, der dort am Feuer saß. Er musste nur noch um eine kleine Rundung gehen, dann würde er sehen, was wirklich los war.

Mit jedem Schritt, den er näher kam, wurde ihm mulmiger zumute. Was wenn er gleich aus dem Nichts angesprungen wird. Er legte mit seiner Pistole an, hielt sie aber so nah wie möglich am Körper. Vor der Ecke blieb er stehen und atmete noch einmal tief durch. Eine Mischung aus Rauch und Gestank drang in seinen Kopf ein. Er drehte sich um die Ecke und zielte auf einen Mann, der am Feuer saß, ein splitterfasernackter Mann, wie er verstörend feststellte. Der Mann drehte sich um und hielt einen menschlichen Arm in seiner rechten Hand, an dem er gerade aufhörte zu knabbern, als er Nobu bemerkte. Seine Haare waren zerzaust und sein ganzer Körper übersät von Dreck. Außerdem stank er bestialisch.

»Willst du auch etwas? Ich habe sie erst vor kurzem gefangen.« Der Mann lächelte und schien eigentlich ganz nett zu sein. Doch das neben ihm die Leiche einer Frau lag, gab Nobu einen anderen Eindruck. Um ihn herum lag ein Haufen Knochen, die nicht nur von einer Frau stammen konnten. Er hatte schon mehrere Menschen gegessen. Was Nobu jedoch auch vereinzelt entdeckte, waren Konservendosen, die ihn am Anfang versorgt hatten, bis er zum Kannibalen wurde. Nobus Puls schlug schneller und schneller, der Körper bereitete sich auf die Flucht vor. Auf keinen Fall wollte er länger in der Nähe dieses »Wesens« sein. Alles an ihm brachte in Nobu den Wunsch hervor einfach abzudrücken. »Keine Sorge, sie ist zwar durch, aber noch schön zart.« Spätestens diese Worte ließen bei Nobu alle Alarmglocken läuten. Doch es war irgendwie komisch. Er konnte sich gepflegt ausdrücken, wirkte auch gepflegt, obwohl er so verdreckt und eigentlich überhaupt nicht gepflegt aussah. Besonders mit den Blutresten rund um seinen Mund. Noch vor ein paar Wochen hätte dieser Typ in einer angesehenen Firma im Betriebsrat sitzen können. Bei Nobu breitete sich eine Gänsehaut am ganzen Körper aus. Der Typ war verrückt, das war mehr als deutlich und trotzdem wirkte er nicht wie eine akute Gefahr, solange man ihn nicht provozierte. Es kam nur selten vor, dass Nobu sein Gegenüber nicht einschätzen konnte, doch dieser Mann war ihm ein einziges Rätsel. Früher hätte er sich die Zeit genommen es zu knacken. Jetzt aber wollte er einfach nur so schnell wie möglich weiter und weg von diesem Irren.

»Nein, ich wollte hier nur mit meinen Freunden durch.« Er versuchte freundlich zu bleiben. Einem wie ihm war er noch nie begegnet und konnte überhaupt nicht einschätzen, wie er reagierte, besonders jetzt, wo er seine Freunde ins Spiel brachte.

»Mit deinen Freunden, kein Problem. Passt aber bitte auf, dass ihr nicht auf mein Essen tretet.« Er grinste und deutete auf die Leiche, während er von ihrem Arm abbiss.

»Wie lange sind Sie schon hier unten?« Nobu versuchte sich ein besseres Bild des Mannes zu machen, auch wenn er keine Gefahr zu sein schien.

»Wie lange, tja, das ist eine gute Frage. Ich bin seit dem Anfang dieser ganzen Scheiße hier. Doch wie lange das in Tagen oder Wochen ist, weiß ich nicht. Hier unten verliert man jegliches Gefühl für Zeit.«

»Das kann ich mir gut vorstellen, ich hole dann jetzt mal meine Freunde.« Ein verkrampftes Lächeln war alles, was Nobu hervorbringen konnte.

»Natürlich, tu dir keinen Zwang an.« Auch weiterhin wirkte der Mann freundlich und nicht wirklich wie eine Gefahr. Dennoch ging Nobu rückwärts, die Augen stets auf den Verrückten gerichtet.

Erst als er um die Ecke war, drehte er sich allmählich um. Sein Herz schlug immer noch bis zum Hals und erst als er wieder bei seinen Freunden war, beruhigte es sich langsam. Dennoch ließ er nie seinen Rücken aus den Augen.

»Also, was geht da vorne ab?« Daisuke ließ nichts anbrennen.

»Ich will euch nichts verheimlichen. Da vorne sitzt ein nackter Mann, der eine Frau isst.« Alle sahen ihn nur verstört an. Ihnen fehlte die Sprache.

»Das ist ein Witz oder?« Jinpeis Lachen war nichts weiter als eine Übersprunghandlung.

»Keine Sorge, er wirkte nicht so, als würde er uns etwas antun.«

»Ähm, ich dachte, ich hätte mich gerade verhört, hast du gesagt, er ist ungefährlich? Gerade hast du noch gesagt, er würde eine Frau essen.« Rei verstand nicht, wie er das denken konnte. Doch sie war nicht die Einzige.

»Das stimmt, aber solange wir ihn nicht beim Essen stören, wird er uns nicht belästigen.«

»Ich verstehe nicht, wie du das denken kannst, aber du warst derjenige, der mit ihm geredet hat, du kannst das am besten einschätzen.« Rei wusste, wie gut Nobu darin war Menschen einzuschätzen.

»Da muss ich euch leider enttäuschen, diesen Typen kann ich nicht mal im Ansatz einschätzen.«

»Na toll.« Rei verstärkte ihre Deckung noch mehr und ging nur widerwillig mit.

Als die Ersten an dem Mann vorbeigegangen waren, war er vollkommen desinteressiert daran zu wissen, wer an ihm vorbeilief. Nobu ließ Harui vor sich laufen und formte mit seinen Händen eine Art Scheuklappe, sie sollte nichts Falsches sehen. Da sie wusste, dass dort ein nackter Mann saß, der eine Tote aß, hatte sie auch nicht das geringste Interesse daran, dorthin zu sehen.

Erst als Umeko an dem Mann vorbeiging, schnüffelte er ihr hinterher. Mit einem irren Blick packte er nach ihrem Arm, was sie laut aufschreien ließ.

»Du sollst also mir gehören.«

Rei versuchte ihr zu helfen, wurde aber genauso angegriffen.

»Gleich zwei, das wird ja immer besser. Ich danke dir mein Freund.«

Der Mann versuchte, die beiden in das kleine Feuer zu zerren. Daisuke schaltete sofort in den Angriffsmodus und verpasste dem Mann einen gezielten Tritt ins Gesicht. Er fiel nach hinten, ließ aber nicht locker und zog die beiden Mädchen mit sich zu Boden. Erst jetzt lockerte sich sein Griff und die beiden stießen ihn von sich weg. Angeekelt richteten sie sich wieder auf, und versteckten sich hinter den Jungs. Rei´s Rücken hatte durch den Sturz wieder geschmerzt. Nobu nahm Harui hinter seinen Rücken, um sie zu beschützen.

Mit einer blutigen Nase richtete sich der Mann auf und schaute verwirrt in Nobus Richtung.

»Ich dachte, wir zwei wären Freunde?« Er schrie ihn regelrecht an, als hätte er irgendwas falsch gemacht; er verstand allerdings nicht, was er falsch gemacht haben sollte. Nobu wollte ihn nicht noch mehr verwirren und spielte sein Spiel mit.

»Seit wann greift man den bitte Freunde an?«

»Ich dachte, die Mädchen sind eine Art Gabe dafür, dass ich euch hier durchlasse. Ich war sogar so nett und hätte nur eine von ihnen genommen.« Er flehte Nobu an ihn zu verschonen. Nobu hingegen wollte ihm eine Lektion lehren. Er packte ihn am Hals und schaute ihn mit seinen tiefschwarzen Augen an. Der Typ vor ihm zitterte bereits und hatte das Gefühl, er würde zerrissen werden.

»Hör mal gut zu. Ich weiß nicht, wer du vorher warst, es ist mir auch scheißegal. Denn ich weiß, was du jetzt bist, und zwar eine kleine unbedeutende Ratte, die in der Kanalisation haust. Komm meinen Freunden, ganz besonders den Mädchen, noch einmal zu nahe und ich zerquetsche dich so, wie es sich für jemanden deiner Art gehört. Haben wir uns verstanden?« Er hielt in immer noch fest und wartete auf seine Antwort.

»Ja, ja natürlich mein Herr.« Als Nobu ihn losgelassen hatte, ging er schnell an den anderen beiden Jungs vorbei, zu Rei und Umeko und nahm sanft ihre beiden Hände. Mit äußerster Vorsicht begann abwechselnd eine Hand und dann die andere wie die einer Königin zu küssen.

»Bitte verzeiht, meine Herrinnen. Bitte verzeiht einem unwürdigen Wurm, wie ich es einer bin, sein schlechtes Benehmen.« Rei zog sofort ihre Hand weg und wich ein paar Schritte zurück. Umeko hingegen war immer noch wie versteinert und konnte sich nicht bewegen. Sie war erst wieder in der richtigen Welt, als Nobu den Mann an seinem Brustkorb weg in den Dreck drückte. Man hörte ein lautes Platschen, als er in eine Wasserpfütze fiel. Noch wütender als zuvor schrie Nobu den Mann an, nun kam auch Daisuke hinzu.

»Hey, ich dachte, wir hätten uns verstanden. Du sollst niemandem von uns zu nahe kommen, also auch nicht anfassen.« Daisuke bekam allein bei dem Gedanken daran, dass dieser Typ Rei angefasst hatte und sogar ihre Hand geküsst hatte, einen Wutanfall, und stieß ihn noch einmal ein Stück nach hinten.

»Und ganz besonders sollst du sie nicht ablecken.« Seine Augen brannten vor Zorn.

»Bitte verzeiht, ich wollte mich doch bloß entschuldigen.«

»Das Einzige, was du machen kannst, um dich zu entschuldigen, ist zu verschwinden und uns nie wieder unter die Augen zu treten.« Da er bei Daisuke nicht so viel Angst hatte, traute er es sich zurückzureden.

»Darf ich wenigstens noch mein Essen mitnehmen?« Er schaute ihn flehend an. Erst als Nobu wieder vor ihm stand, bekam er es so richtig mit der Angst zu tun.

»Sofort!«, sagte Nobu in einem ruhigen, aber wütenden Ton. Er war schneller aus ihren Augen verschwunden als ein Hund, der einem Frisbee hinterherjagt. Daisuke jedoch war noch nicht fertig damit seine Wut abzulassen.

»Und du, ich dachte, wir hätten nichts von ihm zu befürchten.« Daisuke stupste Nobu mit dem Zeigefinger auf die Brust.

»Als ich mit ihm geredet hatte, wirkte er abgesehen davon, dass er nackt war und Kannibalismus betrieb, ganz normal. Er war nicht gewalttätig oder sonst irgendetwas. Das muss an den Mädchen liegen.«

Rei schaltete sich ein und deutete auf die Tote.

»Und das hätte man nicht kommen sehen können?«

»Ich hätte nicht gedacht, dass das ein Problem werden könnte. Aber es ist doch alles gut gegangen, niemand wurde verletzt.«

»Körperlich vielleicht nicht, aber schau dir nur mal Harui an.« Sie versteckte sich hinter ihrem Bruder und klammerte sich ängstlich an ihn. Sie hatte Flashbacks an früher, als sie misshandelt wurde.

»Oh Gott!« Nobu eilte zu ihr und nahm sie ihn den Arm. Sie weinte sich an seiner Brust aus. Ihm tat es sichtlich leid, dass er diesen Faktor nicht miteingerechnet hatte. Daisuke stürzte sich auf Rei und gab ihr einen Kuss, der sofort, gefolgt von einer innigen Umarmung, erwidert wurde.

»Gehen wir lieber weiter, bevor dieser Spinner wieder zurückkommt«, schlug Daisuke nach einem vorsichtigen Blick um die Ecke vor.

»Gute Idee.« Verstärkte Rei die Aussage.

Im Eiltempo entfernten sie sich vom Ort des Geschehens. Harui hatte sich weiterhin an Nobu geklammert. Umeko hingegen zerquetschte fast Jinpeis linke Hand. Als er versuchte sie aus Reflex wegzuziehen, drückte sie noch fester zu. Zuerst wusste er nicht, wie er reagieren sollte, bis er sie genauso fest packte. Er war heilfroh, dass ihr nichts passiert war. Die Person, die sich am meisten Sorgen um sie machte, war immerhin er selbst. Er fand es absolut unbegreiflich, wie Nobu sie nur einer so großen und vor allem absehbaren Gefahr aussetzen konnte. Sonst hatte er jeden daher gelaufenen Idioten erschossen, aber bei Typen, die eine wirkliche Gefahr darstellten, hatte er Milde gezeigt. Eine für ihn absolut unverantwortliche Entscheidung. Seiner Meinung nach hatte er auch viel zu spät reagiert. Für ihn war der Held der Stunde Daisuke und nicht Nobu, der sich als Anführer und Beschützer der Gruppe aufspielte. Überhaupt war es aus seiner Sicht immer Daisuke gewesen, der die vernünftigen Entscheidungen traf.

Er schaute ihn noch eine Weile verächtlich an, bis er sich wieder Umeko widmete. Die Zeit in der Wildnis hatte sie verändert, das konnte er genau sehen. Aber nicht nur die allein, sondern auch all die Ereignisse, die passiert waren. Früher hatte sie mindestens einmal pro Stunde überprüft, ob ihr Haarreif noch perfekt saß. Mittlerweile hatte sie sich trotz des Sturzes nicht einmal die Mühe gemacht, nachzusehen, ob er sich überhaupt noch auf ihrem Kopf befand. Das tat er zwar noch, doch war völlig schief und ihre Haare waren zerstreut, genau wie ihr Blick. Von der früheren Lebensfreude war nichts mehr übrig. Dass Augen die Fenster zur Seele sein sollen, stimmt. Sie verrieten ihm in dem Moment, dass sie ein gebrochenes Mädchen war, das zwar lange standhielt, doch zu viel ertragen musste. Als sie plötzlich die Hand losließ, schreckte Jinpei auf und sie sah ihn an. Sie fasste sich mit beiden Händen an die Narbe auf ihrem Rücken. Fast so, als wenn sie überprüfen wollte, ob sie noch da war. Das war sie, jede einzelne Naht spürte sie unter ihren Fingern. Jinpei versuchte seine Hand dazwischenzudrängen. Er hatte schon erwartet, dass Umeko gleich mit irgendeinem Spruch kommen würde. Doch es kam keiner, stattdessen sah er Umeko, die ihm in die Augen blickte und dabei ein müdes Lächeln auf den mittlerweile rau gewordenen Lippen hatte. Mit extremer Vorsicht packte sie seine Hand. Aus irgendeinem Grund traute sie es sich nicht mehr, fest zuzupacken.

Eine ganze Weile wurde kein einziges Wort mehr gesprochen, und das Einzige, was zu hören war, waren die asynchronen Schritte jedes Einzelnen. Es war gut zu erkennen, wie jeder sich beim Laufen anders anhörte, wenn man die Echos, sofern es welche gab, vergleichen würde. Während Daisuke fest, aber dennoch leise auftrat, waren Jinpei und Harui sehr darauf bedacht nicht so stark aufzutreten oder irgendwelche anderen Geräusche zu machen. Sie wurden in den Jahren, seitdem ihre Mutter ihren letzten Freund hatte, darauf konditioniert unauffällig zu bleiben, um keine Prügel zu bekommen. Die bei weitem markantesten Schritte hatte Umeko. Trotz der Abnutzung der Absätze und des Profils ihrer Stiefel hallte jeder ihrer Schritte ein paar Meter weit, bevor er von den dicken Wänden verschluckt wurde.

Es war der erste Abend seit Beginn der Reise, den sie in Dunkelheit und ohne ein wärmendes Feuer verbringen mussten. Nicht einmal das Licht von irgendwelchen Straßenlaternen schien durch die Löcher herein. Als Nobu einen Blick wagte, konnte er sehen, dass sie die Stadt schon lange verlassen hatten und sich auf der Schnellstraße in einem Wald befanden.

»Siehst du was?«, wollte Harui wissen.

»Wir sind im Wald, und so wie es aussieht, bleibt es heute dunkel«, sagte Nobu.

Hinzu zu dem fehlenden Feuer gab es auch keine Nahrung, die sie von innen hätte wärmen können. Die meisten waren eigentlich der Meinung, dass es bei den Konserven keinen Unterschied machen würde, ob man sie kalt oder warm zu sich nimmt. Doch es gab geteilte Lager: zum einen das der Personen, die ihr Gesicht verzogen, als sie den ersten Bissen zu sich nahmen. Es gab aber auch jene, die keinen Mucks von sich gegeben haben, sondern nur stumm aufgegessen haben. Zu diesem Lager gehörte auch Umeko. Doch anders als bei Nobu oder Daisuke, die es einfach als eine weitere Nahrung angesehen hatten, war es bei ihr eher etwas Geistiges. Sie musste bereits mit so viel klarkommen, dass sie keinen Unterschied zu den übrigen Essen mehr bemerkte.

Obwohl sie sich fast allein in der Kanalisation aufhielten, waren sie sich einig, dass eine Nachtwache nötig war. Denn selbst Nobu konnte nicht mit Sicherheit sagen, dass der Verrückte ihnen nicht gefolgt war. Und da endlich mal wieder alle einsatzfähig waren, teilten sie wieder die alten Schichten ein. Das hieß Daisuke mit Jinpei, Harui mit Nobu und Rei mit Umeko.

Kapitel 19
Alles offenbarender Anruf

»Findest du, dass Nobu richtig entschieden hat?« Jinpei wollte wissen, ob er der Einzige war, der so empfand und da die anderen gerade schliefen, fand er den Zeitpunkt passend.

»Fragst du das jetzt nur, weil ich vorhin wütend geworden bin?«, fragte Daisuke zurück. Das war für Jinpei der ausschlaggebende Punkt, um die Frage zu stellen. »Du musst verstehen, ja ich war wütend, aber in Wahrheit hätte ich vermutlich genauso entschieden. Wir hatten die Wahl zwischen einer unbekannten Anzahl Gegner, von denen uns jeder überlegen sein könnte, und einem einzigen nackten Mann, den wir ohne Probleme überwältigen konnten.«

»Aber warum hat er ihn nicht einfach erschossen, bevor er uns geholt hat?« Das war der Punkt, den er nicht verstanden hatte.

»Weil du nicht wissen kannst, wie so einer reagiert, wenn man ihm gegenüber eine Waffe zieht. Besonders in einer engen Umgebung könnte so einer im Vorteil sein.«

»Aber er hätte doch nur abdrücken müssen.« Auf einmal heulten draußen mehrere Wölfe, die sowohl Jinpei als auch Daisuke verstummen ließen. Auch am Vorabend war Wolfgeheul zu hören gewesen.

»Wie gesagt ...« Als das Geheul aufhörte, führte Daisuke das Gespräch einfach weiter. »Der Typ hätte nur auf ihn zuspringen müssen oder so. Sobald Nobu verfehlt hätte, hätte ein Querschläger ihn umbringen können. Das musst du immer bedenken.« Daisuke wusste genau, weshalb Nobu so gehandelt hat. »Du kannst jetzt natürlich auch das Argument aufführen, dass wir ja gar nicht mit Sicherheit sagen können, dass wir an der Oberfläche auf die Templer gestoßen wären. Aber die Chance besteht, selbst jetzt noch. Und ganz ehrlich, im Dunkeln habe ich noch weniger Lust, denen in die Arme zu laufen.« Er unterbrach sich kurz, um die richtigen Worte zu finden, und sprach dann weiter. »Es ist so, bin ich sauer, weil er zu spät reagiert hat, als dieser Irre in Aktion getreten ist? Ja natürlich. Aber er war damit beschäftigt deine Schwester erstmal außer Reichweite von diesem Typen zu bringen. Noch dazu wusste er, dass ich reagieren würde. Die Entscheidung, weiter die Kanalisation entlangzugehen, hingegen hätte ich genauso getroffen. Gott verdammt, für mich habe ich genau diese Entscheidung getroffen.«

»Ich verstehe das nicht, wieso wird er immer von allen in Schutz genommen, egal zu welchen Problemen seine Entscheidungen auch führen.« Jinpei musste sich zurückhalten, um nicht herumzuschreien und so die anderen aufzuwecken.

»Weil jeder hier, auch du, weiß, dass Nobu aus denselben Verhältnissen kommt wie er selbst. Er wurde genauso ins kalte Wasser geworfen wie wir alle. Niemand von uns hat eine besondere Ausbildung, die ihn auf das ganze hier vorbereitet. Dennoch gibt er sein Bestes, damit es uns gut geht. Wenn es jemand besser könnte, würde er demjenigen den Chefsessel bestimmt nur zu gerne abgeben, so wie ich ihn kenne. Er war zwar immer der Anführer unserer kleinen Gruppe, als die Welt noch in Ordnung war. Doch auch wenn es manchmal danach aussieht, ist auch er nicht für diese Welt gemacht.« Jinpei erkannte, dass das, was er hörte, der Wahrheit entsprach.

»Du meinst so wie damals, als Ishikawa noch lebte.« Man konnte Daisuke den Schmerz, an diese Zeit zurückzudenken zu müssen, ansehen.

»Genau, und so wie damals ist er um jeden Ratschlag dankbar.« Doch Jinpei wollte nicht so einfach lockerlassen. Nachdem er Ishikawa ins Gespräch brachte, wusste er, dass er nun vorsichtiger sein musste, was er sagte.

»Es gab trotzdem keine Auseinandersetzung mit anderen Leuten, bei der niemand verletzt wurde, seitdem er uns anführt. Und ich rede dabei nicht nur von körperlichen Verletzungen, sondern auch von psychischen, wie Umeko sie vorhin erlitten hatte.« Die nächsten Worte schossen einfach aus seinem Mund, ohne dass er darüber nachdenken konnte. »Nicht zu vergessen, dass er selbst gesagt hat, dass seine Eltern das Erkennungszeichen der Tempelritter auf dem Rücken tragen. Also hat er ja vielleicht doch etwas damit zu tun, nur sagt er es uns nicht.« Daisuke wusste, worauf er hinauswollte, und versuchte ihm nahezulegen, dass er damit falschlag.

»Willst du damit andeuten, dass die Tempelritter an dem ›Nichts‹ schuld sind und dass sie das Ende der Welt herbeiführen wollen?« Er wartete die Antwort gar nicht ab und redete einfach weiter. »Das ist doch Schwachsinn, wenn dieses Zeug etwas ist, das Menschen hätten herstellen könnten, würden unsere Forscher bereits darüber Bescheid wissen. Außerdem was würde es ihnen bringen, das Ende der Welt zu verantworten?«

»Man sieht doch immer wieder in irgendwelchen Filmen, dass eine Geheimorganisation versucht die Weltherrschaft an sich zu reißen. Das ist genau das, was hier gerade passiert.«

»Aber es ist trotzdem zu früh zu sagen, dass Nobus Eltern etwas damit zu tun haben sollen. Mal angenommen, sie gehören zu den Tempelrittern, würde es zwar erklären, wieso sie so selten zu Hause sind. Aber selbst das ist noch lange kein Beweis, dass er davon wusste. Vor allem wenn man bedenkt, dass sie nicht ihn als Erstes angegriffen haben, sondern Umeko.«

»Nein, aber die Verbindung würde wenigstens erklären, wieso es ihm nichts ausmacht Menschen zu töten. Und zu dem Umstand, dass die Welt untergeht, ich denke, das ist alles nur ein Zufall, auf den diese Typen gewartet haben.«

Jinpeis Meinung blieb unverändert, für ihn war immer noch Nobu an all dem Leid schuld. Daisuke hingegen war froh sich einmal ausgesprochen zu haben.

Während der zweiten Schicht blieb es überwiegend ruhig. Nobu richtete seinen Blick, ohne Abweichung, in die Richtung, aus der sie kamen, um für den Fall gerüstet zu sein, dass der Kannibale wiederkam. Harui sollte eigentlich die andere Seite im Auge behalten. Sie ließ sich aber von ihm ablenken und musste oftmals zu ihm rübersehen. Noch vor wenigen Stunden war Nobu für sie so furchteinflößend wie nie zuvor, und noch etwas war anders als sonst. Er hatte sich über sein Gegenüber gestellt, nur weil er die Macht hatte. So kannte sie ihn überhaupt nicht. Für sie war er immer der gütige und hilfsbereite Junge gewesen, in den sie sich verliebt hatte. Doch jetzt hatte sie Angst, dass er so würde wie der Freund ihrer Mutter, vor dem sie so viel Angst hatte wie vor niemand sonst. Wenn sie die Wahl zwischen diesem Ekelpaket und ihren Verfolgern hatte, würde sie mit Freuden die Tempelritter wählen. Doch jetzt, wo sie wieder den ruhigen, nachdenklichen Schüler mit den braunen Wuschelhaaren, dem langsam ein Bart wuchs, vor sich hatte, dachte sie, so zu denken, wäre Blödsinn. Sie hoffte einfach, dass er nicht Gefallen daran gefunden hatte, anderen seinen Willen aufzudrücken, sondern nur das kranke Spiel des Kannibalen mitspielen wollte.

Einmal bemerkte Nobu, dass er beobachtet wurde, und drehte seinen Kopf, um den Blick zu erwidern. Er schaute ihr in die Augen und anders als sonst begann er nicht zu lächeln, sondern schaute sie einfach weiter an. Auch sie verhielt sich anders als sonst. Normal hätte sie sich schon längst mit einem roten Kopf weggedreht. Nobu war der Erste, der den Blickkontakt abbrach. Harui schaute kurz darauf auch wieder in die Richtung, die eigentlich ihrer Aufmerksamkeit bedurfte.

Die dritte Schicht begann genauso still wie die zweite. Jeder schaute in eine andere Ecke, bis Rei das Schweigen brach.

»Wie geht es dir?« Umeko antwortete, ohne ihren Kopf auch nur einen Millimeter zu drehen.

»Alles gut, wie geht es dir, dich hat er immerhin auch angefallen?«, fragte sie ganz trocken.

»Gut, danke. Aber ich rede nicht nur von heute.«

»Stören dich deine langen Haare eigentlich nicht? Meine sind zwar auch nicht gerade kurz, aber ich habe immerhin den Haarreif, der sie aus meinem Gesicht hält.« Sie versuchte ohne Umschweife, das Thema zu wechseln. Rei, die wusste, dass sie nichts mehr aus ihr herausbekommen würde, stieg in das Thema mit ein.

»Eigentlich nicht, aber manchmal fallen sie mir dann doch in mein Blickfeld.«

»Soll ich sie dir vielleicht mal flechten, dann solltest du keine Probleme mehr haben, solange es hält.« Rei überlegte nicht lange und setzte sich ein Stück vor, damit Umeko besser an ihre Haare herankommen konnte. Sie wusste, dass sie eigentlich Wache hätten halten müssen, doch sie war sich sehr sicher, dass niemand aus Umekos Richtung kommen würde. Ihre, aus der der Kannibale kommen könnte, hatte sie ja weiterhin im Blick. Und da sich ihre Augen inzwischen an die Dunkelheit gewöhnt hatten, würde sie seine Silhouette schon aus einiger Entfernung bemerken.

Da sie ihre Bürste nicht dahatte, strich sie zuerst mit ihren Fingern ein paarmal durch die pechschwarzen Haare, um mögliche Knoten darin zu lösen. Als alle Knoten so weit gelöst waren und die Haare sich hinter den Ohren befanden, unterteilte sie diese in drei gleich große Teile. Sie begann mit der rechten Seite und legte sie in die Mitte, um dann mit der linken weiterzumachen. Dann brauchte sie es nur noch einmal festzuziehen und schon war das erste Bündel gemacht. Das wiederholte sie so lange, bis sie noch etwa 15 Zentimeter Haare in den Händen hielt. Sie bat Rei diese kurz zu halten, damit sie einen Haargummi aus ihrer Tasche holen konnte. Der letzte Schritt war die Haare mit dem Haargummi zu fixieren, damit sich der Zopf nicht wieder löste.

»So fertig.« Umeko klang gleichgültig, als sie die Haare losließ. Von dem einst fröhlichen Mädchen, das es liebte über Klamotten, Styling und Frisuren zu sprechen, war nichts mehr festzustellen.

Rei legte sich den Zopf über die Schulter, um ihn bewundern zu können. Auch wenn bereits die ersten Sonnenstrahlen durch die Gullydeckel kamen, konnte sie kaum etwas erkennen. Doch was sie sehen konnte, war ein mit Mühe geflochtener Zopf.

»Danke.«

»Hat dir eigentlich schon mal jemand gesagt, dass du wunderschöne Haare hast. Ich meine selbst jetzt, wo sie länger nicht gewaschen wurden und dieser Plörre hier unten ausgesetzt sind, fühlen sie sich noch vergleichsweise gut in den Händen an.« Noch immer war nichts von der früheren Umeko zu erkennen, sie versuchte nur weiter Smalltalk zu halten, um sich nicht mit ihren eigenen Gedanken beschäftigen zu müssen. Sie fuhr sich über ihre eigenen Haare, um festzustellen, dass sie bei weitem nicht mehr so schön waren. Als sie noch in Miyazaki gelebt und dutzende Pflegemittel für ihre Haare hatte, waren sie sogar noch schöner, doch seit einiger Zeit waren sie so gut wie immer verschwitzt oder verdreckt. Doch das störte sie schon eine ganze Weile nicht mehr, ihr war klar, dass sich an diesem Umstand, solange sie noch nicht in Tokio angekommen waren, nichts ändern wurde.

»Danke, nein, das hat mir in dem Zusammenhang noch niemand gesagt.« Rei war geschmeichelt, das zu hören. Worüber sie sich jedoch noch mehr freute, war, dass Umeko sich ihr wieder öffnete und ein bisschen wie früher wurde.

Daisuke bemerkte und erwähnte am Morgen als Erster die neue Frisur. Doch anstatt einfach zu sagen, dass es schön aussah, merkte er etwas anderes an.

»Macht ihr das immer während eurer Schicht?«

»Wolltest du nicht eigentlich was anderes sagen?« Sie fühlte sich kurz schuldig.

»Das weiß ich doch.« Er nahm den Zopf und betrachtete ihn einmal aus der Nähe. »Das sieht wirklich schön aus.«

»Na siehst du, geht doch.« Rei lächelte ihn an und bot an, ihm auch mal einen Zopf zu flechten. Er antwortete ihr ganz trocken:

»Erst wenn meine Haare so lang sind wie deine. Und da gehe ich vorher zum Friseur oder schneide sie mir selbst ab.«

»Traust du mir etwa nicht zu, dass so gut hinzubekommen wie Umeko?« Sie wirkte nach dieser Äußerung sogar ein wenig verletzt.

»Doch natürlich traue ich dir das zu, ich glaube einfach nicht, dass mir das stehen würde.«

»Also ich würde es mal auf einen Versuch ankommen lassen«, sagte Nobu mit einem breiten Grinsen im Gesicht.

»Nur wenn du auch dabei bist.« Nun begann auch Daisuke zu grinsen.

»Da du trotzdem früher dran bist, gerne.« Bis seine Haare so lang wären wie Reis, würde es noch mindestens 2–3 Jahre dauern.

»Mal was ganz anderes, wir hatten es heute Nacht davon, ob das ›Nichts‹ vielleicht von Menschen erschaffen wurde.« Er zeigte bei der Aussage auf Jinpei, der überrascht war, dass dieses Thema wieder aufkam.

»Mein Vater hat zwar nichts in der Richtung gesagt, aber wir können ihn ja nochmal fragen, dann aber mit einem anderen Handy.« Sie hatte das zerstörte Handy immer noch dabei, sie dachte sich, dass man in Tokio vielleicht noch Daten davon retten könnte. Nobu bot an seins zu nehmen, solange Rei die Nummer wüsste. Zu ihrem Glück war sie ihr wieder eingefallen. Oder zumindest war ihr eine Nummer wieder eingefallen, sie hoffte inständig, dass es die ihres Vaters war. Es dauerte keine Minute, dann war Nobus Handy wieder hochgefahren und der Sperrbildschirm erschien. Was ihn überraschte, war, dass in seiner Abwesenheit ein Anruf eingegangen war. Er wollte wissen, wer es war, und ging in das Anrufverzeichnis, dort stellte er erschrocken fest, dass es sein eigener Vater war, der angerufen hatte. Auch die anderen waren nicht minder überrascht.

»Du solltest ihn zurückrufen, er muss uns eine Menge erklären«, erwähnte Daisuke.

»Da hast du recht.« Keine Sekunde länger und Nobu drückte auf den Namen und das erste Klingeln ertönte. Nach zwei weiteren nervenzerreißenden Klingeln nahm endlich jemand ab.

»Hallo mein Sohn.« Eine leicht verzerrte, tiefe Stimme, die Nobu als die seines Vaters identifizierte, ertönte.

»Hallo Paps.«

»Du und deine Freunde habt Probleme, habe ich gehört. Ich habe aber auch gehört, dass ihr ganze Arbeit leistet und eine Spur von Leichen hinter euch herzieht.«

»Das stimmt, und Sie werden uns jetzt erzählen, was das alles soll! Warum sind die Tempelritter hinter uns her?« Jinpei mischte sich in das Gespräch ein.

»Du bist wohl einer von seinen Freunden. Ich schätze mal, du bist Jinpei, Daisuke ist nämlich nicht so unhöflich einfach in das Gespräch zwischen Vater und Sohn zu platzen.« Jinpei erkannte, dass er einen Fehler gemacht hatte, und begann vor Angst zu zittern. Er wusste nur zu gut, zu was diese Typen alles im Stande waren.

»Dass ihr herausgefunden habt, dass ihr von den Tempelrittern verfolgt werdet, ist gute Arbeit, aber von meinem Sohn habe ich auch nichts anderes erwartet.« Er klang wie ein stolzer Vater, etwas, das Nobu überhaupt nicht kannte.

»Können wir bitte einfach zum Thema kommen?« Nobu war es peinlich.

»Natürlich, ich werde euch jetzt erklären, wieso die Tempelritter hinter euch her sind, also hört gut zu.« Alle hielten den Atem an, um nichts zu verpassen.

»Sie sind nicht wirklich hinter euch allen her, vielmehr sind sie nur hinter dir her, Nobu.« Ungläubig schauten sie ihn alle an.

»Was, wieso das denn?« Nobu konnte es sich nicht erklären.

»Wie du bestimmt schon rausgefunden hast, sind deine Mutter und ich ebenfalls Tempelritter. Als du damals geboren wurdest, hätten wir dich ihnen eigentlich übergeben sollen, doch wir haben deine Existenz geheim gehalten. Wir wollten nicht, dass du dein Leben so wegwirfst, wir wollten, dass du frei bist und selbst entscheiden sollst, was du tun willst. Das hat auch alles gut funktioniert, bis vor ein paar Wochen, als ein paar unserer Männer dich bei einem ihrer Aufträge gesehen haben. Dann haben sie ein bisschen nachgeforscht und herausgefunden, dass du unser Sohn bist und wir dich 17 Jahre lang vor dem Orden geheim gehalten haben. Danach wollten sie herausfinden, ob es sich lohnt dich am Leben zu lassen oder ob du nur eine Belastung werden würdest.«

»Was kam dabei heraus?« Innerlich hoffte er darauf, dass sie ihn aufnehmen wollten, denn das hätte bedeutet, dass sie ihn über all die Getöteten stellen würden. Was wiederum bedeuten würde, dass er keine Vergeltung zu fürchten hatte.

»Meister Noah will dich um jeden Preis im Hauptquartier im Vatikan ausbilden. Er hatte zwar nicht geplant, dass du einen gesamten Trupp seiner Männer auslöschst, doch das ist ihm egal. Das ist auch der Grund, wieso wir trotz Befehlsverweigerung noch leben. Wir sollen zur Not als Druckmittel verwendet werden.« Am liebsten hätte Nobu ihm gesagt, dass sie ihm nach allem, was er und seine Freunde wegen ihrer Entscheidung durchmachen mussten, egal seien. Doch dann erinnerte er sich an die letzten 17 Jahre seines Lebens. Trotz der Einsicht, dass seine Eltern so was wie Auftragsmörder waren, konnte er die schöne Zeit mit ihnen nicht einfach so vergessen.

»Meister Noah, wer ist das, ich habe seinen Namen schon mal gelesen.«

»Er ist ein ganz hohes Tier innerhalb des Ordens, er gehört zur Tafelrunde, dem obersten Organ der Templer. Außerdem ist er der Großmeister, dem deine Mutter und ich unterstellt sind.«

»Was ist er für ein Mensch?« Jinpei mischte sich schon wieder in das Gespräch ein.

»Ich bin ihm nie begegnet, aber er soll es lieben Spielchen zu spielen. In gewisser Hinsicht ist er dir also sogar ein bisschen ähnlich Nobu.«

»Er wird es noch bereuen, seine Spielchen mit mir gespielt zu haben. Ich werde mich nämlich nicht ohne Kampf ergeben.«

»Das wissen wir, aber du solltest auch an deine Freunde denken. Du weißt nicht, wie weit das alles reicht. Selbst wenn ihr es nach Tokio schafft, seid ihr dort niemals in Sicherheit. Vielmehr in der Höhle des Löwen, da wärt ihr in der Wildnis sicherer.« Sein Vater versuchte ihm zu erklären, dass man entweder aufgeben oder sterben konnte, aber gewinnen war keine Option. Nicht wenn man die Tempelritter zum Feind hatte.

»Du hast recht, ich weiß nicht, wie weit das alles reicht, wie wäre es, wenn du es mir sagst.«

»Die Tempelritter sind vermutlich die größte und mächtigste Organisation der Welt, wir haben in so gut wie jeder Behörde, Armee oder großen Untergrundorganisation Leute im verdeckten Einsatz. Selbst wenn du zur Polizei gehen würdest, könntest du auf unsere Leute treffen.« Die Aussichtslosigkeit war in seiner Stimme deutlich zu hören. Er wünschte sich nichts mehr, als dass sein Sohn all das überlebt, ohne den Templern in die Arme zu laufen.

»Müsste das riesige Kreuz auf euren Rücken nicht verräterisch sein, oder haben wir uns geirrt, was euer Erkennungszeichen angeht?«

»Nein, habt ihr nicht, zumindest was deine Mutter und mich angeht. Doch nicht jeder bekommt es eingebrannt. Wir gehören zu sowas wie einer schnellen Eingreiftruppe, da ist es nicht unüblich sich das Templerkreuz in den Rücken brennen zu lassen. Allerdings ist das eine freiwillige Entscheidung. Wir standen zu hundert Prozent hinter dem Orden und seinen Entscheidungen.«

»Es ist also so etwas wie ein Glaubensbeweis«, merkte Nobu an.

»Genau, doch dann wurde deine Mutter schwanger mit dir und alles hat sich geändert. Wir waren uns einig, dass du nicht dasselbe Leben führen sollst wie wir. Plötzlich erschienen uns der Orden und seine Entscheidungen einfach nur grausam, deshalb haben wir beschlossen dich zu verstecken.«

»Aber warum sind Sie dann nicht einfach ausgestiegen?« Jinpei hatte immer weniger Angst vor Nobus Vater.

»Du hast da etwas nicht verstanden mein Junge. Der einzige Weg, beim Orden auszusteigen, ist der Tod.« Diese Antwort ließ Jinpei schwer schlucken.

»Aber was ich nicht verstehe«, dachte sich Rei und bekam nicht mit, dass sie es laut ausgesprochen hatte.

»Ja meine Liebe?«

»Wieso dürfen Tempelritter eigentlich Kinder bekommen, laut den Geschichtsbüchern mussten sie doch nach dem Gelübde der Keuschheit leben.«

»Wie du ja sicherlich auch in den Geschichtsbüchern gelesen hast, wurde der Templerorden 1312 durch den Papst und den König Frankreichs verfolgt und auch fast zerstört. Doch die Überlebenden versteckten sich und haben fast 500 Jahre an dem Neuaufbau des Ordens gearbeitet. Unter Papst Gregor XVI, ebenfalls einem Templer, wurde der Templerorden wieder offiziell ins Leben gerufen, mächtiger als je zuvor. Doch um das zu erreichen, mussten die Ordensregeln umgeschrieben werden. So besagt Regel Nummer 48, dass man heiraten darf, allerdings ist einem die Priesterweihe dann auf ewig versagt. Regel Nummer 55 besagt, dass man Kinder bekommen darf, solange diese nach dem zweiten Lebensjahr vollständig der Obhut des Ordens zum Zwecke der Bildung und auch Ausbildung übergeben werden.«

»Wie viele von diesen Regeln gibt es?«, fragte Nobu aus purer Neugier.

»67.« Er seufzte kurz.

»Und was sind die Ziele dieses neuen Templerordens?« Rei´s Neugier hatte die Oberhand gewonnen.

»Das oberste Ziel ist es die Welt von allen anderen Religionen zu säubern. So dass die heilige Mutter Kirche endlich den Platz auf der Erde bekommt, den sie verdient.« Man konnte hören, dass er noch immer hinter den Zielen der Kirche stand, nur seinen Sohn wollte er aus diesem Krieg raushalten.

»Eine Frage hätte ich auch noch.«

»Ja Daisuke.«

»Haben die Templer irgendetwas mit dem ›Nichts‹ zu tun?« Das war eine Frage, auf die er unbedingt eine Antwort wollte.

»Nein, dennoch hatten wir von Anfang an alle Infos, weshalb wir uns besser vorbereiten konnten als alle anderen Nationen der Welt. Ach übrigens Daisuke.«

»Ja.« Er hatte nicht erwartet direkt angesprochen zu werden.

»Das mit Ishikawa tut mir leid. Er war ein netter Kerl, ich mochte ihn sehr. Es tut mir leid, dass er wegen unserer Entscheidung vor 18 Jahren sterben musste. Es tut mir leid, dass ihr alle unter dieser Entscheidung leiden müsst. Ich muss jetzt auflegen.« Er war kurz nicht mehr zu hören, meldete sich dann aber doch nochmal. »Eines musst du mir glauben, wir wollten nie, dass du etwas von dieser Seite erfährst. Du solltest in Frieden aufwachsen und deinen eigenen Weg gehen. Aber offensichtlich ist es Gottes Wille dich in seinen Reihen zu wissen.« Danach legte er auf.

Jetzt hatte Nobu erstmal viel zu schlucken, doch war er nicht der Einzige, auch die anderen waren von dieser Masse an Informationen erschlagen worden. Den eigentlichen Grund, wieso das Handy angemacht wurde, hatte jeder längst vergessen. Jinpei war froh, denn er war wieder in seiner Annahme, dass Nobu an allem schuld war, bestärkt worden.

»Glaubst du dem, was er sagt?« Daisuke konnte das Bild von dem netten Mann, in dessen Haus er schon oft übernachtet hatte, und das der Männer, die hinter ihnen her waren, einfach nicht zusammenbringen.

»Er hatte keinen Grund uns anzulügen, und auch wenn er sagte, dass wir in Tokio nicht sicher sein werden, würde ich mich dort um einiges sicherer fühlen als hier draußen. Ihr nicht auch?« Nobu schaute in die Runde und sah seine Freunde, wie sie immer noch mit dem neuen Wissen zu kämpfen hatten. Umeko gab ihm zu aller Überraschung recht, und schnappte sich ihren Rucksack, bereit um weiterzuziehen. Der Rest wurde von ihrem unerwartet aufgetretenen Enthusiasmus angesteckt, woraufhin auch sie ihr Zeug nahmen.

Kapitel 20 Vorräte

»Könnten wir bitte erstmal über das reden, was wir da gerade gehört haben?« Jinpei konnte nicht verstehen, dass die anderen es einfach so hingenommen hatten. Umeko, die schon ihre Sachen genommen hatte und bereit war aufzubrechen, schaute ihn nur mit leerem Blick an und ließ langsam den Rucksack wieder zu Boden, sie wusste genau, dass die anderen darauf eingehen würden.

»Über was sollen wir denn da reden?« Für Nobu waren das Informationen, die sie im Moment nicht weiterbringen würden, egal wie lange sie darüber reden würden.

»Wie wär's als Erstes mal damit, dass sie nur hinter Nobu her sind.« Jinpei wurde richtig wütend, er schrie die anderen an.

»Dass sie hinter uns her sind, wussten wir schon die ganze Zeit, und ob sie nun hinter uns allen her sind oder nur hinter Nobu, ist da vollkommen egal«, verteidigte Daisuke seinen besten Freund.

»Aber«, Jinpei fehlten kurz die Worte. »Du wirst dich ihnen nicht ergeben, sondern kämpfen, das hast du ja schon groß verkündet. Aber die, die am Ende darunter leiden werden, sind wir. Du wirst überleben, da sie dich wollen.« Er gestikulierte wild herum und versuchte die anderen vor der Gefahr, die von Nobu seiner Meinung nach ausging, zu warnen. Doch die Mühe war vergebens, sie wollten ihn nicht aufgeben, sondern mit ihm weiterreisen. Also versuchte er, mit der nächsten Information, die sie bekommen hatten, weiter zu diskutieren.

»Was ist dann mit dem Fakt, dass wir selbst in Tokio nicht in Sicherheit sein werden? Er sagte doch, dass ihre Organisation auf der ganzen Welt und in jeder Behörde Leute hat.« Jinpei klang verzweifelt.

»Was sollen wir denn sonst machen, hier draußen zu bleiben, ist erst recht keine Lösung. Wir sind also so oder so in Gefahr. Nur dass wir das ‚Nichts vermeiden können'.« Weiterhin war derjenige, der mit ihm diskutierte, Daisuke und nicht Nobu. Für Jinpei fühlte es sich so an, als wäre er noch kein Gegner für ihn, da er noch keine guten Argumente aufführen konnte. Nobu stand nur nebendran und hörte einfach zu. Jinpei fiel nichts mehr ein. Aufgeben war die einzige Option, die er sah.

Zur Überraschung aller schlug Nobu nun vor, allmählich die Kanalisation zu verlassen. Da er zuvor noch behauptete, sie sollten so lange wie möglich dort unten in Deckung bleiben, waren alle verwirrt.

»Die Krankheitserreger hier unten werden uns früher oder später überrumpeln.«

»Aber wir waren doch schon mal in der Kanalisation und da ist uns auch nichts passiert.« Jinpei hatte Angst davor wieder in Gefahr zu geraten.

»Damals waren wir aber noch etwas immuner gegen Krankheiten, unser Immunsystem hatte auch mal Zeit sich zu erholen. Außerdem waren wir da nicht so lange den Erregern ausgesetzt«, mischte sich Rei ein, die von allen das meiste Wissen über Medizin besaß. Jeder konnte sich noch daran erinnern, wie wenig Harui machen konnte, als sie erkrankt war. Sie konnte sich kaum bewegen, damals hatten sie nur Glück, dass sie auf einem Schiff unterwegs waren und sich so nicht selbst bewegen mussten. »Außerdem sind Dai und Nobu verletzt, wodurch die Gefahr einer Infektion groß ist, wenn wir noch länger hierbleiben.«

Beim übernächsten Deckel stiegen sie dann auch schon aus. Nobu war der Erste, der die Leiter emporstieg. Mitten auf einer Landstraße, umringt von Wald, kam er heraus. Das Erste, das jeder tat, war sich einmal ordentlich zu strecken und die frische Luft einzuatmen. Als Nobu seinen ersten Luftzug in die Nase bekam, überkam ihn ein Gefühl von Übelkeit. Er hatte Probleme damit, sich nicht zu übergeben und das Essen im Magen zu behalten. Der plötzliche Wechsel der Luftqualität war ihm nicht bekommen. Doch er war nicht der Einzige, der so reagierte, auch die anderen mussten sich erstmal wieder an die Luft, die eigentlich normal für sie war, gewöhnen. Nach ein paar Augenblicken war das aber auch überwunden und sie gingen in den Wald hinein.

»Wo sind wir hier und noch wichtiger, wo müssen wir hin?«, wollte Umeko wissen. Zum Glück stand etwa 500 Meter weiter ein Schild am Straßenrand, auf dem stand: Kugamachi 3 km.

»Wenn wir der Straße folgen, kommen wir wieder in eine Stadt, in der können wir uns vielleicht orientieren«, schlug Daisuke vor. Die anderen nickten zustimmend.

Ohne die Deckung des Waldes zu verlassen, ließen sie die Straße nicht aus den Augen, für den Fall, dass die Templer plötzlich mit einer Kolonne ihrer Wägen auftauchen.

Nach einer geschlagenen Dreiviertelstunde befanden sie sich an der Stadtgrenze zu Kugamachi. Schon von dort konnten sie erkennen, dass es in dieser Stadt nicht anders war als in vielen anderen, in denen sie bereits waren, seitdem die Apokalypse ausgebrochen war. Die einzigen Städte, die einfach nur verlassen waren, ohne die Spur einer Auseinandersetzung, waren kleinere Dörfer, doch jedes Mal, wenn sie in eine größere Stadt kamen, sah es überall gleich aus. Zerstörte Läden, abgebrannte Autos und eine Spur der Verwüstung.

Sie alle hielten nach einer Karte der Gegend Ausschau, während Nobu versuchte einen GPS-Standort zu bekommen. Da musste er nicht lange warten, nach ein paar Sekunden hatte er bereits seinen Standort. Er zoomte aus der Karte heraus und konnte ihren Weg erkennen. Sie mussten fast 60 Kilometer ungefähr nach Nordosten laufen, bevor sie mehr nach Osten und nur noch ein kleines Stück nach Norden gehen müssen. Aber da würden sie noch einmal nachschauen, wenn es in drei Tagen so weit war.

Auch wenn jeder lieber sofort weitergegangen wäre, mussten sie mal wieder die Einkaufsläden plündern, bevor es weiterging.

Besonders nach der Flaute, die sie in Hikari erlebt hatten. Der Einkaufsladen, vor dem sie die Schießerei hatten, war bereits leergeräumt und es gab nichts mehr zu holen. Zwar hatten sie die Reserven des Bootes geplündert, wodurch ihre Rucksäcke zum Bersten voll waren, doch allein durch den Verlust von Reis Rucksack hatten sie einen großen Verlust hinzunehmen. Ein Sechstel ihrer Vorräte war verloren und sie wollten es lieber jetzt auffüllen, als später wieder aus dem letzten Loch zu pfeifen.

Sie hatten sich beim Plündern schon eine gute Routine angeeignet. Bevor sie sich einem Laden näherten, schauten sie sich ihre Umgebung genauer an, um zu sehen, ob sie jemand beobachtete. Sollte das nicht der Fall sein, näherten sie sich und schauten sich das Sicherheitssystem des Ladens an. Vor Kameras schreckten sie schon lange nicht mehr zurück. Es war niemand mehr da, um sich die Aufnahmen anzusehen, die Besitzer hatten die Stadt inzwischen verlassen und alles, was sie sich aufgebaut hatten, zurückgelassen. Doch hier sah es so aus, als hätten sie keine Hindernisse dabei hineinzugelangen, doch das war auch ein Vorbote dafür, dass der Laden bereits geplündert wurde. Dennoch wollten sie den Versuch wagen.

Das Tor wurde nicht dadurch geöffnet, dass das Schloss zerstört wurde, sondern dadurch, dass das Tor eben komplett zerstört wurde. Es wurde mit einem Pick-up und einem daran befestigten Seil aus der Versenkung gezogen. Im Ladeninneren waren jede Menge schlammige Fußspuren, die wie wild umherwuselten. Auf dem Boden lagen etliche zertrampelte und verschimmelte Lebensmittel. Es wirkte so, als wäre eine Horde von Hungrigen durch die Gänge gegangen und hätte sich einfach alles genommen, was sie tragen konnten. Und an den am Boden liegenden Verpackungen konnte man sehen, dass manche sogar noch mehr genommen hatten. Es gab nichts mehr zu holen.

»Verdammt, wenn wir nicht bald was zu essen finden, werden wir es nicht mal eine Woche aushalten.« Daisuke schmiss eine Verpackung mit verschimmelter Wurst in die Ecke vor Haruis Füßen. Er konnte erkennen, dass ihr kleines Fettpolster am Bauch, über das er und Nobu sich vor wenigen Wochen noch unterhalten hatten, bereits vollständig verschwunden war. Auch er selbst war bereits sehr mager geworden. Die ganzen Reserven, die sie sich in Zeiten des Luxus angegessen hatten, waren schon lange abgebaut. Dazu kam noch, dass sie die Rationen in den letzten Tagen drastisch kürzen mussten, um langfristig etwas davon zu haben. Doch Nobu war klar, dass sie nicht mehr lange so weitermachen konnten, denn jetzt fiel es ihnen schwer morgens mit leerem Magen aufzustehen und loszulaufen. Zwar versuchte niemand sich etwas anmerken zu lassen oder zu meckern, da sie genau wussten, dass es dadurch auch nicht besser wurde und es denn anderen genauso ging. Doch lange würden sie das nicht mehr aushalten und zusammenbrechen.

»Wir müssen weitersuchen, das hier wird mit Sicherheit nicht der einzige Laden in der Stadt sein, in dem es was zu essen gibt.« Nobu versuchte den anderen die nötige Motivation zu geben, um weiterzumachen, anstatt aufzugeben.

»Dort wird es mit Sicherheit genauso aussehen wie hier.« Harui hatte jedoch schon jegliche Kraft verloren und wollte sich nur noch ausruhen.

»Es ist aber den Versuch wert. Wenn wir im Wald sind, können wir uns nicht darauf verlassen, dass uns wieder ein Reh über den Weg läuft, das wir schießen können.« Als dank der Templer wieder genug Essen zur Verfügung war, hatten sie das restliche Rehfleisch zu ihrer eisernen Notreserve gemacht. Durch Räuchern und späteres Einlegen bei den Satos hatten sie dafür gesorgt, dass es lange haltbar war.

»Oder Beeren, die es zu pflücken gibt. Ich bin deiner Meinung, aber wir sollten erstmal eine Pause machen und etwas essen.« Rei hatte zwar noch Hoffnung, aber keine Energie mehr und wollte erstmal eine Mittagspause einlegen.

»Willst du nichts essen?« Jinpei schaute verwirrt rüber zu Umeko, die einfach nur dasaß und Löcher in die Luft starrte.

»Nein, keine Sorge ich habe noch genug Energie, um eine Weile durchzuhalten.« Jinpei glaubte ihr kein Wort. Sie war so mager und schwach, dass sie bereits Probleme damit hatte ihre Augen offenzuhalten. Er konnte sich nicht erklären, wieso sie sich das antat. Wenn ein Mädchen früher auf Essen verzichtete, obwohl es ihr nicht guttut, ging man mit einem Lächeln davon aus, dass sie eine neue Diät ausprobierte. Doch dem war nicht mehr der Fall. In einem unbeobachteten Moment hielt er ihr seinen Teller hin. Die nett gemeinte Geste wies sie mit einem abgemühten Lächeln ab.

»Wie schon gesagt: Mir geht es gut. Aber danke.« Jinpei wusste nicht, wie er sie überzeugen sollte. Er wusste genau, dass sie sehr stur sein konnte, wenn sie sich einmal etwas in den Kopf gesetzt hatte. Genau dafür bewunderte er sie, dank dieser Eigenschaft gelang es ihr immerhin schon einmal, Nobu in einer Debatte zu schlagen.

Als sie weitergingen, schwankte Umeko beim Aufstehen und Jinpei fragte sich, wieso er sie nicht gezwungen hatte, etwas zu essen.

Ohne sich zu weit von dem Laden zu entfernen, in dem sie zuerst waren, klapperten sie noch zwei weitere Geschäfte ab, bis sie endlich in einer kleinen Seitengasse etwas gefunden hatten, das noch eine geschlossene Tür hatte. Wieder führten sie ihre Routine durch, durch den Hunger gleichwohl nur halbherzig. Es handelte sich hier allerdings um eine verstärkte Glastür, in der sich die gesamte Gruppe spiegelte. Mit einer Kugel hätte man sie zerstören können, jedoch hätte man so auch die Templer, sollten sie in der Nähe sein, auf den Plan gerufen. Denn da in der Stadt Totenstille herrschte, würde man einen Schuss kilometerweit hören können. Das Glas war dick genug, damit sich drei Menschen dagegenschmeißen konnten. Deshalb mussten Umeko und die Zwillinge die Tür aufbrechen, indem sie sich dagegen warfen. Beim vierten Versuch gelang es dann letztendlich auch. Doch nicht das Schloss oder die Scharniere hatten nachgegeben, sondern die marode Steinwand, in der die Tür eingelassen war. Mitsamt der Tür fielen die drei in den Eingangsbereich. Glücklicherweise sah die Tür nach der Landung auf dem Boden nur aus wie ein Spinnennetz und war nicht laut scheppernd in Tausend Teile gesprungen.

Der Laden war noch nicht angerührt worden. Im Inneren war es schön kühl, zwar funktionierte die Klimaanlage nicht mehr, doch dank der versteckten Lage spendeten die umliegenden Häuser genug Schatten, dass nur selten ein Sonnenstrahl hereinfiel.

Da weder die Tür noch die Fenster in den letzten Tagen geöffnet wurden, blieb der Geruch von verdorbenen Lebensmitteln nicht aus. Die Regale waren fast noch komplett gefüllt. Auch im Lager befand sich noch ein halbes Dutzend Paletten voll mit Fertiggerichten. Um dorthin zu gelangen, mussten sie aber erst einmal quer durch den Laden. An einer Gefriertruhe blieb Daisukes Aufmerksamkeit kleben. Im Inneren lagen hunderte verschiedene Eispackungen. Alle gefüllt mit einer flüssigen, klebrigen Maße, die schon seit Tagen geschmolzen war.

»Jemand Lust auf ein Eis?«, rief Daisuke scherzhaft in die Runde.

»Au ja«, antwortete Jinpei prompt.

»Na dann, bitte.« Lachend zeigte er auf die Truhe hinter ihm und begab sich selbst weiter zum Lager. Nicht aber ohne sich nochmal umzudrehen und sich Jinpeis enttäuschtes Gesicht anzuschauen.

Im Lager stopften sie sich die Taschen voll und bereiteten sogar noch vor Ort für jeden eine ganze Dose gefüllt mit Nudeln zu. In der Küche für Mitarbeiter befanden sich zwei Mikrowellen, die sie dafür benutzten. Gespannt warteten sie darauf, dass der Teller aufhörte sich zu drehen und das Gerät anfing zu piepsen.

Jeder, Umeko eingeschlossen, verschlang sie und verschluckte sich fast daran. Nobu machte sich direkt noch eine zweite Dose auf, aus Hunger verschlang er sie sogar im kalten Zustand.

Es graute ihnen davor wieder raus in die Hitze zu gehen, doch der Gestank überredete sie letztendlich doch, zu gehen. Darum machten sie sich wohlgenährt wieder auf den Weg und ließen die Stadt allmählich hinter sich; doch nicht die Hitze selbst. Im Wald war es zwar ein paar Grad kühler, aber dafür schwüler. Die Klamotten klebten schon recht zügig wieder an der Haut. Die steinige Landschaft machte ihnen zusätzlich zu schaffen, doch sie waren dankbar dafür ein festes Schuhwerk zu besitzen. Selbst Umeko, die als Einzige keine richtigen Wanderschuhe trug, sondern nur ihre schwarzen Stiefeletten mit einem 5-cm-Absatz, hatte keinen Grund sich zu beschweren.

Am Abend fanden sie den perfekten Schlafplatz. Dadurch, dass er ringsum von Bäumen und Büschen umgeben war, war er gut geschützt. Dazu kam noch die Quelle eines kleinen Baches, die direkt neben ihnen aus dem Boden sprudelte. Rei nutzte diese Gelegenheit direkt, um sich das Gesicht zu waschen. Sie kniete sich auf den feuchten Boden und nahm sich eine Hand voll Wasser, die sie sich dann ins Gesicht schleuderte. Als sie wieder aufstand, waren ihre Knie mit feuchter Erde bedeckt, die sie nur halbherzig wieder entfernte. Doch so wie sie inzwischen alle aussahen, fiel das nicht weiter auf. Ihre und auch die Kleidung sowie Körper aller anderen waren inzwischen voll mit Dreck. Anders als anfangs hatten sie sich daran gewöhnt verdreckt zu sein, darum machten sie sich nur noch die Mühe den groben Dreck zu entfernen, der sie störte.

Zur Feier des Tages gab es zum Abendessen dasselbe, was es auch schon zum Mittag gab, Fertignudeln, die über dem Feuer erhitzt wurden. Doch mussten sich diesmal zwei Leute eine Dose teilen. Danach war allen wieder einigermaßen zum Lachen zu Mute, nur Umeko saß etwas abseits und starrte nachdenklich in die rot-gelb flackernde Flamme des Lagerfeuers.

»Alles in Ordnung?« Harui bemerkte es und handelte als Erstes. Sie konnte genau sehen, dass das Lächeln, das sie ihr zeigte, als sie sich neben sie setzte, nur erzwungen war.

»Ja alles bestens, du brauchst dir wirklich keine Sorgen um mich zu machen.«

»So sieht es aber nicht aus. Du bist viel zu ruhig in letzter Zeit, das passt einfach nicht zu dir. Also entschuldige, dass wir uns um dich sorgen«, sagte Harui besorgt, aber leise, so dass die anderen es nicht mitbekamen.

»Wir?«, fragte Umeko überrascht, schaute aber weiter nachdenklich in die Flammen.

»Ja, allen hier ist aufgefallen, dass irgendwas los ist, doch niemand traut sich etwas zu sagen.«

»Schon komisch. Früher war ich es, der dir deine Sorgen abgenommen hat.« Wieder lachte sie gezwungen.

»Es ist aber nicht mehr so wie damals.«

»Ihr braucht euch wirklich keine Sorgen um mich machen, ich denke nur über die vergangenen Tage nach.«

»Na gut.« Harui wusste genau wie ihr Bruder, dass Umeko ziemlich dickköpfig war und sie nichts mehr aus ihr rausbekommen würde, egal wie lange sie sie mit Fragen löchern würde.

»Du weißt, dass du mit mir über alles reden kannst.«

»Natürlich weiß ich das, und auch wenn die Jungs so tun, als wäre das hier immer noch nichts Ernstes, kann man auch mit ihnen ganz gut reden.« Harui war sich nicht sicher, was sie ihr mit dieser Aussage mitteilen wollte.

»Das weiß ich doch, auch wenn Daisukes größte Sorge momentan ist, dass er wieder mal Gitarre spielen möchte.« Sie zeigte auf Daisuke, der seinen Kopf auf Reis Schoß abgelegt hatte.

Als sie in der Nacht endlich unter sich waren, entschuldigte sich Jinpei bei Daisuke dafür, dass er sich mit ihm gestritten hatte. Eigentlich wollte er, dass Nobu etwas dazu sagte.

»Na dann tut's mir leid, dass ich dir das versaut habe, ich wollte dich davor bewahren, komplett von ihm auseinandergenommen zu werden.« Daisuke kicherte leise. Jinpei hingegen antwortete ihm ganz ernst.

»Nein, alles gut, wenn ich nicht mal dich in einer Diskussion schlagen kann, brauche ich es gar nicht erst bei ihm zu versuchen. Ich weiß auch nicht, was ich mir dabei gedacht habe.«

»Du wolltest einfach deinen Gedanken Luft lassen. Das ist ja in Ordnung, aber Nobu zu beschuldigen, dass er an allem, was passierte, schuld war, ist falsch gewesen. Du solltest erstmal daran denken, was es für ihn bedeutet. All seine Freunde mussten leiden, nur weil so eine komische Organisation, vor der ihn seine Eltern bewahren wollten, ihn testen und anwerben wollte.« Jinpei fiel auf, dass er gerade mit demjenigen sprach, der nach Umeko wegen Nobu am meisten unter den Tempelrittern gelitten hatte.

»Tut mir leid, ich habe wirklich nicht nachgedacht. Es stimmt, ich habe durch die Templer noch gar nichts verloren, außer vielleicht mal die Nerven.«

Er dachte sich:

»Ich bin so ein Idiot. Ich bin noch derjenige, der am wenigsten durch diese Typen verloren hat.«

Die Nacht war, abgesehen vom erneuten Wolfsgeheul, ruhig. Rei hatte am Feuer zuvor allen erklärt, dass die Wölfe sowie andere Tiere sich langsam in die Nähe von Städten trauten. Jetzt wo die Menschen weg waren, blieben auch der Lärm und die vielen Lichter aus, die sie zuvor abschreckten. Der Himmel über ihnen war durch Wolken, die sowohl den Mond als auch die Sterne verdeckten, dunkel. Doch selbst jetzt bemerkte Rei es, als Umeko sich neben ihr auch nur ein bisschen bewegte.

»Was machst du?«, wollte sie wissen.

»Ich muss mal kurz wohin.« Rei ahnte, dass sie auf die Toilette musste. Nachdem sie noch einmal kurz an ihrem Rucksack war, um Klopapier zu holen, wie Rei dachte, verschwand sie auch schon in der Dunkelheit der Nacht. Ihre langen blonden Haare waren ein paar Meter noch schwach zu erkennen. Sie ging über den Bach und verschwand dann gänzlich. Das war für Rei der Moment, den Blick abzuwenden und sich wieder ihrer Aufgabe zu widmen.

Kapitel 21 Verschwunden

Die Sonne war hinter dem Horizont aufgegangen, als Rei bemerkte, dass Umeko noch immer nicht zurückgekommen war. Als es noch dunkel war, hatte sie nicht darauf geachtet und gedacht, sie wäre unbemerkt zurückgekehrt. Doch jetzt weckte sie sofort die anderen.

»Was ist passiert?«, wollte ein verschlafener Nobu wissen. An der Art, wie er geweckt wurde, konnte er erkennen, dass sie nicht angegriffen wurden, für ihn das Zeichen noch nicht ganz hochzufahren.

»Umeko.« Rei war völlig außer Atem, nachdem sie alle aufweckte, und konnte erstmal nur dieses eine Wort rausbekommen. Harui konnte sie nirgends sehen.

»Was ist mit ihr, wo ist sie?« Das Gespräch des gestrigen Abends vor Augen, fragte Harui nach.

»Ich weiß es nicht, das ist es ja.«

»Was heißt hier, du weißt es nicht, ihr hattet doch zusammen Wache, wenn sich der andere auch nur ein Stück bewegt, bekommt man das sofort mit«, warf Jinpei panisch ein.

»Das habe ich ja auch, sie sagte, sie müsse auf die Toilette und nachdem sie irgendwas aus ihrem Rucksack geholt hatte, verschwand sie über den Bach.« Nun war Nobu vollständig wach.

»Okay, Daisuke und ich suchen hinter dem Bach alles ab, ihr schaut nach, ob ihr hier vielleicht irgendwas findet.«

»Und ruft auf ihrem Handy an, vielleicht hatte sie das ja dabei«, ergänzte Daisuke. Mit gezückten Waffen rannten die beiden Jungs in den Wald.

»Ich sollte auch mitgehen«, warf Jinpei besorgt ein.

»Nein, du würdest den beiden nur im Weg stehen, hier bist du von größerem Nutzen. Wir durchsuchen ihre Tasche. Jinpei, ruf du sie bitte auf ihrem Handy an.« Blitzschnell hatte Rei die Rolle der Anführerin der kleinen dreiköpfigen Gruppe übernommen. Jinpei musste mit Bedauern einsehen, dass sie Recht hatte, wäre er mit den anderen gegangen, wüsste er nicht, was er machen müsste, und wäre ihnen nur im Weg.

Nobu und Daisuke hatten in Windeseile alles im Umkreis von einem Kilometer abgesucht, doch nichts gefunden. Nicht den geringsten Hinweis, dass sie dort war. Sie konnten ihre Spur bis zu knapp 400 Meter von ihrem Camp entfernt verfolgen, doch dann hörte sie spurlos auf.

»Sie kann sich doch nicht einfach so in Luft aufgelöst haben.« Daisuke war völlig außer Atem. Noch immer machte ihm die Schussverletzung Probleme.

»Ich habe hier was gefunden.« Harui hatte in ihrer Tasche ein braunes Kuvert gefunden, das sie in die Luft hielt. Darauf stand gut lesbar:

»Für meine Freunde.«

»Ich hol die anderen.« Jinpei wäre blindlings in den Wald gerannt, hätte Rei ihn nicht aufgehalten.

»Warte, die finden den Weg schon wieder. Ich will nicht nach zwei Leuten suchen müssen.«

»Soll ich es aufmachen?« Harui war bereit den Klebestreifen, der sie vom Inhalt fernhielt, zu entfernen.

»Nein, wir warten, vielleicht haben die anderen sie schon gefunden.« Sie wollte nicht wissen, was darin war, wenn es sich irgendwie vermeiden ließ.

»Wir müssen es wohl aufmachen. Ihre Spur endete einfach so. Sie ist weg.« Daisuke schüttelte seinen gesenkten Kopf. Harui öffnete ganz behutsam das Kuvert, darin befand sich ein Brief, der an alle adressiert war. Er war handgeschrieben.

Vor zwei Tagen

Daisuke war mit Umeko und den Mishima-Zwillingen nach ihrer Erkundungstour in Hikari, auf der sie das Versteck der Ladenschützen suchten, wieder in die Feuerwache zurückgekehrt. Nach ein paar Minuten, die sie zu dritt im Aufenthaltsraum verbrachten, rauschte Daisuke mit seiner Freundin an der Hand an den Zwillingen und Umeko vorbei.

»Helft ihr mal bitte Nobu dabei die Kugeln aufzuteilen.« Daisuke hatte den Satz gerade zu Ende gesprochen, da waren sie auch schon verschwunden.

Zusammen mit Jinpei und Harui machte Umeko sich in den Aufenthaltsraum auf.

»Wir sollen dir helfen.« Harui hatte überhaupt keine Probleme mehr damit, Nobu anzusprechen, wenn es um normale Themen ging.

»Sehr gut, dann nehmt euch die drei 22er und entfernt die Magazine.« Als Umeko die Pistolen sah, schossen ihr die Bilder in den Kopf, wie Daisuke komplett erschöpft auf dem Sofa lag, nachdem sie auf ihn geschossen hatte. Sie konnte nicht länger in dem Raum bleiben; ohne nachzudenken, stürmte sie heraus und wanderte ziellos in der Feuerwache herum.

Als sie wieder zu sich kam, befand sie sich, in einem Raum, an dessen Ende ein großer Holzschreibtisch vor einem Regal voll mit Auszeichnungen stand. Auf dem Tisch befand sich ein Namensschild, auf dem in goldenen Buchstaben Capt. Kada Okazaki geschrieben war. Wild verstreut dahinter lagen Zettel und Stifte; als sie das sah, kam ihr eine Idee. Da der Schlüssel noch im Schloss steckte, drehte sie ihn um und schloss sich in dem Raum ein. Sie setzte sich in den bequemen schwarzen Ledersessel. An den Wänden konnte sie noch viel mehr Auszeichnungen mit dem Namen Kada Okazaki sehen, aber auch ein paar seiner Vorgänger.

Kaum hatte sie eine der Schreibtischschubladen geöffnet, hatte sie schon unbeschriebenes Papier vor sich. In der nächsten Schublade, die sie öffnete, fand sie auch die nötigen Kuverts. Stifte wiederum lagen überall auf dem Tisch verteilt. Die Papiere, die auf dem Tisch lagen, fegte sie mit einer Handbewegung auf den Boden. Sie wusste, dass niemand sich mehr für sie interessieren würde, sonst wären sie nicht mehr dort.

Ihre Entscheidung stand, sie wollte die Gruppe bei der nächstbesten Gelegenheit verlassen, doch wollte sie nicht gehen, ohne sich bei allen zu verabschieden und auch zu bedanken. Allerdings war ihr auch klar, dass sie das niemals von Angesicht zu Angesicht tun könnte. Darum begann sie ihre Gedanken zu ordnen und aufzuschreiben. Doch schon bevor sie das erste Wort zu Papier brachte, fingen die Tränen an zu fließen.

»*Liebe Freunde,*

wenn ihr das hier lest, heißt das, ich habe meine Entscheidung getroffen. Ich habe mich dazu entschieden nicht mehr weiter mit euch zu reisen. Ihr könnt mir glauben, dass mir diese Entscheidung nicht leichtgefallen ist. Ich hoffe, ihr respektiert sie und sucht nicht weiter nach mir.

Ihr habt nichts falsch gemacht, wir hatten viel Spaß, ja sogar auf dieser Reise. Allerdings, so schön es auch war, es gab einfach zu viele Momente, in denen alles auf einen Schlag hätte beendet sein können.

Jeder von uns musste leiden. Daran war ich an manchen Stellen nicht ganz unbeteiligt.«

Auch wenn es dort nicht geschrieben stand, wusste jeder, dass damit die zwei Schüsse auf Daisuke gemeint waren.

»Ich konnte es einfach nicht mehr ertragen. Ich wollte niemanden mehr leiden sehen. Bitte verzeiht mir meine Eigensinnigkeit bei dieser Sache. Ich hoffe, ihr könnt das. Alles, was wir gemeinsam zusammengetragen haben, habe ich euch gelassen. Alles an Nahrung bis auf die eiserne Reserve. Ich habe euch auch alle Klamotten dagelassen, ich hoffe, ihr findet Verwendung dafür.«

Das Papier war an manchen Stellen nass geworden und deswegen immer noch leicht wellig. Es waren ihre Tränen gewesen, die sie beim Schreiben vergossen hatte. Doch auch Harui begann zu weinen, als sie es las. Die anderen waren ebenso kurz davor zu weinen. Den letzten Absatz las deshalb Nobu vor, nachdem er Harui zum Trösten an seine Schulter gedrückt hatte.

»Die nachfolgenden Briefe sind für je einen von euch. Ich hoffe, ihr nehmt euch die Zeit und die Ruhe sie einmal zu lesen. Ich habe euch auch etwas hinterlassen, das beweist, dass ich diesen Brief geschrieben habe.

Lebt wohl.

Umeko

Ich hoffe, ihr schafft es alle nach Tokio und seid dort in Sicherheit.«

Nun brachen auch die anderen in Tränen aus. Nach einer Zeit, die er zum Trauern brauchte, trennte er sich von Harui und nahm das Kuvert mit dem Rest heraus. Neben fünf namentlich adressierten Briefen fand er dort das goldene Muschelfußkettchen, das sie nach dem Tod ihrer Eltern wie ihren eigenen Augapfel hütete.
»Das muss der Beweis sein, von dem sie sprach«, dachte er sich. Er spielte in seiner Hand damit rum und schaute sich die fünf Briefe

an. Ihm war bewusst, dass er sie verteilen musste, doch wollte er noch warten.

»Wir müssen sie trotzdem suchen. Ihr habt sie doch auch gesehen in den letzten Tagen, das war nicht mehr sie. Bitte!« Jinpei flehte Nobu regelrecht an weiter nach ihr zu suchen. Zu seiner Verwunderung war es seine eigene Schwester, die ihn zu beruhigen versuchte.

»Du hast es doch gehört, sie will nicht, dass wir nach ihr suchen.« Sie versuchte ihre Tränen zu unterdrücken, um die Starke spielen zu können.

»Du hast sie gesehen, das war nicht sie, sie war nicht bei Vernunft, als sie diesen Brief schrieb.«

»Sie war bei Vernunft, der Brief ist der beste Beweis dafür.«

»Aber wir müssen doch irgendwas machen. Sie wird da draußen verhungern, nur mit den paar Streifen Fleisch.« Selbst wenn man sie gut aufteilte, reichte das Rehfleisch höchstens zwei Tage. Jinpei versuchte sie davon zu überzeugen, doch alles, was er bekam, war eine Ohrfeige. Seine Schwester hatte ihm mit Tränen in den Augen mit der flachen Hand ins Gesicht geschlagen. Blitzartig färbte sich seine Wange in einem hellen Rosa. Verwirrt schaute er sie an. Nie hatte er erlebt, dass seine Schwester handgreiflich geworden wäre.

»Bitte, du musst ihren letzten Wunsch respektieren.« Nicht alles war durch ihr Schluchzen zu verstehen.

»Hier.« Nobu hielt ihm den Brief mit seinem Namen hin. Jinpei schaute ihn eine Weile an und wusste nicht, ob er lesen wollte, was drinstand. Nobu verteilte derweil die restlichen Briefe.

»Hallo Jinpei,«

Auch auf diesen Brief hatte sie geweint.

»deinen Brief schreibe ich als Letztes. Es tut mir leid, für dich und deine Schwester wird meine Entscheidung am schwersten sein. Bitte

pass immer auf deine Schwester auf, auch wenn sie jetzt stärker ist als früher.

Du warst die Person, mit der ich über alles reden konnte, also werde ich dir nichts verschweigen. Es stimmt, ich wollte einfach nicht mitansehen, wie ihr leiden müsst. Aber auch wenn wir jetzt wissen, dass ein Großteil des Leids wegen Nobu passierte, sei ihm nicht böse. Er will auch nur das Beste für euch alle. Es ist gut, ihm hier und da mal die Stirn zu bieten, aber streite dich nicht mit ihm, du würdest nur verlieren.

Mach dich bitte nicht auf die Suche nach mir, das macht dir den Abschluss leichter. Auch ich werde die Entscheidung, euch verlassen zu haben, nicht so sehr hinterfragen, wenn ich weiß, dass du in Sicherheit bist. Und auch wenn es nicht so scheint, nirgends auf der Welt bist du momentan sicher als bei den anderen.

Leb wohl.«

Er begann erneut zu weinen und drückte den Zettel fest an seine Brust.

Nachdem Nobu alle Briefe verteilt hatte, begann er damit seinen eigenen zu lesen.

»*Hallo Nobu,*

bitte denke nicht, du hättest in deiner Rolle als Anführer etwas falsch gemacht, das hast du auf gar keinen Fall. Du hast und wirst auch immer dein Bestes geben, wenn es darum geht deine Freunde zu beschützen.

Ich weiß, ich hätte vorher mit dir sprechen sollen, bevor ich so eine Entscheidung treffe. Aber du darfst mir glauben, dass ich nicht eine Sekunde daran gedacht hatte, nicht doch zu bleiben. Doch ich konnte es einfach nicht, und das musst du verstehen. Ich weiß, dass du eine fähige rechte Hand in Daisuke gefunden hast und auch dass er ebenfalls bereit ist alles zu tun, was nötig ist, um euch zu beschützen. Trotzdem darfst du unter keinen Umständen zu den Tempelrittern überlaufen, denn dann wäre alles umsonst und Ishikawas Tod wäre sinnlos gewesen.

Aber nicht nur auf die Feinde in der Ferne solltest du ein Auge haben, auch unter euch ist jemand, der dich als Anführer nicht akzeptiert, nach dieser Sache vermutlich sogar noch weniger. Ich rede von Jinpei, du solltest vielleicht mal mit ihm reden. Leider kann ich nicht abschätzen, was er machen wird, aber du solltest auf der Hut sein.

Leb wohl.«

»Das weiß ich doch schon längst, ich habe nur nie etwas unternommen, solange du noch da warst«, war alles, was er vor sich her flüsterte, nachdem er alles gelesen hatte. Er faltete den Zettel und steckte ihn ein. Danach schaute er sich um und sah, als Erstes Harui, die immer noch den Brief in der Hand hielt. Ob sie immer noch las oder nicht glauben konnte, was dort stand, wusste er nicht.

»*Hallo Harui,*

ich habe zwar immer gesagt, dass alles in Ordnung sei, wenn du mich gefragt hast. Das war aber schon lange nicht mehr so. Ich bedaure auch, dass ich, die früher auf dich aufgepasst hat, nun von dir beschützt und behütet werden musste. Ich wollte dir einfach nicht mehr zur Last fallen. Du bist von uns beiden mittlerweile die Stärkere, und das ist auch gut so. Diese Stärke wird dich ans Ziel führen.

Und was Nobu angeht, darfst du nicht aufgeben, irgendwann klappt es, da bin ich mir sicher, es ist nur traurig, dass ich das nicht mehr miterleben werde. Und auch wenn er immer so tut, als wäre es für ihn kein Problem diese Situation zu meistern, er hat genauso

Angst und ist genauso unsicher wie wir alle. Er versucht nur uns das Gefühl von Sicherheit zu geben. Damit hat er es auch leichter als mit einem Haufen Schülern, die panisch reagieren und nicht so wie es in dem Moment am besten wäre. Unterstütze ihn, wo du kannst, er wird dir sehr dankbar sein.

Du warst immer meine beste Freundin und wirst es auch immer bleiben.

Bleib stark und lass dich nicht von anderen unterkriegen.«

Harui weinte um ihre beste Freundin, war aber auch froh, denn sie hatte immer Angst, dass Umeko sie nicht als ihre beste Freundin ansah. Doch jetzt konnte sie sich sicher sein.

Daisuke hatte inzwischen das Fußkettchen in der Hand und spielte damit herum, während der den Brief las.

»*Hallo Daisuke,*

erstmal vorweg ich möchte mich noch einmal dafür entschuldigen, dich sogar gleicht zweimal angeschossen zu haben. Ich hoffe, du kannst mir verzeihen.«

»Das muss ich doch gar nicht, ich war dir nie böse, du kleiner Dummkopf.« Er hatte Tränen in den Augen.

»*Ich bitte dich, pass gut auf die anderen auf, besonders auf Jinpei. Er sieht in dir so etwas wie einen großen Bruder. Aber er und Nobu sind so gut wie immer anderer Meinung egal, worum es geht, Nobu wird immer gewinnen. Ich weiß auch, dass du meistens auf Nobus Seite stehen wirst, trotzdem sei für Jinpei da. Nach meinem Verschwinden hat er sonst niemanden mehr, auch Harui entfernt sich langsam von ihm, wenngleich er es nicht merkt.«*

»Ich werde mein Bestes geben, trotzdem werde ich immer zu dem stehen, der auch meine Ansichten teilt, und das ist nun mal oft Nobu«, flüsterte er kühl vor sich hin.

»Sollte mit Nobu irgendwas passieren, zum Beispiel, dass er wirklich von den Tempelrittern geschnappt wird, musst du die Rolle des Anführers übernehmen. Meiner Meinung nach bist du bereit dafür.«

»Ich bin trotzdem nicht scharf auf den Posten.« Ihm war klar, was diese Änderung bedeuten würde.

»Zuletzt wünsche ich dir noch viel Erfolg mit Rei.

Leb wohl.«

Er packte den Brief wieder vorsichtig in den Umschlag und diesen dann in die Seitentasche seines Rucksackes. Seine Freundin war wohl diejenige, die am wenigsten Emotionen von sich gab, als sie den Brief las. Das lag allerdings nicht daran, dass ihr Umeko egal gewesen wäre, sondern vielmehr daran, dass sie noch nie so gut darin war, ihre Gefühle zu offenbaren. Damals bei Daisuke war sie auch mit der Tür ins Haus gefallen.

»Hallo Rei,

deine Geheimnisse waren bei mir immer sicher, ich hoffe, du bewahrst auch meine, auch wenn es mir eigentlich egal sein kann, wer jetzt noch davon erfährt. Nur dieses eine Geheimnis darf nie jemand erfahren. Du darfst nie jemandem sagen, was ich dir damals über Jinpei anvertraut habe. Er ist mir mit der Zeit richtig ans Herz gewachsen und es würde ihn bestimmt verletzen, wenn er erfährt, was er für mich war. Er hätte nämlich bestimmt mehr erwartet.

Du hingegen empfindest definitiv mehr für Daisuke, ich weiß, dass du nie gut darin warst deine Gefühle zu offenbaren. Bei ihm solltest du es aber versuchen, er ist die Mühe definitiv wert. Ich bezweifle, dass du jemals jemandem begegnest, der ihn übertrifft. Er empfindet dasselbe für dich wie du für ihn, und zwar pure Liebe. Es wäre schade, wenn das, was ihr habt, daran kaputt geht, dass einer von euch sich im falschen Moment zurückgehalten hat. In der Schule wurdest du von vielen die weibliche Nobu genannt, nur ohne Herz. Damals hast du dich viel zu steif verhalten, zumindest das, was die anderen sehen konnten. Beweis ihnen, dass sie falsch lagen und du sehr wohl ein Herz besitzt, vielleicht ja sogar mehr als Nobu.

Es schmerzt mich, das jetzt zu schreiben, aber:

Leb wohl.«

Rei stand auf, ging auf Daisuke zu, beugte sich zu ihm runter und als er hinaufschaute, gab sie ihm einen Kuss. Sie ging mit ihrem ganzen Körper nach unten, hörte auf ihn zu küssen und umarmte ihn. Ihr Körper klebte an seinem von Schweiß durchnässten Oberkörper. Das war ihr jedoch egal und sie drückte ihn noch fester. Er erwiderte die Umarmung und drückte sie fest an sich. Mit einem traurigen Blick dachte er daran, dass ihm das Gleiche jederzeit mit Rei passieren könnte. Er spielte mit dem Gedanken sie nie wieder loszulassen, als plötzlich ein leises:
»Ich liebe dich« in sein Ohr geflüstert wurde.
»Ich dich auch.« Er brach in Tränen aus und versenkte sein Gesicht in ihren geflochtenen Haaren und küsste sie schließlich auf den Hals, bevor er nur noch sein Gesicht vergrub.
Die Gruppe verblieb noch eine Weile, ohne überhaupt an das Frühstück gedacht zu haben, einfach nur mit ihren Gedanken bei Umeko und der gemeinsam verbrachten Zeit.